AF237034

Malunia

**Die Geschichte eines Schwarzmagiers
und seiner großen Liebe**

Georg Odrowaz

Danke:

Der Liebe meines Lebens

Dem Bruder und Testleser

Meiner Familie

Georg Odrowaz

Malunia

Die Geschichte eines Schwarzmagiers
und seiner großen Liebe

Horror / Fantasy - Roman

Bibliografische Information der Deutschen
Nationalbibliothek:
Die Deutsche Nationalbibliothek verzeichnet diese
Publikation in der Deutschen Nationalbibliografie;
detaillierte bibliografische Daten sind im Internet über
http://dnb.dnb.de abrufbar.

Umschlagdesign: BGF Design

Umschlagbild: Bidloo et al: „Ontleding Des Menschelyken
Lichaams", Tafel 21, Amsterdam 1690; Courtesy of the
U.S. National Library of Medicine

Herstellung und Verlag: BoD – Books on Demand,
Norderstedt

ISBN: 978-3-7519-4848-7

Inhaltsverzeichnis

Triggerwarnung

Liebe Lesende,

dieses Buch wurde geschrieben, da der Autor den Wunsch hatte, so ein Buch selbst zu lesen, aber es nichts Vergleichbares gab. Der Inhalt ist reine Unterhaltungsliteratur. Dennoch kann es vorkommen, dass Passagen des Textes unter Umständen eine (posttraumatische) Belastungsstörung auslösen können.

Nichts liegt dem Autor ferner, als Sie absichtlich zu triggern. Aber Sie finden in diesem Werk auch keinen Kompromiss, um sicher zu gehen, dass nichts passieren kann. Daher an dieser Stelle der Hinweis:

Sie lesen dieses Buch auf eigene Gefahr.

Wenn Ihnen aber das Buch gefällt, zeigen Sie es bitte und empfehlen Sie es weiter. Nichts freut einen Autor mehr als Lesende, die das Werk mögen.

Wien, Mai 2020

Prolog

Sanktus Isomeius sei gelobt. Er und Sanktus Zosimus gründeten den Orden. Als einfache Pilger waren die Brüder zum Berg Manimor aufgebrochen. Räuber griffen eine Gruppe von Pilgern vor ihnen an. Isomeius erfüllte der heilige Zorn. Donnernd ließ er seinen Pilgerstab auf die Ungläubigen niedersausen. Heiliges Feuer kam aus der Spitze des Stabes und verwandelte den Stab in ein Schwert aus Stahl. Und als das Werk vollbracht war, lebte von den Ungläubigen niemand mehr.

So kam der Orden in die Welt und der erste Großmeister ward Sankt Isomeius. Und als Zeichen der Reinheit nahm der Orden das Weiße Gewand. Und als Zeichen des Blutes für den Kampf für sichere Pilgerwege nahm der Orden den roten Kreis. Und als Hauptsitz und Zuflucht für Pilger erwarb man die Herberge am Fuß des Berges, „zum braunen Bären", welche heute Bärenburg geheißen. Und deswegen nennt man Sie auch die Pilgernden Ritter, oder Rotkreiser. Oder einfach nur „Der Orden". Und sie schützen immer noch mit heiligem Zorn die Pilgerwege. Und sie tun viel Gutes in der Welt. Und sie verfolgen die Unheiligen und Unseligen, die Kreaturen der Nacht, die Untoten und deren Schöpfer, Beschwörer, Hexer,

Schwarzmagier und was es derlei andere böse Magie gibt.

Der größte Schlag gegen das Böse war sicherlich der Kampf gegen den Drachen, den Isomeius und seine Gefährten besiegten und damit das Drachenfeuer beenden konnten. Daher werden die Ordensleute vom Roten Kreis auch oft als „Drachentöter" bezeichnet. Das ganze Zeitalter ist ihnen zum ewigen Dank verpflichtet, weswegen wir unsere Zeit auch nach dem Tag der Schlacht am ersten Unir des Jahres 1 nDF ausrichten.

(Aus der Einleitung des Buchs „Die Wunder des Isomeius", Alberus Maximus, 489 nDF)

Proklamation

1. Es sei hiermit Kund getan, dass jeder Erzmagier bei der Schau nach Talenten unbedingt jeden Landstrich in seinem Gebiet mindestens alle fünf Jahre besuchen muss.

2. Es haben alle Kinder im Alter von zehn bis fünfzehn Jahre ohne Ausnahme und bei Strafe von zehn Schlägen mit dem Stock für beide Eltern vorstellig zu werden.

3. Zeigt irgendeines der Kinder Resonanz, ist dieses Kind den Eltern weg zu nehmen und in Obhut des Erzmagiers an die Akademie von Hochalbenwald zu geleiten. Eltern, die sich dagegen wehren, sind bei zwanzig Schlägen mit dem Stock zu züchtigen.

4. Die Schläge haben die Büttel des Landesherren zu geben. Der Erzmager ist nicht verpflichtet, dabei anwesend zu sein.

5. Der Erzmagier trägt Sorge, dass das Kind erste Unterweisungen in der Resonanz bekommt, bis die Akademie erreicht ist.

6. Alle Stellen im Reich sind angewiesen, den Erzmagier mit den Schülern zu unterstützen. Dazu ist der Erzmagier von Steuern befreit, von Zöllen und anderen Abgaben und Gebühren. Er ist auf Kosten der Aufenthaltsgemeinde mit den Schülern zu verpflegen.

7. Davon ausgenommen sind Schüler, die der Erzmagier gegen Geld an andere Ausbildungsstätten verbringt.

Edem 29, 529 nDF, Gezeichnet: Erwahl, 1. Sekretär i.K.H. Halwina Alisia der Zweiten

(Aus dem Korpus Iuris Nordi)

Teil 1

Olgeird der Mächtige? Olgeird der Korrupte! Olgeird der Gierige! Der Name sei verflucht. Er mag ein Erzmagier sein. Uns hat er nur viel Geld gekostet, in all den Jahren. Die Fischer des Nordens haben wenig. Und das Wenige hat er uns auch genommen. Genommen und genommen. Und was haben wir dafür bekommen?

Magie hat er unseren Häuptlingen versprochen. Magie für deren Kinder. Gold hat er genommen. Silber. Stapelweise. Und dann sind die Kinder zurückgekommen. Man sagt, manche Schamanen und manche Ordensritter hätten mehr Talent besessen. Und dann haben die Häuptlinge sich beschwert. Er hat mit den Schultern gezuckt. In jeder Schulter mehr Macht als selbst eine der großen Burgen. Zwei Dörfer hat er zerstört, so erzählt man sich.

Und immer wieder seine Besuche bei den Dirnen. Dürfen dass die Erzmeister überhaupt? Nein, bei uns ist der Name verflucht.

Was er mit dem einen Jungen gemacht hat, den er von uns mitgenommen hat? Ohne Geld dafür zu verlangen? Ich weiß nicht mal, dass er je sowas gemacht hat. Keine Ahnung? Aus Halvarsted? Tjorn? Den Vater, Borri, habe ich gut gekannt. Ein braver und ehrlicher Fischer Die Mutter ist früh verstorben. Und den Sohn, über den hat er immer nur geschimpft, bis der Unnutz eines Tages weg war. Dem Vater war es recht, ein Esser weniger.

Talent? Vielleicht auch an die Akademie gesteckt. Wo er auch nichts gelernt hat. Vielleicht auch irgendwo verkauft. Was geht im Kopf dieses Erzmagiers vor? Ein Gierschlund, der Geld nimmt und die Kinder nicht ausbildet. Keine Ahnung! Geht!

(Aus den Analen des Nordens. Gespräch mit Sigurd Svenson, Meisterfischer von Halvarsted, Auszug aus dem Bericht von Eszina, Erzmagiern der Mitte, für ihre Reise in den Norden, im Auftrag des Kaiserhofs.)

Mein Ruf ist wohl verdient. „Olgeird den Korrupten" nennen sie mich. Olgeird, Erzmagier des Nordens, das wäre der richtige Titel. Warum man mich korrupt nennt? Nun, ich habe meine Hobbies, ein paar davon recht teuer. Und ich nehme Kinder mit nach Sonnenfels. Sonnenfels ist eine Magierakademie für niedere Talente. Jeder Mensch besitzt die Resonanz, zumindest bis zu einem gewissen Grad. Wie alles, was uns umgibt. Wäre es nicht so, würde keine Magie wirken. Und in Sonnenfels können Kinder gegen Geld zumindest etwas Zauberei lernen. Wahre Talente sind das trotzdem nicht.

Ich habe mit meiner Kollegin aus der Zeit in Hochalbenwald eine Vereinbarung. Sie leitet Sonnenfels. Ich bringe Kinder mit Geld, sie unterrichtet sie. Wir teilen das Geld. Warum auch nicht? Im Codex Magicis steht nirgends etwas davon, dass solche

Vereinbarungen unstatthaft sind. Nur die Kinder mit natürlicher hoher Resonanz muss ich nach Hochalbenwald bringen. Durch den Norden und nach Ostland eine Reise von fast einem halben Jahr. Viele Kinder sind es nicht. Ich habe einige Reisen durch den Norden unternommen, von denen ich nicht ein Kind für Hochalbenwald mitgebracht habe. Der Norden ist dünn besiedelt. Doch verständlich, wenn ich also die Reise nicht so häufig mache?

Und ich habe im Kodex Magicis auch nirgends gelesen, dass ich mich nicht vergnügen darf. Nur heiraten ist dem Erzmagier einer Region nicht erlaubt. Gut, das hatte ich sowieso nie vor. Also haben wir das auch geklärt.

Und ja, ich habe die Naturtalente gesammelt. Wie es meine Pflicht ist. Um genau zu sein, es waren bisher drei Kinder aus dem Norden, die ich nach Hochalbenwald gebracht habe. Die Magierin Hjelgar, inzwischen Erzmagierin des Westens, war die erste. Damals war ich in meinem ersten Jahr als Erzmagier. Dann Bila, sie arbeitet heute als Bibliothekarin in Hochalbenwald. Und eben Tjorn, den Entlaufenen, einen talentlosen Jungen, der nie auf die Akademie hätte kommen dürfen. Aber das Gesetz hat es verlangt.

Tjorn hat resoniert. Die Resonanz war schwach. Aber wenn wir die Resonanz direkt spüren, müssen wir das Kind mitnehmen, auch den dümmsten Tölpel. Was immer Tjorn an Talent hatte, auf dem Weg nach Hochalbenwald hat er es nicht gezeigt. Trotz der Resonanz. Was ich gehört habe, ist Tjorn von dort weggelaufen. Daher, was soll die dumme Fragerei von Euch, geschätzte Kollegin?

(Aus den Analen des Nordens, Hofbibliothek. Auszug aus dem Rechenschaftsbericht des Erzmagiers Olgeird, des Erzmagiers des Nordens. Anmerkung des Sammlers: Angefordert von Eszina, Erzmagiern der Mitte, im Auftrag des Kaiserhofs, undatiert, vermutlich 627 nDF, da in diesem Jahr in den Analen abgelegt.)

Niral 12, 617 nDF

Meister Olgeird ist wie so oft unzufrieden. Ich soll inzwischen eine Flamme erzeugen können, meint er. Geschlagen hat er mich. Wie mein Vater. Bei meinem Vater waren es kaputte Netze, die ich nicht geflickt hatte. Bei Meister Olgeird ist es andauernd, dass er schlechte Laune hat. Wir reisen heute drei Tage hinter Sonnenfels und er meint, er hätte mich dort lassen sollen. Als Küchenjunge. Dafür tauge ich.

Meister Olgeird trinkt wieder viel Wein. Wenn er getrunken hat, schlägt er stärker. Oft scheint mir, es könnte Magie dabei sein. Außerdem geht er gerne in Häuser mit freundlichen Frauen und jungen Männern, die ihm zuwinken.

Gestern hat er mir die Hand gebrochen. Daher kein Eintrag gestern. Heute Früh hat er meine Hand von einem Heiler richten lassen. Dabei hat er geflucht, ich wäre unfähig und koste ihn nur unnötig Zeit. Ich hoffe, wo er mich hinbringt ist es besser. Ich trage eine Schiene und darf mit der Hand nur einfache

Bewegungen machen. Warum kann man sowas nicht mit Magie heilen? Als ich die Frage dem Meister gestellt habe, hat er mich nur ausgelacht und gemeint, man vergeudet keine Magie auf solchen Firlefanz. Wozu aber ist Magie denn sonst gut?

Das Wetter ist auch nicht besser als die Laune des Erzmagiers. Herbststürme. Regen. Mein Wetterfleck hält. Nur die Schuhe lösen sich langsam auf. Dem Meister scheint das alles nichts zu machen. Der Regen macht ihn irgendwie nicht nass. Hoffentlich kann ich das auch bald.

Niral 14, 617 nDF

Ich glaube, ich habe heute eine Flamme erzeugt. Sicher bin ich mir nicht. Es war nur ganz kurz, und dann war es wieder weg. Ein Zucken vielleicht. Heiß! Zumindest hat mich Meister Olgeird bis jetzt nicht geschlagen.

Wir haben heute einen Markt erreicht. Hier im Süden sind alle Orte viel größer. Viel mehr Menschen überall. Und Sachen gibt es hier. Klingen, Nähgarn für Netze, Leinen. Mein Vater wäre glücklich, könnte ich ihm davon etwas bringen. Ich habe kein Geld und Meister Olgeird wird für mich kein Geld ausgeben. Schade.

Der Erzmagier hat mich heute Abend mit einem Lehrbuch gemeinsam im Zimmer der Herberge eingesperrt. Er hat mit einem Zauber die Türe versperrt. Vom Fenster aus habe ich gesehen, wie er in ein Haus gegenüber der Herberge gegangen ist. Wieder eines dieser Häuser. Die jungen Frauen haben ihm schon beim Vorbeigehen zugewunken.

Mir recht, wenn ich den Abend für mich habe. Das Lehrbuch ist sehr kompliziert geschrieben. Irgendwas über Monde, Planeten und so. Ich verstehe es nicht. Also kann ich genauso gut im Tagebuch schreiben.

Niral 17, 617 nDF

Heute kann ich erstmals wieder schreiben. Meister Olgeird war sehr wütend, als er herausgefunden hat, dass ich das Lehrbuch überhaupt nicht gelesen habe. Er hat mich angeschrien, dann hat er mich geschlagen. Die letzten zwei Tage haben mir alle Glieder davon wehgetan. Und wir sind äußerst schnell weiter marschiert.

Mein Schuhwerk ist inzwischen löchrig. Meister Olgeird hat nur geschnaubt, ich solle endlich Reisemagie lernen. Ich gehe jetzt Barfuß. Aber die Straße besteht jetzt aus Stein und Schotter. Dazu immer noch der Regen und es ist kalt geworden. So können Sommer im Norden sein. Ich will heim.

Niral 18, 617 nDF

Wir haben eine Stadt erreicht. Eine Mauer, alle Häuser aus Stein. Einen Hafen, hat Meister Olgeird gesagt. Einen Hafen! Wir haben einen Hafen zu Hause. Hier stehen mindestens zehn Häfen! Die Stadt ist riesig. Man geht Stunden, um alle Straßen gesehen zu haben.

Wir haben uns aber nicht lange aufgehalten. Der Erzmagier ist zu einem Laden am Tor gegangen. Dort habe ich gebrauchte Stiefel bekommen. Mindestens zwei Nummern zu groß. Er hat mir geraten, sie mit Stroh auszustopfen.

Die Stiefel sind nötig. Die Straßen sind dreckig. Überall Mist und Unrat, große, schillernde Pfützen. Wenigstens der Regen hat aufgehört. Und Ratten. Überall Ratten.

Der Meister ist dann hinunter zum Meer. Dort hat er in einer Kneipe in der Nähe eines Stegs mit Seeleuten gesprochen. Wir haben dort ein Zimmer bezogen und jetzt warten wir darauf, in der Nacht auf ein Schiff zu gehen. Schiffe haben die hier – so groß! Zwei, drei, vier Masten! Unglaublich.

Niral 26, 617 nDF

Kaum Zeit zu schreiben. Ich kenne Fischerboote. Doch dieses Schiff ist mindestens zehn Mal so groß. Ein Sturm hatte uns gepackt. Kaum hatten wir den Hafen hinter uns gelassen. Mir war speiübel. Inzwischen ist der Sturm abgeklungen. Morgen erreichen wir den Zielhafen.

Meister Olgeird ist immer noch unzufrieden mit mir. Ich kann nichts, sagt er. Ich habe nicht genug gelernt. Ich werde bei der Aufnahme in der Akademie durchfallen. Sagt er.

Was soll ich denn lernen? Keiner erklärt mir was. Was sollen die Monde und Planeten. Wenn Herinos in Kongukion ist, oder wie immer das heißt. Was bedeutet das? Für Magie? Da gehen Presti-Irgendwas besser. Was immer der Meister da meint. Was soll ich da wissen?

Er hat mir jetzt ein anderes Buch gegeben. Ich soll es auswendig lernen. Irgendwelche sinnlosen Silben. En-An-Or. Urd-Ba-Is-Or. En-Urd-Ba. Was soll das jetzt wieder?

Immerhin habe ich ein Ziel. Lernen.

Niral 27, 617 nDF

Urd-Ba-Is-En. Ba-Al-Sid-En. Sid-En-Ba-Ba.

Mein Feuer funktioniert jetzt stabiler.

Wir sind inzwischen in der Hafenstadt von Brodymond angekommen. Wieder eine große Stadt. Meister Olgeird hat mich wieder eingesperrt. Vermutlich geht er wieder im Hafen herum und sucht eines dieser Häuser. Ich lerne die sinnlosen Silben und versuche dabei immer wieder eine kleine Flamme zu erzeugen. Morgen brechen wir zu den Bergen auf, die ich in der Entfernung sehe. Dort soll die Akademie sein.

Niral 29, 617 nDF

Ab-Ba-Sid-Do. Urd-Ba-Sid-Do. Ab-Urd-Sid-Do. Ba-Do!

Ich habe herausgefunden, dass die Kringel unter den Silben Handbewegungen sein könnten. Ich habe im Hafen geübt. Alleine, Meister Olgeird war irgendwo unterwegs. Ich habe aus Langeweile die Kringel unter den Silben mit der Hand nachgemacht. Dabei die Flamme produziert. Plötzlich war da eine Stichflamme. Ich habe vor Schreck die Konzentration verloren und der Flammenstoß ist abgebrochen. Die Decke des Zimmers war schwarz von Ruß.

Meister Olgeird war ein paar Minuten später und sehr wütend im Zimmer. Wieder keine Erklärungen, nur dass ich keine Magie ohne ihn nutzen soll. Und dann hat er mich wieder geschlagen.

Aber das mit den Silben und den Handbewegungen muss ich nochmal probieren! Urd-Ba-An ist jedenfalls die Stichflamme.

Nerul 1, 617 nDF

In zwei Tagen ist es soweit. Wir erreichen die Akademie. Meister Olgeird erklärt mich immer noch für unfähig und nutzlos. Aber inzwischen freue ich mich darauf. Ich habe das Buch bis zur letzten Silbe gelernt. Und versucht, auch die Kringel zu jeder Silbe zu lernen. Die letzte Silbe ist No. Der Kringel sieht ungefähr so aus:

℘

Auch einen neuen Zauber habe ich: Lum-An. Ein einfacher Lichtschein, vom Ende des Kringels in die Luft gesetzt. Kaum Leuchtkraft. Aber echte Magie. Und offensichtlich so schwach, dass der Meister es nicht mit bekommt. Sonst wäre er schon wieder hier und hätte mich geschlagen. Bald sind wir in der Akademie und ich habe immer noch nicht herausgefunden, was er jetzt will. Soll ich zaubern, oder soll ich es nicht?

Nerul 3, 617 nDF

Ein langer Tag. In aller Früh weckt mich Meister Olgeird in unserem Nachtlager, eine Scheune bei einem Bauern nahe der Straße. Wir sind nicht die einzigen

Durchreisenden dort. Ein älterer Soldat, ein Veteran in Ruhe, ist ebenfalls dort. Meister Olgeird hat statt der Reisekleidung jetzt einen eleganten grauen Überwurf aus Wolle mit Kapuze angezogen. Der Mantel ist von einem goldenen Streifen umsäumt, etwa eine halbe Hand breit, und zwar am Fußende, an den Ärmeln und rund um die Kapuze. Der alte Soldat ist zunächst sprachlos, dann äußerst respektvoll.

Als sich der Nebel hebt, kommt auch die Akademie in Sicht. Ein hoher Hügel inmitten eines Tannenwaldes. Genauso ist es. Auf dem Hügel eine Festung. Mehrere Türme, dazwischen Mauern. Ein großer Zentralturm. Achteckig. Mit vielen Fenstern. Das ist die eigentliche Akademie. Hinter dem Bau erstecken sich weitere Hügel, aber nicht mehr so hohe.

Vor dem Wald ist ein Markt. Doch statt hier zu übernachten, oder wenigstens zu Mittag zu verweilen, eilt Meister Olgeird weiter. Als hätte er es eilig. Die Leute auf der Straße gehen ihm respektvoll aus dem Weg. Zum ersten Mal in unserer Reise benimmt er sich wie ein Erzmagier. Und zum Ersten Mal behandeln ihn die Leute wie einen.

Am frühen Nachmittag erreichen wir dann auch nach einem steilen Anstieg am Hügel die Tore der Akademie. Der Meister sagt den Wächtern am Tor, sie sollen mich als wertlosen Schüler übernehmen, nimmt mir das Buch und alle anderen Sachen, sogar die Stiefel, weg. Und geht ohne ein weiteres Wort an mich wieder Richtung Markt. Nicht mal umgedreht hat er sich!

Die Wachen sind nicht besonders freundlich. Setzen mich in eine Stube des Torhauses und da warte ich jetzt.

Nachtrag: Eine Frau in braunem Überwurf und mit zwei Finger breiten Goldstreifen am Saum hat mich abgeholt und in das große achteckige Gebäude geführt. Das von der Nähe noch größer wirkt als von unten im Tal. Wir sind über eine Nebenpforte ins Gebäude. Gleich hinter der Türe ein düsterer Raum. Dort ist ein Mann gestanden, schwarzer Überwurf, drei finger-breiter Goldstreifen. Bleiches Gesicht unter der Kapuze, keine Details erkennbar. Seine Augen nur dunkle Flecken. Murmeln, ein komisches Gefühl in mir, als ob ich Fieber hätte, nur kurz. Dann ein Nicken von dem Typen in Schwarz und die Frau schiebt mich durch eine Türe hinter dem Mann in einen langen Gang. Fackeln an den Wänden, die Mauern dunkler Bruchstein.

Vom Gang hat die Frau mich in ein Zimmer gebracht. Da habe ich einen Kübel für die Notdurft, einen Krug Wasser für Wäsche und Durst sowie eine Wasch-schüssel und ein Stück Brot gefunden, sowie einen Haufen Stroh als Bett.

Es war dreckig und die Flöhe und Wanzen haben mich geplagt. Aber ich war allein, eine Kerze dabei und ich konnte schreiben und das Tagebuch nachtragen. Warum nur habe ich mir die Kringel und Silben nicht kopiert? Hoffentlich haben sie das Buch auch hier in der Akademie.

Nerul 4, 617 nDF

Heute früh haben sie mich in ein Badehaus gebracht und eine ältliche Dienerin hat mich geschrubbt und mir die Haare auf komplett kurz geschoren. „Das ist ab jetzt dein Haarschnitt, bis du Magier bist", hat sie gemeint. Dann hat sie auch alle meine anderen Haare geschnitten. „Wegen der Läuse". Nach einer Einreibung mit einem streng riechenden Öl gab sie mir einen einfachen, grauen Wollüberwurf, ein dünnes Leinenhemd und eine dünne Leinenhose. „Darauf aufpassen, wir ersetzen nur Gewand, wenn es aus natürlichen Gründen kaputt geht."

Ein alter Magier hat mich abgeholt und mich in einen Novizen-Schlafraum gebracht. Dort hat er mir ein altes Bettgestell, eine harte Matratze und ein mit Holzspäne gefülltes Leinenkissen gezeigt, mit den Worten: „Dein Bett. Halte es sauber." Weitere Unterweisungen, wo ich mich wasche, wo der Abort ist, wo man Ersatzgewand bekommt, wo man sein Gewand säubern kann, wo man es reparieren kann, wo die Lese- und Lernzonen sind, und so weiter, und so weiter. Unendlich viele kleine Regeln.

Da wir aber offensichtlich noch auf andere Schüler aus dem Jahrgang warten, habe ich sicher noch genug Zeit, mich an all die Regeln zu gewöhnen. Nur haben wir wenig Freizeit – Novizen werden zur Säuberung der Schule eingesetzt. Ich habe gleich das Glückslos gezogen und muss den Abort reinigen. Auch in den Bereichen für höhere Jahrgänge und Lehrer. So ein Mist!

Nerul 5, 617 nDF

Es gibt offensichtlich eine Rangordnung unter den Schülern. Novizen sind Novizen. Wir werden eher ignoriert. Man unterrichtet uns nicht. Keine magischen Übungen. Ein paar meiner Mitgenossinnen und Mitgenossen haben schon ein paar Tricks drauf. Unter anderem einen Windstoß, mit dem das Fegen der Schlafräume sehr einfach ist. Leider will mir der Trick nicht gelingen.

Hin und wieder beobachten uns ältere Schülerinnen und Schüler. Und ein paar Meister. Jeder echte Schüler bekommt bei der Aufnahmezeremonie einen Meister zugewiesen. Diesem müssen wir dienen und helfen, dafür bekommen wir Einzelunterricht. Die Aufnahmezeremonie ist für den 30. Edem geplant. Das ist noch lange hin.

Dann kommen die Schülerinnen und Schüler der einzelnen Jahrgänge. Mindestens fünf Jahre muss ein Schüler bleiben. Dann erst kann die Prüfung zum Magier stattfinden. Wer es sich leisten kann oder will, oder genug Talent zeigt, kann dann die Meisterklassen besuchen, nochmal mindestens drei und bis zu fünf Jahre. Mit der Prüfung zum Meister schließt man diese Zeit ab.

Unter den Schülern sind natürlich jene mit dem höchsten Talent im Jahrgang die angesehensten. Auch haben Schüler unterer Jahrgänge jenen Schülern höherer Jahrgänge den Vortritt zu überlassen. Generell gibt es strenge Regeln, die wir Novizen lernen müssen.

(Tagebuchfragment, aus den Archiven der Akademie von Hochalbenwald, Abteilung für „gesammelte Schüler-schriften". Anmerkung des Sammlers: Tjorn zuzuschreiben)

Ausbildungsplan
Erste Stunde: Aufstehen, Frühsport, Körperpflege
Zweite Stunde: Frühstück, Rekreation
Dritte Stunde: Thaumaturgie
Vierte Stunde: Magische Sprachen
Fünfte Stunde: Gestik, Körperhaltung
Sechste Stunde: Mittagessen, Rekreation
Siebente Stunde: Selbststudium in der Bibliothek
Achte Stunde: Magische Übungen
Neunte Stunde: Einzelunterricht oder Arbeit beim zugeteilten Meister
Zehnte Stunde: Abendessen, Rekreation
Elfte Stunde: Abendlektionen, Arbeiten für den Meister oder freies Studium.
Zwölfte Stunde: Körperpflege, Selbststudium
Nachtruhe
(Ausbildungsplan aus dem Jahr 618 nDF, aus den Archiven der Akademie von Hochalbenwald)

Elinor 1, 617 nDF
Also bin ich Schüler. Man hat mir Gestern meinen Meister zugewiesen, einen jungen Mann namens Albinus. Hoffentlich wird er mir viel beibringen.

(Tagebuchfragment, aus den Archiven der Akademie von Hochalbenwald, Abteilung für „gesammelte Schüler- schriften". Anmerkung des Sammlers: Tjorn zuzuschreiben)

Name: Tjorn

Beinahmen: Der Talentlose

Herkunft: Nordprovinzen

Geschlecht: Männlich

Familiärer Hintergrund: Bauernstand (Fischer)

Entritt: Nerul 617 nDF

Alter bei Eintritt (geschätzt): 15 Jahre (an der Grenze für eine Aufnahme)

Literat: Beherrscht Grundlagen des Imperials

Sprachen bei Eintritt: Nord-Menschlich Imperial

Resonanz: Schwach (aber wahrnehmbar)

Finder: Olgeird, Erzmagier des Nordens

Anmerkungen des Finders: Untalentiert. Nicht für höhere Magie geeignet. Lernunwillig. Resoniert, daher auszubilden, wie das Gesetz es befiehlt.

Anmerkungen Eintrittsuntersuchung: Resoniert.

Anmerkungen Lehrpersonal 617 nDF:

NFDA: Thaumaturgisch nicht vorgebildet. Lernt gut, wenn man erklärt. Lernt selbst so gut wie gar nicht. Hoher Betreuungsaufwand für ein schwaches Talent. Empfehlung: Mitschleifen, keine Zeit investieren.

BLIP: Sprachlich unbegabt. Für höhere Sprachen nicht geeignet. Empfehlung: Mindestzeit investieren.

IVNA: Talent für Gestik und Körperhaltung. Vorbildung zu bemerken. Benötigt viel Anleitung bei schwachem Talent. Empfehlung: Mitlaufen lassen. Keine Zeit investieren.

NIFI: Kann nicht viel mehr als Flammen zu erzeugen. Selbst einfache andere Zaubereien nicht im Ansatz vorhanden. Da nur schwaches Talent: Zum Kampfmagier ausbilden, Wächter der Akademie?

MSTR: Warum habt ihr mir den zugeteilt? Wollt ihr mich verarschen? Der Typ kann nichts und lernt schwer. Empfehlung: Talent versiegeln, rauswerfen!

BIBL: Darf nur Bücher der ersten und zweiten Reihe lesen. Darf nur maximal ein Buch ausleihen. Darf selbst Kopien schreiben.

SEKR: Einzelgänger, wird von den anderen Schülerinnen und Schülern gemieden. Andere Schülerinnen und Schüler nutzen ihn gerne als unfreiwilliges Opfer ihrer Zauberübungen.

SEKR: Regelmäßig in Krankenstation, sich verschiedene Verletzungen, Verbrennungen oder Flüche behandeln zu lassen.

(Auszug aus der Ausbildungsakte des Schülers Tjorn, Jahr 617 nDF, Archiv der Akademie von Hochalbenwald)

Sumunor, 16, nDF

Lieber Albinus,

du kannst mich nicht haftbar machen für die Schwäche deines Schülers. Ich bin an dieselben

Gesetze gebunden wie du. Und wie es meine Pflicht ist, Kinder mit Resonanz nach Hochalbenwald zu bringen, ist es deine Pflicht als angehender Meister in der Meisterklasse, irgendwann auch Schüler zu unterrichten.

Was willst du? Von deinem Schüler wird nie Großes erwartet werden. Also wird keiner merken, wenn du dem Kerl nichts beibringst. Man kann eben einem Steinkopf kein Wissen eintrichtern. Bei mir hat er mit Silbensprache ein paar kleine Erfolge gehabt. Vielleicht willst du ja Ehrgeiz entwickeln, dann übersetz ihm doch die Zauber in Be-Do. Sonst lass mich in Ruhe und bilde ihn aus oder auch nicht wie es dir beliebt. Meister müssen lernen, eigene Entscheidungen zu treffen. Dass unterscheidet sie von Schülern und manchmal auch von fertigen Magiern.

Außerdem, du kannst dem Rat der Akademie ja vorschlagen, das Talent zu versiegeln und das Gedächtnis zu löschen. Und dann den Jungen einfach auf die nächste Straße setzen. Und fertig. Ich mache dich nur darauf aufmerksam, dass du den Rat damit beschäftigen musst. Wenn du das selbst machst, ist das hochgradig ungesetzlich.

Es gibt auch die Möglichkeit, dass der Junge selbst die Versiegelung verlangt. Der Rat wird dem eher zustimmen als deinem Verlangen alleine. Vielleicht findest du ja eine Möglichkeit, ihn dazu zu bewegen. Und sonst bringt Druck oft auch noch andere Lösungen zugange. Absolutere Lösungen. Ich jedenfalls würde wegen so einer kleinen Kanalratte nicht meine

Karriere riskieren. Schon gar nicht die Prüfung zum Meister.

Mehr kann ich dir nicht raten. Mit kollegialen Grüßen, Olgeird, Erzmagier des Nordens.

(aus den Archiven der Akademie von Hochalbenwald)

Unir 11, 618 nDF

Ich halte das nicht mehr aus. Heute wieder. Der Lehrsaal für Verwandlungen. Ich bin wieder diesem üblen Mädchen und ihren Freundinnen in die Arme gelaufen. Eszina und ihre Bande. Kaum haben sie mich gesehen, haben sie wieder kleine elementare Zauber auf mich geworfen. Eis, Feuer, Blitz, reine Kraft.

Negativformen kenne ich, aber meine Kraft reicht nicht weit. Ist sie zu Ende, treffen mich die Zauber ohne Schutz. Auch wenn diese nur klein sind, wenig Macht, sie tun weh und verursachen je nach Element Erfrierungen, Verbrennungen und Platzwunden. Wenigstens haben sie dieses Mal abgelassen, als ich zu bluten angefangen habe und bevor ich ohnmächtig wurde. Lachend sind diese Kühe davongegangen. Oh, wie ich sie hasse!

Gestern waren sie nicht so freundlich gewesen. Da haben mich ein paar Schüler aus dem fünften Jahr auf die Krankenstation tragen müssen. Einer, ein gewisser Garius, hat mich angespuckt, als sie mich auf das Behandlungsbett geworfen haben. Und hat dazu gemeint, ich wäre untalentiert und sollte endlich die Akademie verlassen. Damit mein Platz für ein echtes

Talent frei sein konnte. Seine Kumpels haben gelacht. Es sind immer Plätze frei und jedes Talent muss genommen werden.

Die Heilerin an der Akademie, eine ältere Meisterin namens Amilnia, war auch nicht besser. Während sie mir die Wunden mit einer Kräuterpaste eingeschmiert hat, meinte sie nur, dass die Schüler vermutlich Recht hatten. Besser, ich wäre weg.

Heute wieder. Krankenstation. Und wieder dieser gute Rat. Ich solle doch nach Sonnenfels gehen. Da wäre mein Talent ausreichend. Und, wie soll ich das machen? Ich habe kein Geld, habe ich gesagt. Sie hat gelacht und gemeint, dann müsste ich eben durchbeißen oder irgendwann ohne Ausbildung verschwinden.

Und dann? Wohin soll ich gehen? Zu meinem Vater, der froh war, mich los zu sein? Am besten, ich bringe mich um. Dann ist es vorbei.

(Tagebuchfragment, aus den Archiven der Akademie von Hochalbenwald, Abteilung für „gesammelte Schüler-schriften". Anmerkung des Sammlers: Tjorn zuzuschreiben; Es sieht so aus, als hätte jemand innerhalb der Akademie aktiv an der Vernichtung Tjorns gearbeitet.)

Die Akademie von Hochalbenwald ist nicht nur ein Ort großer Gelehrsamkeit, sondern auch ein recht aktiver Ort zur Herstellung magischer Produkte. Bücher, Gegenstände, Tränke. Und was immer nicht mehr benötigt wird, überflüssig ist oder einfach Mist, wird über das Müllsystem der Akademie entsorgt. Die Akademie hat dabei eine recht einfache Methode entwickelt – sie nutzt ein natürliches Höhlensystem unter ihrem Fundament, welches regelmäßig mit Wasser geflutet wird. Dabei wird ein Bach aus den Höhen rund um die Akademie umgeleitet, spült den Mist fort und tritt am Ende der Höhlen in einem Bereich unterhalb der Hochalbener Steilwände wieder zu Tage. Die Flutung wird über ein Rückhaltebecken gesteuert, welches im Sommer auch für Schwimmunterricht und Badevergnügen dient.

Da diese Steilwände nur wenigen bekannt sind, und noch weniger sich jemals dorthin verirren, ist das Risiko recht gering, dass der Mist dort bemerkt wird. Dennoch gibt es seit einiger Zeit das Gerücht im Dorf, es hätte sich dort ein Verrückter angesiedelt. Und der durchstöbere nun den Mist nach wertvollen Zutaten, Büchern und Wissen. Und lebt quasi von den Abfällen dort.

Die Akademie hat bereits drei Mal in den letzten zwei Jahren versucht, diesen Gerüchten nachzugehen, konnte aber bei den drei Expeditionen in die Steilwände keine Hinweise darauf bemerken, dass dort ein Mensch lebt. Auch nicht dieses Mal, im Winter. Nur unberührter Schnee.

Die letzte dieser Expeditionen hat vor drei Tagen stattgefunden. Das Ergebnis war wie zu erwarten negativ. Trotzdem empfiehlt die Abfallbeauftragte, eine bessere Methode der Entsorgung kritischer Materialien zu suchen, da unter anderem bei den Schneeresten am Wandfuß nicht mehr benötigte Lehrbücher in noch lesbarem Zustand zu finden waren.

Weiteres empfiehlt sich Seitens der Akademie aktiv gegen die Gerüchte im Dorf vorzugehen. Nicht, dass genau so ein Verrückter angelockt wird und versucht, unsere magischen Geheimnisse zu stehlen. Aus Sicht der Abfallbeauftragten wäre das eine gute Übung für unsere Schülerinnen und Schüler, den Geist beeinflussende Zauber aktiv auszuprobieren.

Ein Bericht ergeht an die Ordensverwaltung, um Missverständnissen mit dem Orden vorzubeugen.

(Bericht von Meisterin Adama, Abfallbeauftragte, 27. Unir 618 nDF, Archiv der Akademie von Hochalbenwald – Anmerkung des Sammlers: der Bericht ist etwa zwei Wochen vor dem Verschwinden von Tjorn entstanden und wurde durch diesen im Auftrag der Meisterin dreimal kopiert)

Unir 29, 618 nDF

Heute wieder von meiner täglichen Runde durch die Lehrräume mit dem Mist zurückgekommen. Wie tief bin ich gesunken. Magier wollte ich werden. Jetzt bin ich der Mistjunge, der hinter den hohen Herrschaften Magieschülern herräumt und vom Mist lernen darf, den sie großzügig hinterlassen. Adama ist in Ordnung, aber auch sie erklärt nichts und zeigt nichts.

Man hat mir jetzt mehrfach nahegelegt, ich solle mein Talent versiegeln lassen und dürfte die Akademie verlassen. Aber dann werde ich nie mehr Magie nutzen können. Es muss einen anderen Ausweg geben. Aber welchen?

Odil 3, 618 nDF
Ich glaube, ich habe einen Weg gefunden. Die Abfallklappe neben dem Wasserbecken, mit dem die Höhlen geflutet werden. Zwischen der Klappe und dem Höhlenmund ist ein kleiner Spalt, der nach Außen führt. Öffnet man die Klappe vorsichtig, müsste man den Spalt erreichen können. Und dann müsste ich mich hinaus zwängen können. Beim nächsten Vollmond, in der Nacht. Ich will mein Talent nicht verlieren!
Hoffentlich ist kein Eis zwischen Spalt und Höhlenanfang.
(Tagebuchfragment, aus den Archiven der Akademie von Hochalbenwald, Abteilung für „gesammelte Schülerschriften". Anmerkung des Sammlers: Tjorn zuzuschreiben)

Anmerkungen Lehrpersonal 618 nDF:
SEKR: 12.Unir 618 nDF. Vereitelter Selbstmordversuch. Großmeisterin Umelia erlässt den Befehl, Tjorn statt einer Ausbildung in den Administrativen Innendienst zu geben. Er wird der Abfallbeauftragten Adama zugeteilt. Dafür erhält er ein Quartier bei den Dienern und ist damit vielleicht sicherer vor Nachstellungen.

ABFB: Schüler ist brauchbar und willig. Ich muss etwas tun, dass ihn die anderen Schüler in Ruhe lassen. Sie ärgern ihn auch über die Quartiersverlegung hinaus.

SEKR: 10. Odil 618 nDF. Schüler ist unerlaubt ohne fertige Ausbildung von Akademie geflohen. Da nur niedriges Talent, unwahrscheinlich, dass Ausbruch unkontrollierter höhere Magie. Steckbrief erlassen, tot doppelt so viel wert – zehn Goldstücke.

ABFB: Kein großer Verlust. Neuanforderung einer Assistenz nötig.

MSTR: Man hätte sein Talent versiegeln und ihn gleich rauswerfen sollen, wie dem Rat am 8. Unir vorgeschlagen.

(Stempel „Akt geschlossen" und Rundsiegel der Akademie)

(Auszug aus der Ausbildungsakte des Schülers Tjorn, Jahr 618 nDF, Archiv der Akademie von Hochalbenwald)

Aufgrund der Flammen gestern Nacht im Bereich des Hochalbener Höhenrückens haben heute unsere Jäger nach den Spuren des Brandes gesucht. Sie kehrten unverrichteter Dinge zurück. Es konnte eine schlecht gesicherte Feuerstelle gefunden werden, mit Spuren einer Person. Möglicherweise ein Wilderer. Essensreste deuten auf ein erlegtes Kleinwild – ein Feldhase. Die Jäger versuchten, mit einem Spürhund der Spur des Wilderers durch den niedrigen Schnee zu folgen, mussten jedoch zur Dämmerung die Suche abbrechen, ohne der Person habhaft zu werden, die sich jedoch dem Höhenrücken entlang in Richtung Steilwand bewegt haben dürfte. Da dies außerhalb des Jagdgebiets liegt, und diese jetzt im Winter vereist ist, wird von einer weiteren Verfolgung abgesehen.

(Bericht aus der Herrschaft Seittal, Bereich Hochalbenwälder, vom Tag nach dem Verschwinden von Tjorn dem Talentlosen)

(auf schmutzigem Pergament mit Kohlestift geschrieben)
Ich habe den Fuß der Steinwand mit Glück erreicht. Hier lagert tatsächlich eine Menge Gerümpel aus der Akademie im Schnee. Was Meisterin Adama übersehen haben dürfte: Der Bach kommt aus einer Höhle, die zumindest am Höhlenanfang begehbar ist. Sogar trockenen Fußes. Die Brühe, die aus der Akademie rinnt, stinkt erbärmlich und tötet jedes Leben. Aber was interessiert mich das? Ich werde trotzdem den Gang erkunden und herausfinden, was ich hier zum Leben und Lernen finde.

Ich habe in einer Felsspalte neben dem Bach einige verschmutzte Pergamentbögen entdeckt, die ich noch beschreiben kann, also werde ich wieder mit dem Tagebuch anfangen. Was geht mich die offizielle Zeitrechnung der Akademie an? Also kann ich nach meiner Freiheit zählen.

Tag Drei meiner Freiheit – sehr erfolgreich. Gleich ein Quartier gefunden, in einer der Höhlen knapp über dem Bach. Wärme geben erhitzte Steine. Der Flammenzauber kann auch dafür verwendet werden. Ich verbrenne altes Gerümpel. Fische leben in einem Nebenbach, der sauber ist. Dort kann man das Wasser auch trinken. Gestank liegt über dem Bereich – kein Wunder, das Adama rasch wieder abgezogen ist.

Dankenswerter Weise hat sie mir die besagten Lehrbücher aus ihrem Bericht da gelassen. Es handelt sich um Abschriften, die meine werten Kolleginnen und Kollegen gemacht haben und nicht mehr brauchen. Letzte Woche haben sie mich noch geschlagen und mit ihren Zaubern gejagt. Heute helfen sie mir. Ich finde das äußerst lustig.

Tag Vier – langsam lerne ich, wie man mit dem Flammenstoß Fische jagt und grillt. Der letzte war nicht mehr verbrannt. Das Geheimnis ist, sie in Lehm zu hüllen und dann mit der Flamme zu grillen. Ist der Lehm durchgetrocknet, zerbricht man ihn und hat auch gleich Haut und Schuppen des Fisches herunter. Ein Messer wäre gut, um die Eingeweide vor dem Grillen raus zu bekommen.

Tag Fünf – heute eine alte Schreibtafel gefunden. Was mal drauf gestanden hat, weiß ich nicht. Als Schreibunterlage ist sie großartig. Habe heute auch versucht, in die Höhle einzudringen, der Gestank ist entsetzlich.

Nachtrag: Heute Abend kam eine große Menge Wasser aus der Höhle geschossen. Das dürfte die Reinigung des Baches sein. Für kurze Zeit war der Strom reißend, jetzt ist es wieder ein Rinnsal. Vielleicht kann ich morgen in die Höhle.

Tag Sechs – es gibt den Verrückten Alten. Heute Morgen stand er vor der Höhle und hat nach mir gerufen. Er hatte offensichtlich Spuren von mir neben dem Bachlauf bemerkt. Der Name ist Reyminius und so verrückt scheint er nicht zu sein. Er meint, ich könne sein Lehrling werden. Sie hätten ihn aus der Akademie geworfen, und jetzt arbeite er eben mit dem, was die Akademie achtlos entsorgt.
Ich werde Magier! Und Reyminius wird mein Meister. Ich werde ihn den Alten nennen.
(Tagebuchfragment in Nord. Anmerkung des Sammlers: gefunden in einer Kiste aus den Ruinen einer kleinen Hütte in den Östlichen Hochalbenwäldern, Sicherheitsraum der Abteilung für magischen Müll, Akademie Hochalbenwald)

16. Odil 618 nDF

Der Junge ist in Ordnung. Sie haben ihn aus der Akademie geworfen. Ein wenig einfältig vielleicht. Aber genau das, was ich für meine Arbeit brauche. Talentiert ist er auch, vielleicht nicht so sehr, wie die Akademiker ihn gerne hätten, aber es wird für das Experiment reichen. Ein Glücksfall. Er ist durchaus lernwillig. Gut. Ich habe ihn an die Anfängerbücher gesetzt, die er vor dem Steilhang gefunden hat. Er versteht die Bücher wenig, aber mit Hilfe geht ihm die Magie gut von der Hand. Er ist ein Naturtalent für Gestik und Haltung. Feuer beherrscht er bereits leidlich. Ich habe ihm eine einfache Wasserform gezeigt und er hat sie auf Anhieb verstanden. Die in der Akademie sind wirklich Idioten.

17. Odil 618 nDF

Sprachlich ist Junge eher ungeschickt. Macht nichts. Die in der Akademie lehren immer nur entweder Drak oder Albo, aber mit der Silbensprache Be-Do kann man auch gut arbeiten. Ich muss ihm zwar die Zauber übersetzen, die er lernen soll, aber wenn er es in Silbensprache bekommt, ist er durchaus talentiert. Heute habe ich eine einfache Luftform gezeigt, und Junge hat auf Anhieb einen Blitzfunken erzeugen können. Immer noch nur niedrigste Magie, aber das Verständnis ist da.

18. Odil 618 nDF

Junge schnüffelt herum. Sehr neugierig. Ich muss dieses Tagebuch gut versteckt halten. Auch die erste Erdform hat er verstanden. Elementarmagie geht also. Trotzdem, er muss andere Energien meistern, wenn er mir nützlich sein soll.

19. Odil 618 nDF

Hab Junge heute eine einfache negative Form versuchen lassen – er sollte nur mit zwei Silben, No-Lam, ein Insekt töten. Vorstellen, dass das Insekt stirbt. Dabei Gestik und Silben. Beim dritten Versuch hat es geklappt.

20. Odil 618 nDF

Junge ist als Jäger talentiert. Er jagt mit kurzen Flammenstößen. Interessante Technik. Ich habe ihm einen einfachen Lockruf beigebracht, mit dem er kleine Tiere rufen kann. Soll er üben und uns das Essen beschaffen.

(Tagebuchfragment in Imperial. Anmerkung des Sammlers: gefunden in einer Kiste aus den Ruinen einer kleinen Hütte in den Östlichen Hochalbenwäldern, Sicherheitsraum für magischen Müll, Akademie Hochalbenwald)

Man nehme aus der Mitte und ziehe den Kreis. Der Kreis muss aus Silber oder Salz bestehen. Das Pentagramma kommt in dero Mitte, dass die Zacken der fünf Zacken den Rand des Kreises berühret. Das Pentagramma ziehet man mit Pulver, das sey zu einem Drittel Kohle, zu einem Drittels Salpeter und zu einem Drittel Schwefel. Das Pulver mische mit einem Teyl der Holzspäne. Gebe das Pulver auf die Linien des Pentagramma.

Nun schreybe ein dero Zeichen als was gegeben sind hier...

(Buchfragment, wahrscheinlich aus „Griebwelds Kompendyum dero Beschworenem", gefunden in den Ruinen einer kleinen Hütte in den Östlichen

Hochalbenwäldern, Sicherheitsraum für magischen Müll,
Akademie Hochalbenwald)

Tag 48

Der Alte wird mir langsam unheimlich. Heute hat er
mit mir weiter an diesem Kreis gearbeitet, mit dem
Stern darin. Sein Meisterwerk, meint er. Wenn er nicht
schimpft, dass ich zu ungenau bin, liest er in dem
schwarzen Buch, dass er hütet. Mich lässt er es nicht
lesen. Hin und wieder liest er was vor.
Arbeitsanweisungen.

Morgen soll der Kreis fertig sein. Der Mond steht dann
richtig, oder sowas. Ich bin skeptisch.

Er hat auch zwei kleine Kreise gezogen. Einen im
großen Kreis, einen außerhalb. Ich soll als Assistent im
Kreis innerhalb des großen Kreises stehen, er wird als
Meister außerhalb des Kreises sein.

Interessanter ist das Herstellen der Materialien für den
Kreis. Salz hat er pfundweise in seiner Hütte. Es
scheint, als hätte er alles lange schon geplant.

Tag 49

Heute ist es soweit. Wir stecken gerade Kerzen in die
Spitzen des Sterns. Der Meister wird mich gleich bitten,
ein Tier zu rufen. Er will einen Blutgeist beschwören.
Dafür braucht er eine Schale Blut. Und die muss dann
in die Mitte des Kreises.

Nachtrag: In wenigen Augenblicken ist es soweit. Wir
haben alles vorbereitet, auch das Tier. Ich habe ein

Messer und die Schale, mit der das Blut in die Kreismitte gebracht werden soll. Der Alte meditiert noch.

Nachtrag 2 von Tag 50: Der Alte hat es gemacht. Aber es ist alles anders gekommen als geplant. Jetzt ist er tot und ich bin wie betrunken. Aber alles der Reihe nach:

Es war gleich nach Einbruch der Dunkelheit, und auf der Lichtung, wo wir den Kreis errichtet haben. Wir haben mit Zauberei die Kerzen angesteckt. Ich habe dann das Eichhörnchen, das ich gerufen hatte, aus dem Käfig genommen und mit dem Messer getötet. Das Blut habe ich in die Schale gegeben. Die habe ich in die Mitte des großen Kreises gestellt. Der Alte hat dabei die ganze Zeit was in einer alten Sprache gemurmelt, ich habe es nicht verstanden.

Dann bin ich in meinen kleinen Kreis und habe mit ihm mit den Singsang gesprochen, den ich sprechen soll: Arwenjuwad, esmaldenach, arwenjuwad, isumenom, esmaldenach, arwenjuwad, isumenom, und wieder von vorn. Dabei habe ich auftragsgemäß das Pulver des Sterns entzündet. Da hat ein einfacher Flammenstoß wie für die Jagd genügt.

Irgendwann nach ein paar Minuten ist in der Mitte über der Schale mit dem Blut eine Dampfwolke erschienen. Der Alte hat triumphierend einen Namen geschrien, „Nantha!"

Dann ist die Dampfwolke zusammengefallen, und im großen Kreis war neben der Schale mit Blut eine junge

Frau. Ich habe das nächste Wort des Singsangs vergessen, so schön war die.

Bleiche Haut, wie Schnee. Schwarze Haare, und völlig nackt. Volle rote Lippen, kleiner Mund, Große, dunkle Augen. Kleine Nase. Langer Hals. Schmale Schultern, schlanke Arme. Und die Brüste... Die Brüste, voll, steif, mit heraustretenden Nippeln, bei den Göttern! Und dann erst der Rest, schmale Hüften, ein dunkles Dreieck, haarig. Schlanke, lange Beine. Eine Göttin der Schönheit. Aber die Brüste! Diese nackte Frau!

Der Alte ist aufgeregt aus seinem Kreis gelaufen und hat gekreischt, dass das nicht richtig sei. Sie sollte ein Teufel sein, ein Dämon. Hat er geschrien. Die Frau hat nur gegrinst und ihr Grinsen hat scharfe, spitze Zähne gezeigt. Vor allem lange, spitze Eckzähne. Dann ist sie auf den Alten zugegangen. Durch das Feuer des Sterns. Ohne Schuhe oder irgendwas an. Ohne Schaden.

Der Alte hat die Hand gehoben und einen Zauber auf die Frau geworfen. Blitz, nehme ich an. Die hat jetzt laut gelacht, ist endgültig auf ihn zu. Dann hat sie ihn an den Schultern und dem Kopf gepackt, mit Gewalt seinen Hals entblößt und mit Kraft zugebissen.

Das Blut des Alten hat gespritzt. Ist ihr über Lippen und Kinn auf ihre Brust getropft. Genau zwischen ihre Nippel. Dann hat sie sich zu mir umgedreht. Der Anblick. Der Alte ist hinter ihr zusammengesackt, tot.

Sie hat irgendwas in einer unbekannten Sprache gesagt. Ich habe auf nichts anderes blicken können, als auf die weiße Haut ihrer Brust, die sich dunkel davon abhebenden Nippel, und das Blut, das dazwischen weiter nach Unten geronnen ist. Und dann hat sie meinen Kreis erreicht. Ich habe immer noch nichts sonst ansehen können, mit offenem Mund, als ihre Brüste. Sie hat ihre rechte Hand ausstrecken versucht. Lange, feingliedrige Finger. Wie in Trance habe ich diese Finger auf mich zukommen gesehen. Blut des Alten darauf.

Dann hat es ein zischendes Geräusch gegeben. Und sie hat schnell ihre Hand zurückgezogen. Was immer mich bis jetzt gehalten hatte, war vorbei. Meine Sinne waren zurück. Und ich habe direkt in ihr Gesicht geblickt. Der Mund war nun schmal und gepresst. Dann haben ihre Augen zornig geblitzt und sie hat den Mund geöffnet, um was zu sagen. Der war innen wie ein schwarzes Loch. Und eine schwarze Zunge ist vorgestoßen.

Ich habe intuitiv gewusst: Wenn Du diesen Kreis verlässt, bist Du tot. Aber was tun. Ich habe sie angesprochen: „W... wer bist Du?"

Das erstaunliche war, dass sie mir antworten konnte: „Malunia" Und ich habe versunken geantwortet, „Malunia".

Für mich ist das, was danach gefolgt ist, immer noch wie ein Traum. Ich habe meine Hand gehoben und sie bis an den Kreisrand ausgestreckt. Sie ihre Hand auch. Und wir haben uns an der Grenze des Kreises Handinnenfläche an Handinnenfläche berührt. Wie über eine Brücke aus Blut. Das Blut des Alten, das die Grenze zwischen uns war. Das Blut des Alten klebt, wenn ich das jetzt schreibe, immer noch an mir.

Es war wie ein Stoß mit dem magischen Blitz. In mir hat sich alles zusammengekrampft. Gleichzeitig aber hat auch Malunia gezuckt. Wie von einer Peitsche getroffen, und doch wirkte sie nicht leidend. Dann habe ich den Kreis verlassen, wie unter Zwang, und meine Arme ausgestreckt. Und sie ist mir nahegetreten, bis ihre Brüste meinen Oberkörper berührt haben. Zwei Blitze an zwei Punkten. Dann hat sie ihren Kopf meinem nahe gebracht. Und dann haben sich unsere Lippen berührt. Noch mehr Blitze, dieses Mal Mund an Mund. Lippen an Lippen aufeinander, hart, dann zärtlich. Und dann... Haben wir uns geküsst.

Und dann ist sie in mein Armen in einer Rauchwolke verschwunden.

Und ich bin alleine dagestanden, mit den niedergebrannten Kerzen und dem erloschenen Stern inmitten des Kreises. Und war... einsam. Und eine unangenehm klebrige Nässe hat sich in meinem Schritt ausgebreitet.

(Tagebuchfragment in Nord. Anmerkung des Sammlers: gefunden in einer Kiste aus den Ruinen einer kleinen Hütte in den Östlichen Hochalbenwäldern, Sicherheitsraum der Abteilung für magischen Müll, Akademie Hochalbenwald)

Teil 2

Nantha (Böser Geist)

Der machtvollste bekannte Todesgeist. Äußerst gefährlich. Wahrer Name unbekannt. Kann in mehreren Formen auftreten, es wird eine Abhängigkeit von der Phantasie des Beschwörenden angenommen. Es wird eine gewisse Sensibilität des Geistes für die Gedankenwelt des Beschwörenden vermutet. Es wird eine Fähigkeit zur Beeinflussung des menschlichen Verstandes vermutet.

Notizen: Viele unerfahrene Beschwörer versuchen, diesen Geist zu rufen, da er als Name in „Griebwelds Kompendyum dero Beschworenem" genannt ist. Da es sich um keinen Wahren Namen handelt, kann auch ein Meistermagier diesen Geist nicht permanent kontrollieren. Wie Nantha generell als wiederstrebend gilt. Daher ist die Todesrate der Nutzer von Griebwelds Buch hoch, auch wenn das Werk von einem kompetenten Meister benutzt wird. Zum Glück kann sich der Geist nicht permanent in der Realität festsetzen. Er fordert jedoch immer mindestens ein menschliches Opfer, meist den Beschwörer selbst, aber auch alle ungeschützten Beobachter und Assistenten. Der einzige bekannte Schutz ist ein sauber gezogener und verzauberter Schutzkreis, der nicht verlassen werden darf. Von der Beschwörung dieses Geists wird dringend abgeraten.

[...]

Nantha selbst gilt als mystischer Hintergrund einiger dunkler und düsterer Kulte. Insbesondere bei den Istri, einer Gruppe von südlichen Nomaden, gibt es die Figur der „Erinia", die in der Forschung oft mit Nantha gleich gesetzt wird. Diese Göttin ist ein Wesen der Dualität, die das Leben geben aber auch nehmen kann. Dargestellt als junge, hübsche Frau mit rabenschwarzem Haar, steht sie auch für den Kult des Mordes, des Todes, der Geburt und der Unsterblichkeit. Die Istri fürchten diese „Göttin" und bringen Blutopfer dar, insbesondere unerwünschte Personen, Clanfremde, die aus Sicht der Clanchefs der Istri den Tod verdient haben. Zum Beispiel, weil sie den Clan bestohlen haben, geschadet, oder sich auch nur geweigert haben, den Istri zu überlassen, was immer die bei der Durchreise gefunden haben.

Auch in ein paar großen Städten des Imperiums gibt es Gruppen, die diese Erinia als Göttin der Finsternis, Dunkelheit und der Diebe und Meuchelmörder anbeten. Insbesondere in den größeren Städten des Ismerischen Reichs finden sich immer wieder Kultzellen, die mit Hilfe düsterer Rituale von diesem Götzen Gnaden erbitten. [...}

(Auszüge aus „Gesammelte Kommentare zur Kunst der Beschwörung" von Arturo Eisenbeiss, Bibliothek der Akademie von Hochalbenwald, verbotene Zone)

Tag 50

Das Bild dieser Frau verlässt mich nicht. Sie hat mich verhext. Das muss es sein.

Ich habe heute die Überreste des Alten runter zum Bach geschleppt und ihn dort unterhalb der Badestelle ins Wasser geworfen. Hoffentlich schwemmt ihn das Wasser fort. Oder die Tiere fressen ihn.

Der Alte war bleich wie die Frau. Eine klaffende Wunde am Hals. Ein Fleck mit geronnenem Blut war dort. Viel hat die Frau nicht getrunken. Das meiste dürfte erst über Nacht ausgeronnen sein. Auch habe ich die Schale mit dem Eichhörnchen-Blut und meine Hände gewaschen. Vom Kreis ist nicht viel mehr zu sehen gewesen. Das Salz war größtenteils vom Tau aufgelöst. Und die Asche des Pulvers hatte zwar einen beißenden Geruch, aber mehr als schwarze Striche gab es nicht mehr.

Nachtrag: Was kann ich tun, ich muss diese Frau wieder sehen!

Nachtrag 2: Wo finde ich Dich, Malunia?

Nachtrag 3: Malunia!

Tag 51

Malunia!

Ich muss nochmal die Beschwörung versuchen. Es geht nicht anders. Warum nur muss dieses vermaledeite Buch in Albo geschrieben sein!

Salpeter, Schwefel, Kohle. Dazu Holzspäne im Verhältnis eins zu eins. Der Alte hat mir nur wenige

Reste hier hinterlassen. Vielleicht reicht der dünne Beutel noch.

Salz. Salz habe ich genug.

Kerzen – da habe ich noch Reste gefunden. Ich muss es versuchen!

Malunia!

Tag 52

Heute Nacht will ich es versuchen. Es ist alles vorbereitet.

Malunia!

Tag 53

Malunia!

Was habe ich mir da angetan? Was denn nur! Warum? Malunia!

Sie ist gekommen, wie beim ersten Mal. Ich habe sie gleich mit Malunia gerufen, und sie ist erschienen. Lächelnd ist sie erschienen, wie aus meinen Träumen. O wie süß die wenigen Augenblicke waren, die sie da war. Malunia!

Sie hat mich an der Stirn berührt, mit ihren zarten Fingern. Sanft. Und ich habe verstanden. Oh, und wie ich sie verstanden habe. Malunia!

Einmal am Tag darf ich sie rufen. Nicht öfter.

Ich brauche nicht den Kreis, das Pulver oder die Kerzen. Der Name reicht. Reicht, sie nahe zu wissen, sie zu spüren. Und wenn ich sie will, wirklich lieben will, da muss ich Ihr einen Körper schaffen.

Sie wird mir zeigen, wie ich das kann. Tag für Tag wird sie es mir zeigen. Mit ihren zarten Händen meine Stirn berühren und das Wissen mir geben. Oh, Malunia, wie sehne ich mich nach dir! Malunia!

Ihr Kuss zerreißt mein Herz. Aber ich weiß, was ich zu tun habe. Und dann werden wir zusammen sein, Malunia!

(Tagebuchfragment in Nord. Anmerkung des Sammlers: gefunden in einer Kiste aus den Ruinen einer kleinen Hütte in den Östlichen Hochalbenwäldern, Sicherheitsraum der Abteilung für magischen Müll, Akademie Hochalbenwald)

Wir haben im Auftrag der Akademie von Hochalbenwald die berichteten merkwürdigen Vorkommnisse und den Feuerschein im Wald östlich der Akademie untersucht. Offensichtlich wurde in einer Lichtung ungefähr fünf Meilen von den Hochalbener Steilwänden entfernt ein Beschwörungsritual vollzogen. Den Spuren entlang einem Wild-Pfad folgend sind wir nur wenig entfernt zu einer Hütte gekommen, in der wir Spuren von mindestens einem Bewohner gefunden haben. Eine zerfledderte Ausgabe von „Griebwelds Kompendyum dero Beschworenem" haben wir ebenso vorgefunden, wie Essensreste, die darauf hindeuten, dass die Hütte bis vor kurzem bewohnt war. Reste alchemistischen Zubehörs und ein paar Bücherfragmente konnten ebenso eingesammelt werden.

Von einer Verfolgung der Person oder Personen, die in der Hütte gehaust haben, haben wir abgesehen, da wir keine Spürhunde dabei hatten. Dafür haben wir alles Brauchbare für die Akademie sichergestellt und die Hütte mit einem kontrollierten Feuer zerstört.

Ich rege an, in den nächsten Wochen vermehrt die Gegend zu patrouillieren, um allfällige Rückkehrer festzustellen und festzunehmen.

(Bericht von Ritter Hereos, Ordensbezirk Hochalbenwald, 4. Bimin 618 nDF, Archiv des Ordens)

Tag 93

Endlich wieder Pergament.

Die Tage, seit ich fluchtartig die Hütte verlassen musste, waren entsetzlich. Ohne Malunia hätte ich das nicht durchgehalten. Sie ist meine Stütze, meine Rettung. Malunia!

Wie immer mich diese Rotkreiser gefunden haben. Zum Glück waren sie sehr laut am Beschwörerkreis. Trotzdem habe ich nichts mitnehmen können, außer dem Lehrbuch in der Hand. Schade um mein Tagebuch. Aber das wichtigste trage ich sowieso im Herzen. Malunia!

Das Städtchen hier heißt Nieselheim. Eigentlich ein passender Name. Nicht viel größer als das Heimatdorf, dass ich gefühlt vor einer Ewigkeit verlassen habe. Aber es ist viel seitdem passiert. Es regnet. Seit mehreren Tagen. Aber der Fleck hier hat keinen Magier. Und auch keinen dieser weißgekleideten Ordensritter, die mich aus der Hütte verjagt haben.

Ich habe mir inzwischen auch einen schönen Tarnnamen zugelegt: Talymon von den Flammen. Malunia hat mich viel gelehrt. Auch wie man den Geist der Menschen verwirrt. Wie man sie überzeugt, Magier zu sein. Wie man sie mit ihrer Gier, mit ihrer Lust und ihrem Stolz beeinflusst, dass sie tun, was man von Ihnen erwartet. Malunia weiß so viel.

Inzwischen kann ich auch die Magie hören. Sie spricht zu mir, wie eine Quelle. Wie ein heller kleiner Bachlauf. Murmelt, fließt. Malunia hat es mir gezeigt. Ich bin doch ein Talent, meint sie. Man muss mich nur ausbilden. Die Akademie hat das nicht gewollt. Das weiß ich inzwischen. Olgeird hat das schon nicht wollen. Der Erzmagier des Nordens. Auch das hat mir Malunia erklärt. Was immer sie mir sagt, es klingt alles so ehrlich und wahr.

Hier wird Olgeird sehr gefürchtet, auch wenn das nicht sein Gebiet ist. Sie nennen ihn „den Korrupten". Passend. Ich war versucht, ihn als meinen Lehrer zu bezeichnen. Aber das war Malunia zu riskant. Sie meinte, ich soll lieber nichts angeben. Oder, dass mich die Magier des Ostens gelehrt hätten. Es ist zu riskant, dass ich Aufmerksamkeit errege.

Besser ist es, die Leute zu manipulieren, meint Malunia. Und sie hat wie immer Recht. Und dass die Stadt hier zu klein ist, ihr einen Körper zu schaffen.

Das mit dem Körper - es gibt da mehrere Möglich-keiten. Sie meint, für mich wird es einfacher, den

Körper aus Teilen toter Frauen zu bauen. Sonst gibt es auch das Formen eines Körpers aus Lehm oder Stein, den man in Fleisch verwandelt. Aber das dauert mir zu lange, der Zauber dafür ist extrem kompliziert. Oder ich finde einen lebenden Frauenkörper, der zu ihr passt. Aber verglichen mit der zarten Schönheit Malunias sind die Frauen und Mädchen hier pump und hässlich.

Jedenfalls will mich Malunia schon bald die nötigen Zaubereien lehren, die ich brauche, um Körperteile zu konservieren, nahtlos aneinander zu fügen und so zu formen, dass sie das Bild Malunias ergeben. Oh Malunia, wären wir nur schon zusammen!

Ich arbeite als Magier hier. Liebeszauber und das Entfernen von Warzen oder das Mildern von Zahn-schmerzen – das ist einfach, ich nehme mit Magie den wehen Zahn heraus und stille den Schmerz. Malunia hat mir die Zauber gegeben. Sie sind einfach, nur wenige Gesten und Silben. Aber sie bringen Geld. Heute hat mir eine Frau erstmalig eine Goldmünze gezahlt. Sie wollte einen Zauber für den Mann, den sie liebt. Hilfe möglich. Malunia sei Dank. Und Ich habe wieder Pergament.

Tag 94

Wieder auf der Reise. Der Liebeszauber. Der Mann war der Bürgermeister. Die Frau war eine ehemalige Geliebte. Und wollte ihn dazu bringen, seine Frau zu verlassen. Der Zauber hat tadellos funktioniert, aber er hält nicht ewig. Bevor die Wirkung nachlässt, muss ich weg sein. Hat Malunia mir geraten. Und wieder ein guter Rat.

Das nächste Ziel ist Brodymond, wo ich eine Überfahrt nach Nordland finden will. Das wird Geld kosten. Leider kommen auch viele Akademiemagier dort durch. Ich erinnere mich noch gut an Meister Olgeird und unseren Aufenthalt. Die Reise wird ein paar Wochen dauern.

Malunia!

Tag 95

Heute Abend Rast in einer Gaststätte. Dort habe ich einen Steckbrief gefunden. Für mich. Die Akademie will mich tot. Was soll das? Zum Glück ist das Bild schlecht getroffen. Trotzdem darf niemand herausfinden, wer Talymon in Wahrheit ist. Malunia hat mir schon vor ein paar Tagen einen Zauber gezeigt, mit dem ich Haare nachdunkeln lassen kann. Den habe ich auf mich selbst angewandt.

Habe Malunia beschworen und gehofft, sie wird mir raten können. Sie hat mir Trost gegeben, aber keinen Rat. Dafür war der Kuss von Ihr... Der Wahnsinn.

Malunia!

Tag 96

Habe mich einer Handelskarawane angeschlossen. Da bin ich zwar langsamer, aber als sie erfahren haben, dass ich freier Magier bin, hat mir der Karawanenmeister Bifrid richtiges Gold geboten. Jetzt ist es meine Aufgabe, die Karawane in der Wachmannschaft zu begleiten. Ich sorge auch mit dem Tierruf für frisches Essen.

Was schwieriger ist, ist das tägliche Treffen mit Malunia. Habe mehrere Anläufe gebraucht, bis ich unbeobachtet genug war, sie zu rufen. Sie hat mir dann ein Geheimnis verraten, wie ich sie still rufen kann. Das Blut, das ich dafür benötige, bekomme ich von den gerufenen Tieren. Ich werde daher ab morgen bei der Feldküche mithelfen.

Malunia!

Tag 97

Die Karawanenköche haben Angst vor mir. Ein gutes Gefühl. Es schafft mir auch Freiraum. Ich brauche mich nach Tagesende nur in den leeren Küchenwagen zurückziehen und habe Ruhe. Malunia!

(aus den Tagebüchern von Tjorn)

Talymon? Den hatten wir tatsächlich vor vielen Jahren bei uns auf der Karawane. Ich war damals noch ein ganz junger Bursche, zweiter Gehilfe des Zahlmeisters. Wie der zu uns gekommen ist, war das kein Magier. Abgerissen, mager, struppig. Nicht viel älter als ich. Der alte Karawanenmeister Bifrid hat ihm gesagt, er soll was zaubern, und der Kerl hat ein kleines Feuerchen gemacht. Aber für die Jagd und Versorgung der Karawane mit frischem Fleisch war er ganz brauchbar. Und als Hilfskoch. Bis dieser Talymon uns am Hohlfernpass den Arsch gerettet hat. Und wir alle gewusst haben: Er ist doch ein Magier. Und dann war er unser großer Held.

(Gesprächsnotiz, Karawanenmeister Esmal, aus dem Privatarchiv des Sammlers)

Tag 98

Der Angriff auf die Karawane ist plötzlich erfolgt. Wir ziehen durch ein hügeliges Gebiet mit vielen Bäumen. Plötzlich Ist an der Spitze des Wagenzugs lautes Rufen und der Wagenzug stoppt. Dann Schreie und Waffengeklirre. Angst in mir. Da sehe ich aber schon auf meiner Seite der Karawane zerlumpte Gestalten mit Knüppeln, Spießen und Stangen aus dem Gebüsch auftauchen. Ein großer, bärtiger Kerl mit einem riesen Knüppel läuft genau auf mich zu. Vielleicht noch zehn Meter. LAM-OR! Der Feuerruf. Sonst dosierter Feuerstoß. Hier in Panik mit was ich habe. Sogar ich spüre die Hitze, obwohl der Stoß direkt auf den Kopf des Mannes fährt. Und genau zwischen Mund und Nase trifft.

Ein Schrei, zuerst Überraschung, dann Schmerz! Ich kann sehen, wie das Feuer die Haut vom Gesicht des Mannes schält und der Bart in Flammen aufgeht. Unter der Haut kommt Knochen zum Vorschein, kurz hell, dann dunkelschwarz, dann verwandelt sich auch das in Windeseile in eine dunkle Aschewolke, als sich die Flamme durch den Kopf brennt. Der Schrei erstirbt und der Körper des Mannes geht zu Boden.

Ascheflöckchen sind alles, was vom Kopf übrig ist und langsam zu Boden fällt.

„Magier!", „Magier!" – der Angstschrei aus vielen Kehlen. Was ein wilder Angriff von Banditen war, wird zur wilden Flucht. Alle wollen nur weg. Die Hügel hinauf. Auf der anderen Seite der Karawane, auch Vorne und Hinten, überall, wo die Banditen aus dem Wald gelaufen sind, rennen sie. Magier, rufen sie. Magier! Sogar die Karawane ruft, aber dort eher Siegesgebrüll. Magier!

Mir selbst ist übel. Was ich sonst als Murmeln einer Quelle höre, ist derzeit stumm. Wie nach einem Fieber fühle ich mich. Die Fingerkuppen an der rechten Hand sind gerötet. Von den Flammen vielleicht. Ich werde hochgehoben und wie im Triumpf zum Karawanenleiter gebracht. Viel bekomme ich nicht mit. Aber es fühlt sich gut an. Alle freuen sich. Und ich muss umgekippt sein.

Am Abend erwache ich in einem der Wägen. Sie haben neben der Ware Platz für mich gemacht. Die Frau des Händlers, dem der Wagen gehört, sitzt mit einem nassen Tuch neben mir und tupft meine Stirn. Was vom Tag geblieben ist, sind starke Kopfschmerzen. Heute kann ich Malunia nicht rufen. Ich kann es nicht. Kein Gefühl. Irgendwer reicht mir einen kleinen Beutel mit Münzen. „Beute", meint der Wächter. Immerhin.

Tag 99

Das Rauschen ist wieder da. Aber ich komme erst am Abend wieder dazu, zu schreiben und Malunia zu rufen. Sie ist zufrieden, lobt mich für den Flammenstoß und meint, ich solle ruhig öfter an die Grenze des Flusses gehen. Denn je mehr ich an die Grenze gehe, desto größer wird der Fluss der Magie.

Malunia!

(aus den Tagebüchern von Tjorn. Anmerkung des Sammlers: Die nächsten Tage im Tagebuch sind gefüllt mit Belanglosigkeiten und dem Wort „Malunia!". Tjorn scheint damals ohne weitere Probleme und in seiner Tarnung als Talymon den Hafen von Brodymond erreicht zu haben. Das deckt sich auch mit den offiziellen Berichten der Herrschaften entlang der Reiseroute, wo im betreffenden Zeitraum nur der Überfall auf die Karawane geschildert wird und dass ein reisender Magier – der Name wird nicht näher genannt – die Karawane von den Banditen gerettet hat.)

Anzeigen-Mitschrift und Entscheidungen des Magistrats in der Sache „Überfall auf Karawane am Hohlfernpass"

Heute hat der löbliche Karawanenmeister Bifrid den Überfall einer nicht näher genannten größeren Zahl an Banditen im Bereich des Hohlfernpasses auf die ihm unterstellte Karawane vor dem Magistrat angezeigt. Das Ereignis hat sich nach Angabe des Karawanenmeisters zwei Tage zuvor ereignet. Ein von der Karawane als Verstärkung der Wache angeheuerter reisender Magier hat die Banditen vertrieben. Ein Bandit wurde von eben diesem Magier mit einem elementaren Feuerzauber getötet. Zwei Wächter der Karawane kamen mit Verletzungen davon. Die anderen Banditen sind vorerst entkommen.

Beschluss des Magistrats: Von einer weiteren Untersuchung des Vorfalls wird abgesehen.

Begründung: Auf Wegelagerei steht die Todesstrafe. Elementarzauber sind den Magiern genehmigte Angriffs- und Verteidigungswaffen, solange diese nicht gegen Zivilisten, Privatbesitz und Imperiales Eigentum gerichtet sind. Räuber sind per Definition davon ausgenommen. Daher hat der Magier im Rahmen geltender Gesetze gehandelt. Da die anderen Banditen entkommen sind, sind Befragungen oder Verurteilungen wegen Wegelagerei vorerst nicht möglich. Daher kann auch in diesem Fall die Untersuchung abgeschlossen werden. Somit war Beschlussgemäß zu entscheiden.

Beschluss des Magistrats: Der Herrschaft am Hohlfern-Fluss ergeht eine Meldung, damit diese Maßnahmen gegen die Banditen ergreifen kann. Weiteres werden Boten gesandt, auch die anderen Herrschaften im Gebiet zu warnen.

Begründung: Nach geltendem Gesetz haben die Herrschaften entlang einer Straße für Erhaltung, Ordnung und Sicherheit aufzukommen und Wegzölle im Namen des Kaisers einzuheben. Sie sind durch Überherrschaften in dieser Funktion zu unterstützen, Kosten dürfen mit den Lehensabgaben gegenverrechnet werden. Die Herrschaften haben sich jederzeit einer Prüfung durch einen unabhängigen Quästor zu stellen.

Stadt Busum und der Magistrat sind eine anerkannte Überherrschaft, daher hat der Magistrat die Verpflichtung, die Herrschaften zu unterstützen. Nach dem Gesetz ist die Weitergabe von Informationen als Unterstützung anzusehen. Somit war Beschlussgemäß zu entscheiden.

Aufgenommen Niral, 20. 618 nDF, Ritter Kammerland, 2. Sekretär der Ordensverwaltung Busum, im Auftrag des Magistrats der Stadt. Siegel und Unterschrift.

(Archiv der Stadt Busum)

Tag 123

Heute bin ich in Brodymond angekommen. Die Stadt ist immer noch so hässlich wie vor einem Jahr. Es ist tatsächlich fast genau ein Jahr her, dass ich mit Meister Olgeird hier durchgezogen bin. Inzwischen sprießt mir bereits ein Bart. Nur dünne Haare, ich bin immer noch sehr jung für einen Magier. Und mehr als den Flammenstoß kann ich immer noch nicht – jedenfalls nicht wirklich stark.

Das Stadttor ist ein grauer, burgartiger Kasten. Doppeltor, mindestens sechs Meter hoch, am Flusslauf gelegen, bevor der Fluss sich zu einer Bucht öffnet. Links und rechts der Bucht sind Stege und in der Bucht liegen mehrere Schiffe verankert. Auf Reede, sagen wohl die Seeleute.

Der Karawanenhof ist direkt nach dem Stadttor am Fuß eines Hügels, der zur Hauptburg des Hafens führt.

Am Turm der Hauptburg ist wieder das Zeichen dieses verdammten Ordens.

Vom Tor geht eine Mauer hoch zur Festung. Und im Schatten dieser Mauer direkt hinter dem Tor ist der Karawanenhof. Auch ein Steuerbüro für den Wegzoll ist dort untergebracht. Wer in die Stadt will, braucht erst eine Klärung, ein Stück Papier, auf dem bestätigt ist, dass man den Zoll gezahlt hat. Erst dann kann man den Karawanenhof verlassen. Mit Meister Olgeird war das alles keine große Sache. Man ging zu den Wächtern am Tor und nannte den Namen, und die Wächter nahmen sofort Haltung an und man war durch. Das geht jetzt nicht so schnell. Auch muss ich noch auf mein Gold warten.

Im Moment sitze ich in der Stube für Karawanenwächter und schreibe in meinem Tagebuch. Immer wieder kommen Karawanenwächter bei mir vorbei und bedanken sich nochmal für die Unterstützung. Ich lächle und winke und meine, keine Ursache. Aber es scheint trotzdem allen wichtig, mit mir freundlich zu sein. Auch einen Krug Bier hat mir wer spendiert. Und es wären noch mehr, wenn ich nicht Angst hätte, ich könnte davon besoffen werden.

Nicht, dass ich was gegen Bier habe – hier in der Stadt ist das Wasser untrinkbar schlecht und Wein ist zu stark. Aber zu schnell und zu viel ist nicht gut, wenn man Magier ist. Hat mir Malunia geraten. Und was Malunia rät, ist immer gut.

Malunia!

Hier wäre genug Material, den Körper für Malunia zu bauen. Aber hier kommen zu viele Magier durch, die mich erkennen könnten. Die Akademie ist nur wenige Tage entfernt und über diesen Hafen kommen alle Erzmagier von ihren Jahrestouren, wenn sie neue Schüler für die Akademie haben. Und der Orden sitzt auch hier. Die mich verjagt haben! Fluch über sie! Kein Risiko!

Ich kenne auch die Nordlande zu wenig, ganz zu schweigen vom Rest der Welt. Malunia hat gesagt, dass die Herstellung des Körpers am Besten in einer möglichst großen Stadt erfolgen sollte, wo es weniger auffällt, wenn Teile von Toten verschwinden. Also werde ich eine solche suchen.

Malunia rät mir auch, mich mit Medusin und Anumtonie oder so ähnlich zu beschäftigen. Muss ich herausfinden, was sie da meint. Angeblich bringt mich das mit Toten in Berührung, ich kann also einfacher an die nötigen Teile kommen.

Wenn ich mit Reisenden spreche: Hier in der Region ist Brodymond die größte Stadt. Und die Stadt ist groß. Aber wenn man fragt, die allergrößte Stadt dürfte Albenion sein, die Hauptstadt des Ismerischen Reiches. Dieses Reich liegt im Südwesten und kann direkt von Brodymond mit Hilfe eines Schiffs erreicht werden. Auch die Ostlande hier um die Stadt gehören dazu, als Teilkönigreich.

Mal sehen, was eine Überfahrt nach Albenion kostet.

Ich sollte mir mit dem Gold auch bessere Gewänder zulegen. Das, was ich derzeit habe, ist abgetragene und dreckige Reisekleidung. Und ich habe schon gemerkt, dass es nicht schadet, als Magier gekleidet zu sein, um als Magier erkannt zu werden.

Malunia!

Inzwischen ist es Abend und Bifrid, der Karawanenleiter, ist gekommen. Bevor er auszahlt, hat er sich zu mir gesetzt und gefragt, ob ich nicht länger mit ihm mitziehen will. Er möchte auch gut zahlen. Ich habe gefragt, ob er zufällig in Albenion vorbeikommt. Er hat gelacht, dann aber mit einem Augenzwinkern gemeint, ja, klar, aber nicht sofort. Ich habe angemerkt, dass ich noch bessere Reisekleidung und Gewand für einen Magier brauche, aber sonst gerne. Aber nur bis Albenion. Er war sofort einverstanden und hat mir die gebotene Menge Gold genannt – doppelt so viel als bisher. Pro Monat.

Da ich bei den Karawanenwächtern zugehört hatte, wenn sie Karten gespielt haben, weiß ich inzwischen, dass er mir nur wenig Gold zahlt. Ich habe daher hoch gepokert und gesagt, ich will mindestens zehnmal so viel. Bifrid bietet fünf, ich acht, er schlägt ein. Nachdem ich ihm auch beim Feilschen zugesehen habe, bin ich mir sicher, ich habe immer noch viel zu wenig verlangt. Aber wenn ich dafür nach Albenion komme, soll mir das Recht sein. Immerhin ist Kost und Logis frei.

Der Lohn wird gezahlt. Fünf Goldmünzen. Großartig. Morgen sehe ich in die Stadt und kaufe Magier- und Reisegewand.

Malunia ist etwas verstimmt. Ich hätte Albenion nicht nennen sollen. Niemals sollte man sagen, wo man hin will. Keiner sollte das wissen. Ich soll mich schon mal nach der zweitgrößten Stadt umsehen. Sonst ist es gut, dass ich noch Erfahrung mit der Karawane gewinne, bevor ich mich an ihren Körper wage. Malunia ist so weise. So klug. So schön! Malunia!

(Anmerkung des Sammlers: Tjorn war dann für etwa eine Woche in der Stadt. Er besorgte sich Magier-kleidung, in Hellgrau mit fingerbreitem Goldsaum – hier zeigt sich die Weisheit entweder von Malunia oder dem erfahrenen Karawanenführer Bifrid und seinen Leuten. Denn das ist die Standardkleidung eines Jungmagiers, wobei die Farbgebung nahe genug an der Novizen-kleidung lag, um keinerlei Augenbraue zu heben. Leider steht dazu nichts im Tagebuch, wie es zur Entscheidung gekommen war. Zu vermuten ist, dass Malunia geraten hat, unauffällige Kleidung zu wählen und Bifrid dem Jungen zu diesem Gewand verhalf. Fakt ist, dass er dadurch weit weniger in Gefahr geriet, als unausge-bildeter Magier enttarnt zu werden.
Der Magier geht im Tagebuch auch auf den Umstand ein, dass Bifrid ihm einen Aufpasser mitgegeben hatte. Der Karawanenwächter Ostur, ein erfahrener, aber älterer Schwertkämpfer, hatte den Auftrag, in der Woche auf Tjorn aufzupassen. Die Vermutung Tjorns, dass Bifrid hier verhindern wollte, dass sein neuer Karawanen-magier in Probleme geriet, dürfte stimmen.
Belegen hat es sich bisher nicht lassen. Schriftliche Zeugnisse, wie Tagebücher oder Karawanenlogbücher konnten keine gefunden werden. Ob Bifrid jemals in der

Lage war, ordentlich zu schreiben, darf bezweifelt werden. Es hat dem Erfolg dieses Karawanenmeisters jedenfalls keinen Abbruch getan. In Ostland hatte dieser Mann unter Händlern nur den allerbesten Ruf.

Es ist dann eigentlich nur mehr ein einziger weiterer Tagebucheintrag Tjorns aus dem ersten Besuch von Brodymond interessant, und zwar, wo Tjorn über die Freudenhäuser und dem Erzmagier Olgeird schreibt – bezeichnend für die Psyche des jungen Tjorn. Aber letztlich nochmal eine Abrechnung auch mit seinem ersten Lehrer, Olgeird.)

Tag 125

Heute haben mir die Schneider die neuen Gewänder angemessen. Das Nähen wird zwei bis drei Tage dauern, das passt. Die Karawane bleibt noch für eine Woche. Gut so.

Am frühen Abend habe ich mit ein paar Wächtern die Stadt besucht. Wir sind auch an mehreren der Häuser vorbei gegangen, die Meister Olgeird so gerne aufgesucht hat. Die Jungen, Mädchen und Damen davor waren grell geschminkt. Einige davon sogar ganz reizend, fast so hübsch wie Malunia, auch bleich mit roten, vollen Lippen. Aber weit von Malunias natürlicher Schönheit entfernt. Alles nur Schein.

Die Karawanenwächter haben sich dann auf diese Häuser aufgeteilt. Auch mir haben immer wieder diese Jungs, Mädchen und Frauen Kusshände zugeworfen. Aber sofort habe ich wieder das Bild von Malunia vor Augen gehabt. Eine der Damen ist sogar richtig zudringlich geworden und wollte mich unbedingt in ihr Haus bringen. Ich habe sie weggeschoben. Einer der jungen und geschminkten Männer hat mich daraufhin angesprochen. Ob ich lieber Jungs haben möchte? Nö, ich habe dankend abgelehnt. Er hat mich dann gehen lassen. Aber trotzdem gemeint, ich sei kein ganzer Mann. Das Mädchen hinter ihm hat gekichert und gemeint, ich sei ja noch so jung. Ich solle zurückkommen, wenn ich einer werden will, und sie macht aus mir einen. Der Mann hat auch gelacht und gemeint, ich soll mich mal überhaupt erst selbst finden. Bei Malunia! Was für ein Ort!

Ich bin dann fast fluchtartig zurück in den Karawanenhof gelaufen. Malunia! Was immer Meister Olgeird an diesen Leuten findet.

Malunia tröstet mich. Malunia ist mein ganzes Sein! Malunia!

(Anmerkung des Sammlers: Die nächsten fünf Jahre kann man aus dem Tagebuch von Tjorn gut zusammenfassen: Er zog mit Bifrid und seinen Leuten durch die Länder des Kontinents von Ubunor, immer unter dem Namen von Talymon, und machte sich einen guten Namen als Karawanenmagier. Auch wenn er als Einzelgänger und Sonderling galt. Er verdiente gut in dieser Zeit und hatte ein kleines Vermögen zusammengetragen. Im Tagebuch finden sich einige Seiten nur mit Buchhaltungszahlen. Das Geld war, auch auf Anraten von Bifrid, der den Magier offensichtlich sehr geschätzt hatte, bei mehreren Händlern über mehrere Länder und

den Ostlanden des Imperiums gut investiert, viele davon regelmäßige Kunden der Karawane. Von weiteren Aktionen des Magiers ist nichts bekannt. Der Überfall am Hohlfern-Pass dürfte tatsächlich der einzige gewesen sein, wo Tjorn aktiv gezaubert hatte. Es dürfte aber damit der Ruf der Karawane und ihres Magiers in der Zeit ausgereicht haben, selbst größere Räuberbanden davon abzuhalten, die Karawane zu belästigen.

Für Imperiale, die mit den Reichen im Osten und Ubunor weniger vertraut sind: Der Kontinent hat ganz im Westen die imperialen Ostlande. So genannt, weil das Gebiet aus Sicht des Imperiums im Osten liegt. Das Gebiet wird von mehreren Fürsten und Königen im Auftrag des Kaiserhofs verwaltet, die untereinander mehr oder weniger Frieden halten und die Gesetze des Ismerischen Reiches beachten. Zwei kampfstarke Legionen und die Akademie von Hochalbenwald halten diesen Status für das Reich aufrecht. Die größte Stadt ist Brodymond. Diese ist auch der Sitz des Vizekaisers der Ostlande.
An die Ostlande im Norden grenzt die Zweifroststeppe, in welcher Nomaden ihr kümmerliches Dasein fristen und mit den Ostlanden begrenzt Handel treiben. Weiter im Osten liegen ausgedehnte Wälder und Moore, die von halbzivilisierten Fürsten und ihren Völkern bewohnt werden. Karawanen ziehen durch diese Gebiete, allerdings nur groß und schwer bewaffnet. Räuber, Einwohner und Soldaten der Fürsten können in diesen Gebieten synonym verwendet werden. Allerdings fürchten diese Leute die Magie des Imperiums, also ist

ein Karawanenmagier fast schon ein Garant dafür, keine Probleme zu haben. Vermutlich hat auch deswegen Bifrid nicht allzu sehr nachgefragt, woher sein Magier gekommen ist.

An diese Wälder und Moore schließt eine Wüstensteppe mit nur wenigen Wasserstellen und befestigten Karawanenplätzen an, die sich bis zum fernen Reich der Ostlinge erstreckt. Dieses ferne Reich ist für Reisende verboten, Handel wird nur an den Grenzen getrieben.

Im Süden liegt ein unüberwindlich hohes Gebirge mit nur wenigen Pässen. Wilde Stämme von kleinwüchsigen Menschen mit ledern wirkender und eher dunkler Haut und wildem Haarwuchs wohnen in diesen Bergen. Auch bei diesen Leuten sind Magier gefürchtet.

Hat man die Pässe im Süden überwunden, kommt man in das Flusstal des Gulputra, mit dem gleichnamigen Reich bronzehäutiger Menschen. Karawanen aus dem Norden werden an der Grenze in Handelsorte eingelassen, aber wie bei den Ostlingen werden Händler, die neugierig weiter ins Land vordringen wollen, in aller Regel festgenommen und entweder in die Handelsorte zurückgebracht, oder den schrecklichen Göttern dieses Reiches geopfert. Über die weiteren Landstriche nach Süden und Osten ist nichts bekannt.

In Folge noch ein paar wenige ausgewählte Einträge aus der Zeit vor der Abreise des Magiers aus den Ostlanden. Sie zeigen beispielhaft den Entwicklungsweg des Magiers, aber auch die Beziehung zum Geist Nantha, *den er weiterhin konsequent als „Malunia" bezeichnet, und sein Verhältnis zum Wächter Ostur.*

Noch eine Bemerkung zu den Tagangaben. Bei der Auswertung der Tagebücher wurde versucht, die Tagnummerierungen in ein Zeitgerüst einzuordnen, es scheint aber, dass Tjorn, es ist vermutlich Unachtsamkeit, Tage auslässt. Vor allen in den Jahren zwei und drei seiner Zeitrechnung weißt das Tagebuch längere Abstände auf, wo die eigene Zeitrechnung danach nicht mehr konsistent ist. Der Grund für die Lücken geht aus den Tagebüchern nicht hervor.)

Tag 238

Heute haben wir Schantang erreicht, eine Siedlung der Hanren, auch genannt Ostlinge, am Ende der großen Wüste. Diese Menschen hier sehen anders als vom Imperium her gewohnt aus, sprechen eine andere Sprache und haben eine andere Schrift, die ich nicht verstehe. Dafür habe ich meine magischen Silben wieder gefunden – die Menschen sprechen hier in diesen Silben. Für sie ist es eine normale Sprache. Aber übersetzen kann ich trotzdem nichts.

Die Stadt selbst ist künstlich in einem Zug angelegt worden. Sie ist viereckig, mit einem hohen aus Lehmziegeln und gestampfter Erde gebauten Wall gesichert und wirkt von außen wie ein Militärlager. Wären nicht Frauen und Kinder in der Stadt anwesend, ich hätte diesen Ort wirklich für eine Festung halten können.

Karawanen müssen außerhalb der Stadt Zelte aufschlagen, man darf dann nur mit einem Pass in die Stadt, den die örtlichen Wachen gegen Geld ausstellen. Das Geld hier ist auch anders, es gibt kreisrunde Münzen mit einem Loch in der Mitte. Die Münzen sind aus Bronze, Eisen und die ganz teuren Münzen aus einem grünlichen Stein, der Jade genannt wird. Gold wird als Handelsware eingetauscht, aber Bifrid hat uns gewarnt, dass wir nur wenig Münzwert für unser Gold bekommen, wenn wir das selbst versuchen. Nicht, weil es wenig wert ist, sondern weil uns die Händler hier übers Ohr hauen.

Die Karawane macht Geschäfte, dann zahlt uns Bifrid einen Teil des Solds in hiesigen Münzen aus. Ich erhalte fünf Jademünzen und den Hinweis, dass das viel Wert hat. Mein Aufpasser war schon einige Male hier und kann mir helfen. Ich halte Bifrids Besorgnis immer noch für unnötig, muss aber zugeben, dass es hier ganz nützlich ist. Ostur kennt sich wirklich aus, spricht sogar ein paar Brocken der lokalen Sprache.

Leider ist der Aufpasser aber auch einer, der gerne selbst in die Freudenhäuser geht. Also habe ich für den Besuch eine Vereinbarung mit ihm: Er hilft mir, einen Raum zu suchen, wo ich ungestört Magie üben kann. Da will ich natürlich meine Liebste, Malunia, der Name ist immer reinste Magie für mich, rufen. Und während ich Magie übe, geht er, wohin er will. Er muss mich nur zwei Stunden später abholen. Der Aufpasser war natürlich sofort einverstanden. Für ihn bedeutet es zwei Stunden seiner liebsten Beschäftigung.

Die erste Überraschung war der Pass. Das war kein Pergament, wie bei uns, sondern ein hauchdünnes Ding, dass „Zchi" genannt wird. Dort haben die Wächter mit einem großen Stempel in Rot was draufgestempelt und haben uns passieren lassen. Das hauchdünne Blatt irgendwas ist dann jeweils auf Aufforderung zu zeigen. Die Wachen können gebrochen unsere Sprache.

Die nächste Überraschung waren die Gebäude in der Stadt. Holz, Lehmwände. Mehrstöckig. Was von außen aussieht wie eine Burg ist im Inneren enge Straßen, viele Menschen, hohe Gebäude. Wo sie hier am Rand der Wüste das Holz hernehmen, würde mich wirklich interessieren. Auch ist das Holz hier interessant. Das sind keine Bretter wie bei uns, sondern lange, dünne und runde Stangen, etwas, das sie „Zchuhzi" nennen. Die Stangen werden zusammengebunden und dienen als Verstärkung für Böden, Decken, Wände. Nur die Dächer sind aus gebrannten Tonziegeln gefertigt.

Weniger wundere ich mich über das Angebot in der Stadt. Wie in so vielen Städten entlang den Karawanenrouten gibt es hier viele Garküchen, Trinkhäuser und Häuser der Freuden. Aber auch Häuser, wo man Zimmer mieten kann. Der Aufpasser kennt da offensichtlich einen Händler, der unsere Sprache spricht, und gegen ein gutes Trinkgeld habe ich meinen leeren Raum. Mit Öllicht und Riegel an der Türe.

Malunia erscheint wie immer, wir machen unsere tägliche Lektion, sie küsst mich leidenschaftlich und ich bin wieder alleine. Aber dieses Mal hat sie mir noch etwas geflüstert. Nämlich, dass ich hier in Gefahr bin. Hier bin ich im Bereich der östlichen Magier. Ich darf nicht innerhalb der Stadt zaubern. Gut zu wissen. Kann ich das Tagebuch nachtragen. Aber wo soll ich jetzt üben? Ich werde den Vermieter fragen.

Nachtrag: Ich habe den Händler gefragt und er hat gemeint, fremde Magier müssen sich nicht registrieren, dürfen aber nicht lange bleiben. Ich soll hinaus zur Karawane, dann links um die Stadt herum und zum See, der neben der Stadt liegt. Dort soll ich auf einem der Pfade durch den Wald und dort, auf der anderen Seite, wird mich niemand sehen oder fragen. Ich habe dem Händler gedankt, ihm eine Bronzemünze gegeben und gemeint, er solle mir den Aufpasser nachschicken. Dann bin ich gegangen.

Es war bereits dunkel und draußen recht kühl. Dank eines einfachen Schutzzaubers war das aber kein Problem. Nur hatte ich den Rat übersehen, innerhalb der Stadt nicht zu zaubern. Meine eigene Magie nehme ich als Fluss wahr. Wenn andere starke Magier in der Nähe sind, spüre ich deren Fluss wie Regen, der auf Wasser tropft. Wie kleine kräuselnde Wellen. Fast sofort, nachdem ich den Schutz gezaubert hatte, war da das Gefühl von Regen. Ich bin eilends zum Tor und raus. Der Regen ist in der Stadt geblieben.

Auf dem Weg zu diesem Wald bin ich dann zwei Wächtern begegnet. Einer davon war spürbar magisch begabt. Sie konnten beide gebrochen meine Sprache und wollten wissen, was ich vorhätte. Ich erklärte, dass ich auf den Weg zum Wald neben dem See wäre. Der eine Wächter wollte mich weiter winken, doch der andere, der Magier, hat mich gehalten und gemeint: „Nix da gehen. Gefahr."

Ich bin dann unverrichteter Dinge zum Lager der Karawane zurück. Da ist dann auch mein Aufpasser gekommen.

Und wieder eine einsame Nacht – Malunia!

(Anmerkung des Sammlers: Wer die Hanren kennt, weiß, wie viel Glück Tjorn hier gehabt haben muss. Die Jingcha ist da normalerweise nicht so freundlich, einen Magier in ihrem Gebiet zaubern zu lassen. Zu vermuten ist, dass von Seiten der Kaiserlichen Administration von Xia in diesen Jahren keiner der Beamten einen Streit mit den Karawanen haben wollte und daher Weisung gegeben hat, ein wenig toleranter mit Karawanenmagiern zu sein.)

Tag 239

Ich bin zeitig in der Früh dann vom Lager weggeschlichen. Was hat es mit der Gefahr hinter dem Wald auf sich?

Und wieder eine Überraschung: Der Wald besteht aus genau diesen dünnen Holzstangen. Das sind die Stämme der Bäume hier. Sehr merkwürdig. Diese Bäume haben genau einen Stamm, keine großen Äste, dafür viele kleine. Und längliche Blätter.

Kurz entschlossen bin ich durch den Wald gegangen, auf die andere Seite. Dort habe ich einen Bachzulauf zum See und die eintönige Steppe am Rand der Wüste gefunden, in die die Stadt gebaut ist. Keine Gefahr. In dem Augenblick höre ich hinter mir Schritte und habe mich umgedreht. Mein Aufpasser ist wieder da gestanden.

Ich habe dann meine ganze Energie abgearbeitet, wie Malunia mir empfohlen hat. Malunia. Den Strom der Magie hast Du mir gegeben, doch den Schlaf hast Du mir geraubt. Malunia!

Tag 448

Brodymond. Ich habe für mein Experiment am Markt ein frisch geschlachtetes Huhn gekauft und es mir gleich in zwei Teile hacken lassen. Aufpasser ist nur sicher gegangen, dass ich mein Zimmer habe, dann ist er ins nächste Freudenhaus verschwunden. Ich habe Malunias letzte Lektion abgearbeitet. Vollständig. Sie hat mir gezeigt, wie ich Fleisch mit Fleisch verbinden kann. Die Haut, die Knochen. Danach war es wieder ganz. Leider war immer noch eine Narbe zu sehen. Aber inzwischen kann ich das Zusammenfügen schon recht gut.

Dann habe ich das Huhn wieder gespalten, wieder zusammengefügt, und wieder gespalten. Bis mein Strom fast versiegt war.

Jetzt schreibe ich noch schnell das Tagebuch, dann lege ich mich hin, bis Aufpasser mich wieder abholen kommt.

Malunia!

Tag 672

Brodymond. Mein übliches Zimmer. Aufpasser ist schon weg. Heute ist es mir gelungen, das Huhn nicht nur nahtlos zusammenzufügen, sondern auch zu beleben. Es läuft noch immer hier im Zimmer herum, ohne Kopf und ohne Federn. Irgendwie abartig. Auch ist das „Leben" kein echtes Leben. Es ist das Erfüllen eines toten Körpers mit einem Geist aus dem Jenseits. Dieser Geist ist klein und dumm. Befehle sind nur eingeschränkt möglich. Aber das ist schon echte höhere Energie. Die Kosten für die Belebung sind hoch – mein Strom ist fast versiegt.

Wenn ich mit dem Schreiben fertig bin, werde ich das Huhn braten. Auch Aufpasser muss nicht alles wissen. Es reicht schon, wenn er bei meinen elementaren Übungen zusieht. Da passt ein gebratenes Huhn gut dazu.

Mit Aufpasser muss ich mir aber was einfallen lassen, wenn ich dann bald beginnen werde, Malunia einen Körper zu bauen. Alles muss er nicht wissen. Malunia gehört nur mir allein! Malunia!

Tag 1414

Malunia!

Heute meiner Liebe wieder einen Schritt näher gekommen. Das alte Buch, das ich dem Händler abgekauft habe, ist tatsächlich ein Band voll Zeichnungen vom Inneren eines Menschen. Und es steht sogar ein Name des Zeichners drauf: Todoro. Und die Heilerschule, wo das Buch gefertigt wurde: Universität von Islagrond.

Aufpasser hat natürlich nichts verstanden. Warum das Buch so toll ist. Und hat nur den Kopf geschüttelt, als ich dem Händler ohne feilschen fünfzig Goldstücke in die Hand gedrückt habe. Aber das Buch ist mehr wert. Viel mehr.

Malunia, bald sind wir zusammen. Für immer!

Jetzt muss ich nur rausfinden, wo Islagrond liegt, vielleicht kann ich da den Körper bauen.

(Anmerkung des Sammlers: Islagrond ist eine 120 Jahre vor Tjorns Tagebuch bei einem Erdbeben vollständig zerstörte bedeutende Stadt von Gelehrten gewesen. Die Stadt und Universität wurden nicht mehr aufgebaut. Der Ort liegt etwa 500 Meilen weit von Albenion entfernt mitten im Ismerischen Reich. Die wenigen Überlebenden des Erdbebens haben sich nach Kosmerin, näher der Hauptstadt, zurückgezogen, wo heute ebenfalls eine bedeutende Stätte der Gelehrsamkeit besteht. Sogar mit einer Magierakademie, der Akademie von Urgell, ein Konkurrenzbetrieb zu Sonnenfels, benannt nach dem Erzmagier und Gründer. Es folgt kein Hinweis in den Tagebüchern, dass der junge Magier jemals von der Tatsache wusste, dass Islagrond bereits lange zerstört war.)

Tag 1753

Aufpasser hat herausgefunden, dass ich die Brathühner, die er immer verzehrt, wenn er mich abholt, vorher belebe und dann im Kamin tanzen lasse, bis sie durch sind. Er war am Anfang erschüttert, inzwischen findet er es lustig. Ich habe ihm das mit einem zweiten Huhn gezeigt, dass sich von Allein auf den Spieß gesetzt hat. Dann habe ich es gebraten, dann nochmal belebt und es ist zu ihm auf den Teller gesprungen. Er meinte, wir müssten unbedingt gemeinsam ein Gasthaus aufmachen. Und die Gäste werden von den sich selbst bratenden Hühnern bedient.

Ich habe ihn verpflichtet, niemanden was zu sagen. Auch um sich selbst zu schützen. Weil wenn das wem nicht passt, dann wird jeder fragen, warum er auf mich nicht besser aufgepasst hatte. Ich denke, er versteht, was ich meine.

In der kleinen Stadt, wo wir heute sind, haben sie erst vor wenigen Tagen eine Hexe verbrannt. Eine Frau, dafür, dass sie etwas genutzt hat, das sie als „Schwarze Magie" bezeichnet haben. Die Frau hat versucht, für Hinterbliebene Kontakt mit den Verstorbenen im Jenseits her zu stellen. Sie war eine Schülerin von Sonnenfels, jener Akademie, die lizenzierte Mindertalente ausbildet.

Mich jedenfalls hat das nachdenklich gemacht. Ich habe bis jetzt viel Glück gehabt, aber wenn Aufpasser quatscht, kann ich den Körper für meine Liebste vergessen. Malunia!

Ich habe auf Aufpasser einen machtvollen Bindezauber gelegt. Er ist zwar nicht der Hellste, aber auch bei ihm wird der Bindezauber nicht ewig halten. Daher werde ich wohl, ob ich will oder nicht, ihn vorerst mitnehmen müssen. Was auch was Gutes hat. Er ist kräftig und auch wenn er inzwischen alt wird, ist sein Schwertspiel immer noch gut. Er wird einen vorzüglichen Diener abgeben. Zumindest, bis ich ungestraft den Mitwisser beseitigen kann.

Malunia darf nicht gefährdet werden!

Malunia!

(Anmerkung des Sammlers: Irgendwann im Edem oder Elinor des Jahres 623 nDF konfrontierte Tjorn Bifrid mit dem Wunsch, endlich nach Albenion zu ziehen. Man vereinbarte die Zusammenarbeit bis zurück nach Brodymond und dort hatte sich Tjorn in Folge seine Gelder auszahlen lassen. Der Karawanenwächter Ostur, den Tjorn in seinen Tagebüchern als „Aufpasser" bezeichnet, nahm der Magier in seine Dienste und auf die Weiterreise mit.)

Tag 1754

Inzwischen fühle ich mich stark genug, um mich an den Körper von Malunia zu wagen. Die Magie ist zu einem mächtigen Strom geworden, an dessen Ufern ich staunend stehe und mich an den schmalen Bach zu erinnern versuche, bei dem ich angefangen habe. Außerdem muss ich mit Aufpasser weg.

Ich habe heute Bifrid den Ausstieg bekannt gegeben. Glücklich ist er nicht. Aber Aufpasser habe ich ihm abhandeln können. Auch zum Geld haben wir uns geeinigt. Ich verliere etwas, aber dafür kann ich es rasch bekommen, und in diversen Edelsteinen und Schmuckstücken, die leicht zu transportieren sind. Wir trennen uns in Brodymond, wenn die Karawane das nächste Mal dort ist. Aufpasser und Malunia habe ich informiert. Malunia ist einverstanden, Aufpasser mit zu nehmen. Zumindest solange wir ihn benötigen. Malunia!

Tag 1907

Das letzte Mal in Brodymond. Zumindest das letzte Mal alleine! Malunia!

Was für ein Gefühl. Ich gehe noch einmal durch die Straßen und engen Gassen dieses Hafens. Auf der Suche nach dem Hafenkapitän. Welches Schiff wird es werden?

Wir haben in einem eher einfachen Gasthaus nahe der Pier unser Quartier genommen. Ostur hat mit seinem Anwerbebonus sich gleich auf den Weg in seine Vergnügungshäuser gemacht, deren es am Hafen mehrere gibt. Gut so, kann ich die Reise in Ruhe vorbereiten. Malunia!

Nachtrag: Ich habe den Hafenkapitän gefunden. Aber derzeit gibt es kein Schiff in meine Richtung. Der Mann hat gemeint, es sei aber nur eine Frage von Tagen, es würden mehrere Schiffe erwartet. Ein gutes Trinkgeld und die Vereinbarung, dass es mehr davon gibt, wenn ich ein Schiff habe. Malunia!

Tag 1914

Heute nur ein kurzer Eintrag, Malunia.

Wir haben ein Schiff! „Stern des Südens", klingt freundlich. Kapitän Oremund ist ein Halsabschneider beim vereinbarten Fuhrlohn. Aber dafür ist das Ziel der Hafen von Nivenis, die kürzeste Distanz zur Hauptstadt des Ismerischen Reiches. Um Mitternacht sollen wir uns am Pier einfinden. Malunia!
(Auszüge aus den Tagebüchern von Tjorn)

Schiffname: Stern des Südens
Eigner: Halban & Söhne, Biel
Kapitän: Oremund Mandrago
Besatzung inkl. Schiffsjungen: 16
Passagiere: 2, Talymon der Magier und sein Leibwächter Ostur, mit einer Reisekiste
Ladung: Weinbrand- 107 Fässer, Wolle – 551 Ballen, Eisenbarren – 52 Kisten
Abfahrt: 11. Myrtil 624 nDF, Mitternacht
Ziel: Nivenis, Ismerisches Reich, Ismeria
(Archiv des Hafenamts von Brodymond)

12. Myrtil 624 nDF
Klares Wetter, stetiger Wind aus Südost, leichter Seegang. Plangemäß Rede verlassen zwei Glasen erste Wache. Land unter ein Glasen zweite Wache. Wir machen fünf Knoten bei Kurs Süd-Süd-West.Bei bestehender Geschwindigkeit sollten wir in etwa 8 Tagen wieder Land in Sicht haben. Um Drei Glasen der zweiten Wache meldet der Ausguck ein Segel am

Horizont steuerbord querab. Das Schiff läuft jedoch unter den Horizont und in entgegengesetzte Richtung. Passagiere und Ladung ruhig.

13. Myrtil 624 nDF
Leichte Bewölkung, starker Wind aus Süd, moderater Seegang. Kurs Süd-West bei sieben Knoten. Reffen der Segel befohlen um sechs Glasen der ersten Wache. Keine besonderen Vorkommnisse.

14. Myrtil 624 nDF
Bewölkter Himmel, starker Wind aus Süd-Ost, bewegte Windsee. Kurs Süd-Süd-West bei sechs Knoten. Segel weiter gerefft. Ladung gegen Verrutschen gesichert. Passagiere fühlen sich unwohl.

15. Myrtil 624 nDF
Bewölkter Himmel, starker Wind aus Süd-Süd-Ost, bewegte Windsee. Kurs Süd-West bei sieben Knoten. Die Passagiere leiden an der Seekrankheit.

16. Myrtil 624 nDF
Leichte Bewölkung, starker Wind aus Süd-Ost, starker Seegang. Kurs Süd-West bei acht Knoten. Die Passagiere sind erstmals wieder an Deck.

17. Myrtil 624 nDF
Bewölkter Himmel, starker Wind aus Ost, bewegte Windsee. Kurs Süd-West bei sechs Knoten. Keine Vorkommnisse.

18. Myrtil 624 nDF

Aufgelockerte Bewölkung, stetiger Wind aus Süd-Ost, moderater Seegang. Kurs West bei sechs Knoten.

Seit vier Glasen der zweiten Wache folgt uns ein Segel am Horizont. Das Schiff dürfte weniger Tiefgang haben. Es holt langsam auf.

Bei fünf Glasen der zweiten Wache sehen wir ein weiteres Segel von Steuerboard voraus mit einem Kurs, der unseren kreuzt. Wachoffizier gibt Alarm. Möglicherweise Piraten.

Das zweite Schiff hat einen Begleitkurs eingeschlagen und verhindert, dass wir nach Norden entkommen können. Passagiere sind informiert.

Ein Glasen, dritte Wache. Von Süden kommt uns ein Segel entgegen. Die Falle ist zugeschnappt, wir können nicht mehr entkommen.

Die Schiffe sind noch außer Rufweite. Sie haben aber bereits die schwarzen Flaggen gesetzt. Unser Schiff wird zur Übergabe vorbereitet.

Nachtrag: Der Magier hat zwei Piratenschiffe, das aus dem Süden und das aus dem Norden, zerstört. Wir sind ohne eigenen Schaden entkommen. Der Erste Offizier hat den Auftrag, die Besatzung zu beruhigen, die vor dem Magier große Angst hat. Kurs ist wieder auf Süd-West gesetzt.

Nachtrag Kapitän: Verständnis für die Mannschaft. Auch für mich war die Zauberei des Magiers verstörend. Ich bin schon mit genug Seemagiern gesegelt, um zu wissen, wie Flammenstöße wirken. Was immer der Magier gemacht hat, es war anders. Normalerweise brennt ein Magier mit einem Flammenstrahl auf kurze Distanz einen Gegner nieder, oder zündet das Oberdeck des gegnerischen Schiffs an. Das Südschiff dürfte das Flaggschiff gewesen sein. Die hatten nämlich auch einen schwarzgewandeten Seemagier an Bord.

In unserem Fall ist der Magier Talymon auf Deck gekommen, in seinen grauen Roben, hat Maß genommen, der Gegner war fast auf Rufweite, und hat dann die Arme ausgestreckt, ein paar Silben gesprochen und aus den Fingerspitzen der ausgestreckten Arme ist ein gelblich-grünliches Leuchtfeuer geschossen. Das hat sich auf Höhe des Piratenschiffs in eine giftig wirkende Wolke verwandelt, die fast augenblicklich in eine Art Dunst übergegangen ist und sich über die Mitte des gegnerischen Schiffs gelegt hat. Die Takelage des Gegners hat sich augenblicklich aufzulösen begonnen. Genauso wie die Piraten, die am Oberdeck waren. Deren Haut und Fleisch haben sich wie brennendes Papier von den Knochen gelöst. Dann haben sich die Knochen auch aufgelöst und der Wind hat sie verweht. Und das Schiff unter ihnen hat sich auch aufgelöst.

Was immer das für ein Zauber war, es hat schrecklich ausgesehen. Der dortige Seemagier hat zunächst versucht, etwas gegen den Zauber zu machen, hat sich dann aber fluchtartig über die Reling gestürzt. Die Reste des Piratenschiffs sind dann auseinander gebrochen und untergegangen.

Der Magier Talymon ist dann seelenruhig und ohne auf die Wirkung seines Zaubers zu achten auf die andere Seite der „Stern des Südens" gegangen und hat denselben Zauber auf das zweite Schiff losgelassen. Mit derselben Wirkung. Ohne weiter auf die Wirkung zu achten, ist der Magier dann unter Deck zurückgekehrt. Das dritte Piratenschiff hat sofort abgedreht und die Verfolgung von uns beendet. Was muss der Mann Macht haben! Ich habe Befehl gegeben, nur rasch von dort weg zu segeln. Soll sich doch das dritte Piratenschiff um Überlebende kümmern.

(Auszug aus dem Logbuch der „Stern des Südens")

Tag 1921

Bei Malunia!

Was für eine Macht, der Zauber. En-An-Ka-Por-An-Kar-Kar-Min. Die Wolke war wieder erwarten gelblich. Vielleicht ein Formulierungsfehler? Aber die Wirkung war überwältigend. Zwei Schiffe, einfach weg.

Im Grunde waren die Piraten nie eine Gefahr. Aber meine Macht ist erschöpft. Zum Glück können mich die Matrosen nicht sehen. Wehrlos. Sie sollen mich fürchten. Ah, was war das für eine Macht! Malunia!

(Auszug aus den Tagebüchern von Tjorn)

19. Myrtil 624 nDF

Strahlender Sonnenschein, mittlerer Wind aus Ost, leichte Windsee. Kurs Südwest bei sechs Knoten.

Heute bei sechs Glasen der zweiten Wache kam Land in Sicht. Die Besatzung ist immer noch aufgewühlt. Hätten sie nicht zu viel Angst vor dem Magier, sie würden meutern. Der Magier und sein Leibwächter haben sich einverstanden erklärt, dass wir sie im ersten Hafen, den wir erreichen, absetzen dürfen. Erleichterung in der Besatzung.

(Auszug aus dem Logbuch der „Stern des Südens")

Tag 1922

Malunia!

Nun, ich wollte den Zauber ausprobieren und jetzt haben wir ein Problem. Die Matrosen fürchten mich. Sie wollen nicht mehr weitersegeln, solange ich an Bord bin. Nun, mein Fehler. Ich hätte die Piraten mit Flammenstößen niederbrennen sollen. Aber der Zauber war zu verlockend. Macht! Aber was bringt macht, wenn man von niederen Kreaturen wie diesen Matrosen abhängig ist.

Der Kapitän und ich haben jetzt vereinbart, dass er mich im nächsten Hafen von Bord gehen lassen soll. Angst ist gut, meint Malunia. Ja. Aber nur wenn wir die Leute nicht mehr brauchen, die Angst vor uns haben.

Malunia! Wo bleibt dein Rat, dein Trost?

(Auszug aus den Tagebüchern von Tjorn)

20. Myrtil 624 nDF

Leichte Bewölkung, leichter ablandiger Wind aus Nordwest, leichter Seegang. Wir erreichen mit der Abendflut die Reede von Hummburg. Wie versprochen werden die Passagiere zur 5. Wache an Land gerudert. Wir verlieren zwar ein Drittel des vereinbarten Fuhrlohns, aber der Besatzung ist die Erleichterung buchstäblich ins Gesicht geschrieben. Der Kapitän befiehlt das Auslaufen mit der Ebbe, sobald unsere Schaluppe wieder an Bord ist.

(Auszug aus dem Logbuch der „Stern des Südens")

Der Magier sah merkwürdig aus. Junger, hagerer Körper, aber brennende Augen. Dünner Ziegenbart. Langes Zottelhaar. Glühende Augen. Zu alt für seine Jahre, die Augen. Als Hafenmeister ist man ja manches gewohnt, aber der war speziell. Auch für einen Magier.

Und die Zeit war speziell. Fast Mitternacht, am Höhepunkt der Flut. Eine Schaluppe hatte ihn gebracht. Der Maat an Bord sagte nur, der Magier wollte hier das Schiff verlassen. Normalerweise wäre die „Stern des Südens" eingelaufen und hätte gehandelt. Also war irgendwas vorgefallen und der Magier musste von Bord.

Die Hafengebühr war rasch gezahlt und ich hatte den Magier und seinen Begleiter, einen alten, erfahren wirkenden Krieger namens Ostur zum einzigen um die Zeit geöffneten Gasthaus gewiesen. Aber irgendwas war da an der Sache merkwürdig. Die Schaluppe der „Stern des Südens" hatte es sehr eilig, vom Pier und dem

Magier weg zu kommen. Wenn das mal nicht Probleme bedeutete.

(Bericht des Hafenmeisters, 21. Myrtil 624 nDF, Archiv der Hafenkommandantur Hummburg)

Tag 1924

Malunia!

Heute sind wir in einem Nest angekommen, dass sich Hummburg nennt. Ich habe einen Fehler gemacht und muss nun büßen. Das hast Du mir deutlich klar gemacht. Nun, müssen wir jetzt über Land weiter. Der Aufpasser hat mich gefragt, ob wir bei seiner Schwester und ihrem Mann vorbei gehen können. Nun, wenn es hilft, ihn zufrieden zu halten, dann machen wir es eben. Zumal der Umweg nur kurz ist.

Malunia!

(Auszug aus den Tagebüchern von Tjorn)

21. Myrtil 624 nDF

Liebste Schwester,

Es ist lange her, seit ich den letzten Brief geschrieben habe. Wie geht es Petar und den Kindern? Inzwischen bin ich seit langem wieder einmal in Eurer Nähe, im Hafen von Hummburg. Vielleicht schaffen es mein Meister und ich, bei Euch vorbei zu kommen. Es wäre schön, Euch nach all den Jahren wiederzusehen.

Mein Meister ist ein Rätsel. Einerseits ist er still, ruhig, zurückgezogen. Aber dann gibt es wieder Zeiten, da ist er aufbrausend. Wir hatten einen Piratenüberfall während unserer Seereise. Der Meister hat das nur für eine lästige Reisestörung gehalten. Er hat gewartet, bis das Schiff Alarm gegeben hat, ist dann auf Deck und hat den Piraten zwei Schiffe in wenigen Minuten zerstört. Mit jeweils nur einem einzigen Zauber. Dann ist er wieder unter Deck gegangen. Dabei hat er immer wieder „Malunia" gemurmelt. Er hat nicht mal abgewartet, was die Zauber anstellen konnten.

Am Abend hat er nur gemeint, einfache Feuerzauber hätten auch gereicht. Und dass er sich ärgere, so viel gezeigt zu haben. „Die haben Angst, jetzt?", hat er mich gefragt. Er hat die Besatzung gemeint. Die Kerle haben sich natürlich in die Hose gemacht. Der Kapitän ist dann zu uns in die Kajüte und hat uns gebeten, am nächsten Hafen das Schiff zu verlassen. Ich dachte, der Meister würde den Kapitän gleich in ein Schwein verwandeln. Aber der Meister hat freundlich genickt. Manchmal verstehe ich es einfach nicht.

Nun, immerhin sind wir nun knapp hundert Meilen vom Haus deiner Familie. Mal sehen, ob ich wenigstens ein paar Tage Zeit bekomme, dich und die Kinder zu besuchen. Dem Meister habe ich es gesagt. Er hat nur genickt und gemeint, dass wir zumindest in eure Richtung ziehen werden.

Ich habe nun diesen Brief mühsam geschrieben. Morgen gebe ich ihn einem Boten und hoffe, dass er dich vor uns selbst erreicht. Alles Gute, und auf ein baldiges Sehen,

Ostur

Ostur war immer schon ein Dummkopf. Aber dass er sich einem Magier anschließen würde, hätte ich nicht gedacht. Der Bruder meiner Frau war immer schon ein exzellenter Schwertkämpfer, aber nicht der hellste Kopf, wenn es um die Wahl seiner Freunde ging. Mit ein Grund, warum er und ich immer wieder gestritten haben. Aber mit dem Magier hat er den Vogel abgeschossen.

Magier sind entweder talentierte Leute, in Hochalbenwald oder Urgell ausgebildet. Oder sie sind mehr Scharlatane, die die Akademie von Sonnenfels besucht haben. Und dann gibt es noch die Magier des Ostens. Alle drei Magiertypen erkennt man, an Aussehen, Art zu zaubern, der Sprache. Aber der Kerl, der gestern als „Meister" von Ostur bei uns zu Gast gewesen ist, ist speziell. Er hat am Abend ein Wenig seiner Kunst gezeigt, die üblichen kleinen Feuerwerke und bunten Lichter, mit denen alle Magier die einfachen Geister beeindrucken. Er hat auch eine goldbestickte Robe getragen, die ihn als jungen Magier von Hochalbenwald oder Urgell ausweißen würde. Er war dort aber nicht. Hat er selbst gesagt. Talymon, der Name würde auf einen Imperialen hinweisen. So hat er eher nach einem Nordmenschen ausgesehen. Jedenfalls glaube ich ihm die Geschichte mit der Ausbildung im Osten nicht. Auch wen Ostur auch noch nach dem achten Krug Wein behauptet hat, es wäre so. Ich vermute, der Magier hat ein wenig Talent, das Feuerwerk war jedenfalls besser, als was man von

Sonnenfels-Magiern sonst sieht. Trotzdem, der Mann ist ein Scharlatan. Besser als viele. Aber nur ein Scharlatan. Nur die Augen, die haben gebrannt. Wie bei einem Wahnsinnigen.

Jedenfalls ziehen sie heute weiter. Die Wachen sollen sie bis an die Grenze der Ländereien begleiten. Und dann ist Ostur wieder weg. Und der „Meister Talymon" mit ihm. Zum Glück.

Für alle Fälle habe ich den Magier aber zur Beobachtung an den Orden gemeldet. Auch wenn er ein im Osten ausgebildeter Magier ist – und das glaube ich nicht – dann sollte trotzdem wer ein Auge auf den Mann halten.

(aus dem Reginis Familienarchiv, letzteres Dokument datiert 9. Birmin 624 nDF)

Tag 1943

Ich habe gute Lust, es diesem aufgeblasenen Baron zu zeigen. Aber Malunia geht vor. Kein Risiko. Er nimmt Magier offensichtlich wenig ernst. Und glaubt, er kann den Aufpasser und mich einfach so loswerden. Vielleicht sollte ich doch umkehren und ihm zeigen, mit wem er es zu tun hat? Man kann auch aus frischen Toten den Körper formen!

Malunia hat mich beruhigt. Unsere Stunde wird kommen. Und dann kehren wir hierher zurück und Baron Herr Aufgeblasener Sack wird es bereuen. Malunia gefällt die Idee. Malunia!

Tag 1944

Wir haben ein neues Ziel, Malunia. Du weißt es noch nicht. Aber Dein Körper, den werden wir bekommen. Gute Neuigkeiten. Eine Karawane. Wie die letzten Jahre. Aber nicht irgendeine Karawane. Diese hier hat besondere Fracht. Sklaven. Sklaven für reiche Herrschaften, die Spaß haben wollen. Das Geschäft ist recht verboten. Im Imperium und in so ziemlich allen anderen Reichen des Kontinents, außer im Süden. Aber die Karawane nimmt die Seitenstraßen. Und die Wachen am Weg können entweder bestochen werden oder deren Landesherren sind gute Kunden des Karawanenleiters. Mir recht. Die Karawane hat fast keine Ware mehr und wird nach einem kurzen Abstecher weiter nach Norden in den Süden als normale Handelskarawane zurückkehren. An den Ort, wo die Ware gehandelt wird. Glück!

Der Karawanenleiter, ein verschwiegener, groß gewachsener Südmensch mit dunkler Hautfarbe, der gut Imperial spricht, hat mich als zweiten Karawanenmagier angenommen. Der Weg wird weit und der Lohn ist geringer als früher. Aber wir haben ein Ziel.

Malunia, was fehlst Du mir! Aber die Zeit ist gekommen.

Tag 1945

Aufpasser ist nicht glücklich. Er will nicht wieder in einer Karawane dienen. Ich könnte ihn gehen lassen. Oder ihn mit Magie binden. Aber beides ist gefährlich.

Daher werde ich ihn mit dem verzaubern, das immer wirkt: Goldglanz. Er bekommt ein Drittel meines Lohns zusätzlich zu seinem Standardlohn.

Der Wagen, den Aufpasser uns besorgt hat, ist in Ordnung. Nicht ideal, man könnte beispielsweise Malunia und mich belauschen. Malunia gehört nur mir. Mir allein. Nicht mal Aufpasser darf es wissen. Aber mit Vorsicht können wir die Reise mit dem Wagen antreten. Aufpasser wird den Fahrer des Wagens machen. Das gibt mir Zeit, hinten im Wagen zu arbeiten. Ich habe auch eine neue, menschengroße Kiste besorgen lassen. Bewusst keinen Sarg, da gibt es nur Gerede. Darin werde ich die Teile von Malunia lagern und sie dann Stück für Stück zusammensetzen. Malunia!

Tag 1946

Wieder auf der Straße. Es geht einfacher als befürchtet. Der Lärm der Karawane ist so groß, es fällt überhaupt nicht auf, wenn ich in meinem Wagen sitze und murmle. Malunia!

Tag 1947

Wenn der Wagen nicht so stark wackeln würde. Seit Stunden sitze ich an einem Bogen Pergament und versuche, Malunia und ihre Schönheit zu zeichnen. Ich brauche ja eine Vorlage. Doch nichts will mir gelingen. Verdammte Straße.

Heute haben uns ein paar Imperiale aufgehalten und die Ware inspiziert. Viel hat die Karawane ja nicht mehr. Das Wenige haben sie auch noch konfiszieren wollen. Ich habe auf den Soldaten, der meinen Wagen inspizieren wollte, einen Geistverwirrungszauber gelegt und ihm erfolgreich vorgemacht, er hätte mich bereits durchsucht. Dann derselbe Trick beim Anführer des Trupps und mit Hilfe der Magie klargemacht, dass die Waren in Wahrheit nur verkleidete Karawanenwächter sein konnten. Zuletzt habe ich ihm ein leeres Stück Pergament gereicht und gemeint, das wäre der Passierschein und wir hätten alle Steuern gezahlt. Er hat es leeren Blicks angesehen, es geglaubt und seinen Leuten befohlen, uns ziehen zu lassen. Die blickten ungläubig drein, haben aber nichts weiter gesagt. Wir sind dann schnell weitergezogen.

Der Karawanenführer bedankte sich dann später nochmal extra. Aber dafür hat er mich ja schließlich angeheuert – jetzt auch für gutes Geld, wohlgemerkt.

Malunia!

(Auszug aus den Tagebüchern von Tjorn; Anmerkung des Sammlers: Es vergeht wieder Zeit. Die Karawane erreicht ihr Endziel, die größte Stadt der Nord, Oslelia, verkauft die letzten Sklavinnen und Sklaven und nimmt neue Fracht auf. Pelze des Nordens. Tjorn beschreibt dann eine sehr lange und äußerst ereignislose Reise. Albenion, die Hauptstadt des Reiches von Ismeria, wird großräumig umfahren. Eine weitere Kontrolle kann er ähnlich wie an Tag 1947 geschildert entschärfen. Eine größere Räuberbande lauert den Reisenden im Hochmittelgebirge auf, nahe dem Lochlagerpass. Dieses Mal geht Tjorn behutsamer vor als auf dem Schiff und

brennt mit gezielten Flammenstößen ein paar Räuber nieder. Der Rest flüchtet.

Wüsste man die Geschichte nicht besser, müsste man in der Zeit annehmen, dass Tjorn ein ganz normaler reisender Magier gewesen wäre. Einer, der seine Einnahmen vor allem aus der Begleitung von Karawanen zog.

Auch hier durchzieht die Karawane fast den ganzen Kontinent von Etropia. Zunächst das Ismerische Reich, vom Vasallenkönigreich der Nord bis hinunter an den Grenzwall. Dann das Gebiet der Fürsten von Em. Am Ende erreichte die Karawane am 5. Estnir 624 nDF die Stadt Wahamba, eine wohlhabende und vor allem große Handelsstadt am Rand der südlichen Weiten.)

Liebster Bruder,

Ich will Euch warnen. Der Magier, mit dem Ihr unterwegs seid, der ist nicht bekannt. Das Ordensarchiv kennt keinen Talymon. Weder aus einer der bekannten Akademien, noch ist er jemals vorher woanders aufgefallen. Der Mann sieht wie ein Nord-Mensch aus. Und wie soll das gehen, dass ein Nord-Mensch im Osten ausgebildet wird? Mein Mann hat den Orden auf die Sache angesetzt.

Bitte, nehmt Euch einfach in Acht.

Mein Herz mit Euch, in Liebe,

Deine Schwester

(Aus dem Reginis Familienarchiv, undatiert. Es ist auch unbekannt, ob der Brief jemals Ostur erreicht hat.)

Tag 2208

Morgen werden wir Wahamba erreichen. Die öde Steppe der letzten Woche hat bereits grünerem Land Platz gemacht. Vor allem entlang des Flusses, dem wir seit einigen Stunden gefolgt sind und der uns morgen in die Stadt begleiten wird. Der Strom, Biriwi genannt, ist breit. Typisch für einen Steppenstrom. Entlang seinen Ufern wird Landwirtschaft getrieben. Daher ist die Versorgung mit vor allem allerlei frischem Obst und Gemüse gut, eine Wohltat nach dem üblichen Karawanenfraß. Angeblich sind die südlichen Weiten nach Wahamba noch trostloser und einsamer als die Steppe hinter uns, aber ich will es eigentlich gar nicht wissen. Wäre es nicht für Malunia, ich wäre nicht einmal bis hier gereist. Malunia!

Das Gebiet ist heiß. Auch in der dünnen Leinenrobe, die ich mir in der imperialen Grenzstadt Zwagion am Südwall besogt habe, es ist fast unerträglich! Hoffentlich ist es in der Stadt kühler, aber ich bezweifle es. Wenn ich erreicht habe, was ich will, gehe ich nach Norden. Dieser Platz ist furchtbar.

Aufpasser findet diese Gegend wiederum interessant. Ich muss ihn ja nicht verstehen. Für mich ist das nichts als eine große Wüste. Er hingegen findet vor allem die Gasthöfe und Karawanenhöfe interessant. Vermutlich ist es das exotische Aussehen der Dirnen dort, das ihn so erfreut. Mit luftigen, seidenen

Gewändern bekleidet, an den wichtigsten Stellen Haut zeigend, eine bräunliche Haut, ungeeignet für Malunia! Was er an diesen Frauen findet, ist seine Sache. Meine ist der Körper für Malunia. Was getan werden muss, muss getan werden. Ich hoffe, hier am Rande der Welt das zu finden, was ich brauche: Körperteile, die ich zu etwas zusammenfügen kann, dass der Schönheit Malunias wenigstens ansatzweise gerecht wird. Malunia!

Inzwischen dürfte meine Zeichnung, so unvollkommen sie ist, soweit fertig sein. Morgen in der Stadt kann ich mich dann auf was Wichtigeres konzentrieren. Junge, schöne Sklavinnen mit dem richtigen Aussehen. Endlich!

Malunia!

Tag 2209

Malunia! Was für eine Stadt. Mitten im Nichts. Hunderttausende Menschen. Karawanen aus allen Himmelsrichtungen. Wahamba liegt zu beiden Seiten des Flusses. Eine große Brücke überspannt ihn. Von beiden Seiten führt jeweils eine große Hauptstraße auf die Brücke zu. Links und rechts der Straßen sind große Viertel eingerichtet. Dort findet der Handel statt. In großen Höfen, jeweils der Straße zugekehrt. Von den Höfen gehen Tore in die Stadt dahinter, wo die einfachen Menschen wohnen. Es gibt in den Höfen Händler, Handwerker, Taglöhner, auch die üblichen männlichen und weiblichen Dirnen, die wohl in allen

Karawanenorten ihre Dienste anbieten, Rasthäuser, Gasthäuser und Ställe.

Und es gibt in den Höfen die Märkte. Dabei hat sich jeder Hof ein wenig spezialisiert. Man kann vielleicht in dem Einen auch Kräuterhändler oder Schmiede finden, aber vor allem jede Menge Tuchhändler. In einem anderen Händler für Exotische Kunst, aber auch welche für Stoffe, Rauschmittel und Glaswaren. Und es kann wirklich alles gehandelt werden. Es gibt sogar einen Hof, wo man magische Gegenstände bekommt. Vor allem Tränke, und allerlei Zubehör für Magie, aber auch echte verzauberte Sachen. Ein Händler hat kleine Steinskarabäen, die wie echte Käfer herumkrabbeln und sogar fliegen können. Sie kosten ein kleines Vermögen, aber an die richtigen Stellen im Norden gebracht verdoppeln sie den Einkaufswert, mindestens!

Und ein Händler hat magische Waffen, vor allem Krummsäbel und Langschwerter, die auf Befehl entflammen. Auf meine Frage versichert der Mann mir glaubhaft, binnen vier Wochen jede Waffe besorgen zu können, also auch imperiales Schwert, Jagddolch, Morgenstern, sogar Pfeile und Armbrustbolzen. Allerdings sind die Preise entsprechend hoch. Und man sollte damit natürlich auch umgehen können.

Der Hof, den ich suche, befindet sich nahe dem Fluss und hat sogar Zugang zu einem eigenen Flusshafen-Bereich. Er ist einer der größten der Stadt und mit den wenigsten sonstigen Händlern. Lediglich einige Schneider und ein paar Stände mit Essen und Getränken befinden sich ebenfalls dort. Die Händler in diesem Hof haben alle große Zelte, in denen ihre Ware vor Sonne und neugierigen Blicken geschützt angeboten werden kann. Es gibt auch Bereiche in diesem Hof, wo die Ware untergebracht wird, bis sie von den neuen Besitzern abgeholt werden kann. Dabei ist die Art der Quartiere in diesem Hof höchst unterschiedlich, von einfachen Pferchen für die Arbeitssklaven, mit verspannten Zeltplanen als Sonnenschutz, bis zu fast noblen Zimmern, in denen die exquisitesten Waren dieser Händler wohnen und herausgeputzt sowie gepflegt werden können. Die Waren, die dann auch mich interessieren.

Mein Karawanenführer hat mir aufgeregt diesen Hof gezeigt, meine Interessen kennend. Er meinte allerdings auch, es sei noch nicht viel los. Die Saison fange erst an, wenn in ein paar Wochen die großen Karawanen mit der Art Ware aus dem Süden und anderen Gebieten anreisen. Aber ich könnte ja bereits jetzt Kontakte knüpfen. Mein Dank mit ihm, vor allem, dass er mir ein paar der wichtigsten Händler vorgestellt hat. Malunia!

`Ali ist der Besitzer des Hofs. Er ist auch eines der wesentlichsten Ratsmitglieder dieser Stadt. Die keine Könige kennt, oder so, aber dafür diese Ratsherren, die hier die Geschäfte treiben. Und dieser hier war einer der wichtigsten. `Ali jedenfalls ist ein großer, dunkelhäutiger, immer freundlicher Kerl mit einem langen, bereits ergrauten Bart und einem Turban am Kopf. Er lacht gerne und ladet seine Kunden immer sofort auf ein Getränk ein, dass sie hier trinken wie Wasser und das Chai genannt wird. Warmer Aufguss aus Kräutern. Denen offensichtlich eine belebende Wirkung nachgesagt wird. Ali hat von unserem Karawanenmeister erfahren, dass ich Magier und an Spezialwaren interessiert bin. Das hat dazu geführt, dass er erst Recht mit mir gelacht und gescherzt hat. Vermutlich, um mich als Kunden zu gewinnen. Ich habe ihm beim ersten Gespräch gesagt, sollte die Qualität stimmen, dass ich auf jeden Fall kaufen werde. Er hat sich dann auch gleich nach der Art der Ware erkundigt und als ich ihm Malunia geschildert habe, hat er nur genickt: „Selten, gute Ware, teuer. Ihr wisst tatsächlich gute Qualität zu schätzen."

Malunia!

Dann gibt es hier Has-san, der offensichtlich ein Verwandter von `Ali ist. Auch Händler, aber nur das zweitgrößte Zelt. Has-san ist körperlich größer als Ali und jünger. Aber auch er hat einen dichten schwarzen Bart und träg einen Turban. Außerdem besitzt er einen stechenden Blick, der unfreundlich wirkt. Bei mir und meiner Beschreibung haben die Augen jedoch aufgeblitzt und er war dann recht freundlich. Nicht gerade ein Mann vieler Worte, anders als `Ali, aber auch er meinte „gute Qualität, teuer."

Der dritte Handelsherr in diesem Hof, den man kennen muss, ist Baldrim, ein sehr kleinwüchsiger, rotbärtiger und äußerst stämmiger, kräftiger Mann aus dem Nebelgebirge, der ebenfalls hier ein Zelt betreibt. Wie er mir mit Verschwörer-Blick auf meine Frage hin erklärte, hätte er „die besten Waren" – was immer er damit meint. Aber das werden wir sehen, wenn sein Zelt damit gefüllt ist.

Zu guter Letzt gibt es noch Ibrahim. Der ist Besitzer des Chai-Zelts hier am Platz. Ein Ort, wo man sich trifft um Geschäfte zu fixieren, wie mein Karawanenführer mir erklärt hat. Auch, das Ibrahim die richtige Person wäre, um nach speziellen Wünschen zu fragen. Er könne Leute zusammenbringen. Mein Eindruck war, dass Ibrahim vor allem eine große Nachrichten- und Gerüchtebörse betrieb. Mit zugegeben hohem Gehalt an Informationen und Unterhaltung.

Und ganz zum Schluss ist da noch ein windiger Imperialer, Asturio, der mir unbedingt gleich seine Waren aufschwatzen wollte. Er sei spezialisiert auf ganz besonders junge Ware. Gute Preise im Imperium hat er gemeint. Was er auf Lager habe, war meine Frage. Derzeit nichts, war die Antwort, aber in ein paar Wochen wäre es soweit. Ich habe mich bedankt und bin weiter gegangen. Mal sehen, was es dann wirklich interessantes bei diesem Händler gibt, wenn die Karawanen damit eintreffen.

Nachdem ich also die wesentlichsten Händler am Platz kennengelernt habe, bin ich noch zu den Magiern gegangen. Auch weil mich interessiert hat, was die hier so können. Es gibt in einigen Höfen Magier, es gibt den Hof mit Magierbedarf und Gegenständen, aber es gibt nur einen Hof, wo man alle Arten magischer Dienstleistungen einkaufen kann. Und der hat mich doch überrascht und beeindruckt. Viele der Magier hier in der Stadt haben in dem Hof kleine Läden. Soweit, so erwartet. Aber dass sie ganz offen Zaubereien anbieten, die in vielen anderen Gegenden und Reichen verboten sind, das habe ich nicht erwartet. Einige der Zauber, die Malunia mir mit dem Hinweis gelehrt hat, ich dürfe sie unter keinen Umständen offen zaubern, können hier ganz normal gesprochen und gewirkt werden.

Dabei beginnt es harmlos. Handlesen und Kartentricks für das einfache Volk und die Kinder. Liebeszauber und Heiltränke für und gegen Alles. Husten bis Beulenpest, zumindest wird das von den Händlern behauptet. Einfache Flüche wie Warzen und schlechtes Wetter. Soweit so erwartet und nicht weit über das Niveau von Sonnenfels hinausgehend.

Aber dann: Schwere Flüche bis zum Tod? Mit den Toten sprechen? Machtvolle Vergessenszauber? Alles erlaubt. Billige Arbeitskräfte? Warum nicht einfach einen magisch belebten Toten kaufen? Der beackert das Feld und düngt es gleich dabei. Sensationell! Hier wäre also eine Stadt, wo ich mit meinem Wissen voll arbeiten könnte.

Aber Malunia geht vor. Malunia!

Aber, für die Zeit dann mit Malunia, warum nicht hier mit den Fleischformungszaubern arbeiten? Ein neues Gesicht? Kein Problem. Ein dritter Arm? Hier bitte. Ein zweiter Kopf – wozu das nützlich sein soll, weiß ich nicht. Aber können? Geht! Und hier wäre das erlaubt. Ohne lästige Mitbewerber, denn die Zauber scheint niemand zu können. Und das bringt sicher gutes Geld. Malunia! Die Stadt ist großartig!

Und nicht ein einziges Ordensmitglied. Zumindest habe ich bisher keines gesehen!

Tag 2210

Warum nicht gleich mit der Arbeit anfangen? Der Stand bei den Magiern kostet hundert Golddenare im Monat, die Steuer weitere 200 Denare. Das ist viel Geld, aber ich kann etwas, das gibt es noch nicht in der Stadt. Und es erlaubt mir, hier nach Körperteilen zu suchen.

Leider gibt es den Orden auch hier. Ich habe heute die hiesige Komturei im Viertel der fremden Kaufleute besucht und bin gleich von einem eifrigen Jungpriester beschwatzt worden, ich solle doch mein sündiges Dasein als Magier aufgeben und mich dem Urgrund anschließen. Meine Güte. Malunia!

Tag 2211

Der erste Kunde. Eine Frau mit einer entstellenden Narbe im Gesicht. Offensichtlich eine reiche Handelsfrau. Ob man diese Narbe entfernen könnte? Man kann! Zehn Denare in Gold. Anstandslos gezahlt. Ein Zauber. Malunia!

Der zweite Kunde, eine ältere Frau mit vielen Falten. Auch der kann man helfen. Zwanzig Denare in Gold für ein glattes Gesicht und das Nachfärben der Haare.

Eine dritte Person. Dann eine vierte. Inzwischen habe ich die Menschen wieder fortgeschickt. Morgen mehr. Und ich werde Hilfe brauchen – Aufpasser ist zwar als Leibwächter gut, aber als Assistent, der Termine vergibt, unbrauchbar.

Auch muss ich aufpassen. Nicht nur wegen neidischen Nachbarn, die schon böse schauen. Auch deswegen, weil wenn ich zu viel Magie an meine Kunden verschwende, mir weniger für Malunia bleibt. Und die geht vor! Malunia!

Tag 2212

Ungebrochen kommen Leute und wollen einen Termin bei mir. Ich habe die Preise inzwischen verdoppelt und es kommen immer noch viele. Vor allem Frauen. Viele wollen bestimmte Stellen ihres Körpers verschönern lassen. Andere Brüste, weniger Fett, weniger Falten, oder wirklich unschöne Verwachsungen, Narben oder ähnliches. Einige wollen auch einfach nur eine Straffung ihrer Haut und eine Änderung der Haarfarbe. Inzwischen habe ich eine Assistentin. Sie vergibt die Termine. Ich nehme nur vier Personen am Tag. Wer ganz besonders viel zahlen will, bekommt auch einen fünften Termin. Aber nicht mehr.

Das Gute ist, ich kann das Fleischformen weiter üben. Am toten Fleisch geht es leichter, aber gerade weil das lebendige Fleisch so viel schwerer zu bearbeiten ist, ist es eine gute Übung. Malunia wird zufrieden sein. Malunia!

Was mir aufgefallen ist, ohne dass Malunia es mir vorher gesagt hätte: Es geht, dass ich nur ganz wenig eigene Energie brauche, um das Fleisch zu formen. Und es macht die Formung wesentlich einfacher. Man verbindet sich beim Zaubern mit der Macht der Person vor sich. Jedes Lebewesen hat ein wenig Macht. Nicht

100

so viel wie wir Magier. Aber etwas. Also anzapfen und diese Macht verwenden. Nicht alles, da sind die Menschen immer sehr erschöpft. Aber etwas. Und ich spare meine Kraft für Malunia!

Malunia!

(Auszug aus den Tagebüchern von Tjorn; Anmerkung des Sammlers: Es folgen einige Einträge, in denen Tjorn nur von seinen Erfolgen als Schönzauberer prahlt. Allerdings erklären diese Angebereien sehr gut, wie der Magier zu einigem Geld gekommen ist. Wirklich interessant wird es erst wieder um den 16. Odil nDF, als die ersten Karawanen mit Sklaven eintreffen.)

Tag 2258

Heute sind die ersten Karawanen eingetroffen, mit der ersehnten Ware. Ibrahim hat mir sofort einen Botenjungen geschickt, sodass ich schon beim Einzug der Sklaven einen Blick werfen konnte. Ich war nicht der einzige Interessent dort. Etwa zweihundert Händler, Aufkäufer und Karawanenführer sind dort gestanden und haben die Waren begutachtet. Viele davon sind mir inzwischen bekannt. Teils als Kunden bei mir, teils aus Gesprächen vor allem im Zelt von Ibrahim, welches ich nach wie vor gerne besuche.

Die Interessen sind sehr verschieden. Die gesuchtesten Sklaven, welche mit speziellen Fähigkeiten, oder junge hübsche Kinder und Jugendliche, werden versteigert. Viele Händler interessieren sich aber nicht dafür, da die anderen Sklaven, vor allem für Bergbau und Landwirtschaft, deutlich preiswerter direkt verkauft werden und da die Masse des Profits zu machen ist. Für mich aber kommen nur die perfektesten Sklavinnen in Frage. Und sie müssen zudem auch noch Malunia möglichst ähnlich sein. Malunia!

Dafür, und das wissen die paar Händler und Interessenten, die auch Top Ware kaufen, werde ich keine großen Mengen aufkaufen. Ich habe mit den wesentlichsten Interessenten vereinbart, dass ich zu verstehen gebe, wenn mich wer besonders interessiert, und es wird dann nicht mehr weit mitgeboten. Zumindest hoffe ich das. Immerhin habe ich allen angedroht, sie mit üblen Flüchen zu verzaubern, wenn sie es tun.

Malunia!

Die Versteigerungen werden erst in ein paar Tagen anfangen. Einerseits, um die anderen Karawanen mit Ware abzuwarten, andererseits um den Interessenten genug Zeit zu geben, die Ware zu begutachten. Das gibt mir noch Zeit, alles vorzubereiten. Aufpasser wundert sich, was da die Aktivitäten sollen. Wir haben eine zweite schwere Reisekiste besorgt. Aber was soll ich ihm alles sagen? Der Kerl wäre nur unnötig verwirrt.

Dabei ist es doch klar. Bis das Binderitual durchgezogen werden kann, mit dem ich Malunia und ihren Körper zusammenführe, brauche ich einen Ort, wo ich den Körper aufbewahren kann. Und da wird auch die neue Kiste gute Dienste leisten. Malunia!

Am ersten Tag waren bereits ein paar Objekte dabei, die die richtige Qualität für Malunias Körper haben könnten. Es wird sich in den nächsten Tagen zeigen, ob das stimmt. Malunia!

(Auszug aus den Tagebüchern von Tjorn; Anmerkung des Sammlers: In den nächsten Tagen erreichten weitere Sklaven den Markt. Tjorn begutachtete sie wohl alle, verglich und suchte. Und er wurde fündig.)

Odil, 22, 625 nDF – Befehl

An den Komtur in Wahamba

Wir sind uns der Größe Eures Kapitels bewusst und dass Ihr nicht direkt gegen die Handelsherren vorgehen könnt. Daher haben wir Euch eine Truhe Gold geschickt. Ihr habt hiermit den Befehl, mit Hilfe von Bestechung und gezielten Aktionen in Wahamba die Stimmung der Bevölkerung zu beeinflussen, dass sie sich gegen die offen gezeigte Schwarze Magie wehrt.

Sucht Euch einen oder mehrere prominente Schwarzmagier aus und diffamiert sie in der Bevölkerung. Sorgt für Störungen der öffentlichen Ruhe. Wenn ein paar der Schwarzmagier dabei sterben, umso besser. Es gilt immer noch das allgemeine Todesurteil. Macht Euch um das Seelenheil keine Sorgen, Ihr wisst, dass der Kampf gegen Schwarze Magie alle Mittel rechtfertigt. Tut, was notwendig ist, die Bevölkerung gegen die Schwarze Magie aufzu- hetzen, bis die Handelsherren nicht anders können und die Magier vertreiben. Wir erwarten regelmäßig Euren Bericht.

Möge der Urgrund mit Euch sein, gelobt sei Sankt Isomeus.

Gezeichnet: Ridefort, Großmeister

(Aus dem Archiv des Ordens)

Tag 2275

Heute den Ort für die Opferungen ausgewählt. In dieser Stadt gibt es zwar kaum Gesetze, was Sklaven betrifft, aber trotzdem sieht es der Händlerrat nicht gerne, wenn man öffentlich Menschen tötet, sei es auch Sklaven. Außer natürlich, die Menschen haben sich etwas zu Schulden kommen lassen. Diebe werden oft hart bestraft, in einem der zentralen Höfe oder auf der Hauptstraße. Natürlich nur, wenn sie auf eigene Rechnung oder für Konkurrenten des Handelsrats arbeiten. Dafür aber ist schnell eine Hand abgehauen, oder ein Kopf. Hingegen, wer auf der Seite des Handelsrats steht, kann in Wahamba ungestört alles tun.

Und wer den Reichen und Schönen hilft, Reichtum und Schönheit zu behalten oder zu verbessern, der ist ein Freund des Handelsrats. Daher war es einfach, den gewünschten Kellerraum in einer abgelegenen Ecke der Stadt zu bekommen. Miete, drei Monate im Voraus. Mit einem Zugang zur Kanalisation. Ideal, um Überreste los zu werden.

Natürlich sollte ein Ort, wo die Gefäße für Malunia, ach, Malunia!, vorzubereiten waren, etwas Besseres als ein schmutziger Keller sein. Der Boden wird noch gesandet, ein Tisch in die Mitte gestellt und es kann losgehen. Das Werkzeug für meine Arbeit ist jedenfalls bereit.

Malunia!

Tag 2276

Die Versteigerungen haben begonnen. Ich habe genau drei Mädchen in die engere Wahl genommen und auch mit den anderen Händlern und Karawanenführern abgestimmt und bestochen. Zumindest, soweit das möglich war. Alles, was bleibt: Mädchen ersteigern, töten, und aus ihnen den perfekten Körper Malunias erschaffen. Malunia!

Wucherbande. Trotz bester Vorbereitungen haben diese Geier mir über fünftausend Golddenare abgenommen. Ich sollte wohl wirklich Händler in Frösche verwandeln. Immerhin habe ich, was ich haben wollte. Das Ritual ist vorbereitet und heute Abend werde ich die Opferungen vollziehen. Malunia. Nur mehr wenige Tage trennen dich von deiner körperlichen Existenz, meine Geliebte. Malunia!

Nachtrag: Die Körper sind bereitet. Es war einfach, die Mädchen mit Magie schweigend zu machen und dann mit einem Messer sauber an den richtigen Stellen zu öffnen. Die Körper sind wenig beschädigt. Das Blut habe ich Malunia geopfert. Malunia ist zufrieden. Die Magie ist ein ruhiger, breiter Strom in mir. Die Körper sind soweit magisch vorbereitet und konserviert. Der Keller ist gesichert. Ab morgen wird gearbeitet. Malunia!

Tag 2277

Der Torso, die Arme, die Hände, die Beine, die Füße, der Kopf. Gesicht von der einen, Ohren von der anderen. Es ist alles da. Haare. Langsam arbeiten. Bedächtig. Nicht zu schnell. Nicht fertig werden wollen. Es muss alles perfekt sein. Malunia! So lange gewartet, so viel zu tun. Schnitt für Schnitt, Haar für Haar, Zauber für Zauber. Fleisch formen. Fleisch ziehen, Fleisch verdichten. Langsam, Stück für Stück. Malunia! So lange gewartet, und nur mehr ein paar Tage. Mein Herz ist voll Freude.

Malunia!

Tag 2278

Langsam, langsam. Mehr Pausen. Stück für Stück. Schritt für Schritt. Wie ein Bildhauer, der aus Lehm oder Ton die Statue formt. Die Narben sind am Körper alle verschwunden. Nur mehr schneeweiße Haut. Hautfärbezauber helfen. Unreinheiten habe ich alle beseitigt. Der anatomische Atlas hilft. Wenn Malunia leben will, muss jede Faser im Körper stimmen. Ruhe bewahren.

Manche Blutgefäße lassen sich nicht ordentlich verbinden. Da muss Magie helfen. Auch im Inneren des Körpers muss umgebaut werden.

Ein Problem, nicht bedacht – das Fleisch ist vor Zerfall sicher, dass macht die Magie. Aber der Inhalt von Magen und Gedärmen. Das zu säubern ist widerlich. Aber Malunia, Malunia, du bist jede Mühe wert.

Tag 2279

Heute ist der Torso fertig und ich kann mit den Armen anfangen. Auch hier gilt, langsam, Schritt für Schritt. Auch im Bereich der Schultern und Armansätze ist vorsichtig zu arbeiten. Auch hier müssen die Gefäße ordentlich verbunden werden. Magie kann es richten, aber Magie ist nicht intelligent. Malunia!

Es gibt so viele verschiedene Dinge zu verbinden. Eine Blutbahn hier, irgendwelche Nervenbahnen dort. Muskeln. Lymphe. Es muss alles exakt sein. Langsam, langsam.

Malunia!

Tag 2280

Malunia! Ich arbeite. Ich arbeite. Geliebte. Ich höre dich. Ich höre das Flehen, bald fertig zu werden. Aber neben Deinem Körper muss ich auch noch das Tagesgeschäft bewältigen. Wahamba erlaubt alles, aber es vergibt nichts. Wenigstens ein paar Kunden muss ich betreuen. Um den guten Willen zu behalten.

Der Torso hat bereits zwei Arme. Die Beine sollten ebenso in einem Tag machbar sein. Dann fangen die Feinarbeiten an. Auch da wird Vorsicht nötig sein. Augen, Ohren, Nase, Gesichtszüge. Malunia, bald!

Tag 2281

Bein Nummer Eins ist angebracht. Und am Kopf gibt es auch schon Fortschritte. Morgen kommt Bein Zwei. Malunia wird zufrieden sein. Malunia! Den Torso täglich reinigen, pflegen, das nimmt viel Zeit in Anspruch. Aber es muss alles perfekt sein!

Heute gab es vor dem Geschäft am Hof einen Auflauf. Einige Menschen haben protestiert, dass ich gefährliche Magie wirke. Was daran gefährlich ist, möchte ich wissen. Aber es zeigt mir nur, dass Malunia trotz der Hilfe vom Stadtrat nicht sicher sein wird. Ich werde wohl die Belebung selbst außerhalb der Stadt machen müssen. Wenn die dummen Leute vor dem Stand schon bei den verschönernden Zaubern Probleme damit haben, wie ist das erst, wenn ich Leben aus dem Tod schaffe?

Warum gehen sie nicht gegen die primitiven lebenden Toten am Magierhof vor? Meine Kunst ist deutlich besser als das. Malunia!

Möglicherweise ist es einfach der Neid der Menschen. Malunia wird perfekt. Sie wird wohl Schutz vor dem Neid brauchen. Malunia! Viele der Menschen scheinen vor allem Angst zu haben. Es ist gut, dass sie uns Magier fürchten, aber dieser Mob schien knapp davor, uns einfach zu überrennen. Zum Glück haben Aufpasser und die Stadtwache gut gearbeitet. Aber es bedeutet, dass Aufpasser ab jetzt auch vor dem Keller wachen muss.

Und dass ich mit Malunia so bald als möglich die Stadt verlassen sollte!

Malunia!

Tag 2282

Heute gab es wieder einen Aufruhr vor dem Geschäft. Größer und lauter als beim letzten Mal. Sie haben eine Kundin vergrault, die sich nicht traute, zu mir zu kommen. Ich habe sie dann in ihrem Haus besucht. Sie ist eine Kurtisane des Handelsherrn vom Schmiedehof. Aber der Mob stört das Geschäft. Und er wirkt organisiert.

Ich habe mit `Ali gesprochen, der ja auch Handelsherr ist, was er von der Sache hielte. Er meinte, er werde mal seinen Sicherheitschef fragen, ob der was wüsste. Wenn das aber echte Befürchtungen der Bevölkerung wären, so Leid ihm das täte, müsste er mich bitten, die Stadt zu verlassen. Ich habe ihm versprochen, dass ich das tun würde. Aber wenn er einen Ort nahe der Stadt wüsste, wo ich sicher wäre und meinem Handwerk nachgehen könne, wäre ich ihm dankbar. Er nickte und meinte, er würde sehen, was er für mich und die Stadt tun kann.

Das Bein ist endlich dran. Zumindest hat der Mob noch keine Proteste vor dem Keller abgehalten. Vielleicht ist die Tarnung noch intakt. Malunia!

Nachsatz: Malunia hat sofort darauf bestanden, keine weiteren Arbeiten an ihrem Körper vor zu nehmen, bis die Proteste vorbei sind. Ich soll nicht davon ausgehen, dass der Keller noch sicher ist. Malunia ist so weise. Ich werde die Kiste morgen holen und in Sicherheit bringen. Wenn ich nur wüsste, wohin?

Malunia!

(Auszug aus den Tagebüchern von Tjorn)

Myrtil, 13, 625 nDF

Bericht

An den Großmeister des Ordens

Bruder Ridefort, geküsst sei Euer Ring.

Wir haben gemäß Eurem Befehl mit der Aktion gegen Schwarze Magie in Wahamba begonnen. Es gibt da einen exponierten Magier aus der Fremde namens Talymon, der Körperformung betreibt. Der Mann ist noch relativ jung, erst vor kurzem in die Stadt gekommen und wohl sowas wie ein Liebling der höheren Gesellschaft. Da er Frauen gegen viel Geld schöner machen kann. Er ist also das perfekte Opfer für unseren Plan: Reich, ohne familiären oder Clan-Rückhalt, die Bevölkerung ist bereits neidisch oder kann leicht neidisch gemacht werden. Und die lokalen Machthaber werden kaum wegen so einem Magier einen Aufstand riskieren. Wer hoch steht, kann tief fallen.

Die erste Aktion gestern ist von der Stadtwache unterbrochen worden. Heute ist es uns gelungen, eine Kundin zu vertrieben, so ein Spielhäschen eines Ratsherrn. Der Magier musste das Geschäft verlassen und zur Kundin gehen, was ihn sichtlich gestört hat. Ich habe den Magier weiter verfolgen lassen und wir haben auch ein Haus in der Hinterstadt gefunden, hinter den Handelshöfen, wo er offensichtlich weitere Arbeiten tätigt. Ich habe bereits Befehl gegeben, dieses Schwarzmagier-Nest auszuräuchern. Wir werden aber erst den Ruf des Magiers ruinieren und die Aktionen gegen ihn vor dem Geschäft intensivieren.

Ich hoffe, Euch bald weiteres und positives berichten zu können, möge der Urgrund mit Euch sein.

Gezeichnet: Gerardus Ibelinis, Komtur

(Aus dem Archiv des Ordens)

Tag 2283

Bei Malunia!

Der Protest heute war riesig. Keine Kunden im Geschäft. Gar keine. Am Abend verschämt ein paar Diener, die mich zu ihren Herrinnen und Herren geführt haben. Ich kann den Laden gleich dicht machen. Malunia habe ich inzwischen mit Aufpasser in mein Privatquartier gebracht. Aber inzwischen fängt auch der an, Fragen zu stellen. Ob ich ein Schwarzmagier bin? Die Antwort war ein glattes „Nein". Was soll daran schwarz sein, den Menschen zu helfen und sie schöner zu machen?

Trotzdem muss ich mit Aufpasser aufpassen. Wenn er weiter Fragen stellt, werde ich ihn wohl beseitigen müssen. Er weiß zu viel. Vom tanzenden Brathuhn bis zu einigen Dingen über Malunia.

Tut mir leid, Aufpasser, du hast gut gedient. Aber das ist es gewesen. Ich werde Deine Erinnerungen zerstören, mit dem mächtigsten Vergessenszauber, den Malunia mich gelehrt hat. Malunia! Aber erst wirst du mir nochmal dienen, Aufpasser. Es wird Zeit, die Stadt zu verlassen!

Malunia!

Tag 2284

Ich habe nochmal mit `Ali gesprochen. Sein „Nachrichtendienst" habe ihm gemeldet, dass eine Gruppe einflussreicher Priester und Ordensleute in der Stadt Druck machen würde, mich und andere Schwarzmagier los zu werden. Schon wieder dieser verdammte Orden! Bei Malunia!

`Ali hat meine Nöte gesehen. Gegen gutes Geld wüsste er eine Lösung, hat er gemeint. Es gäbe da ein kleines Dorf etwa vier Wegstunden zu Fuß von der Stadt und nahe der größeren Karawanenstraße nach Norden. Das Dorf hat er mir verkauft, jetzt gehört es mir. Zweitausend Golddenare! Wucher. Ein alter Wachturm, als Herrenhaus hergerichtet, mit mehreren Dienern, sei dabei. Ich werde es gleich morgen herausfinden. `Ali hat mir die Schlüssel zum Turm gegeben.

Heute schließe ich den Laden, dann schlafe ich nochmal und morgen verlasse ich mit Aufpasser den Ort. Dann wird seine Erinnerung vor der Stadt gelöscht und er darf mit etwas Geld seiner Wege ziehen. So ist es am besten.

Malunia! Malunia! Malunia!

Tag 2285

Aufpasser ist entlassen. Mit Magie habe ich ihm das Gedächtnis gelöscht und noch eingeprägt, die Gegend so rasch als möglich zu verlassen. Er war völlig verwirrt hat mich nicht mehr erkannt. Gut so.

Das „Dorf" besteht genau aus zwei Farmen mit Nebengebäuden etwa eine Stunde abseits der Karawanenstraße und deren drei von der Stadt mitten in der Steppe. Ein Brunnen, der Wachturm und das war es. Wucher! Wenigstens ist der Wachturm geräumig hergerichtet. Die „Diener" sind ein uraltes Ehepaar, das im Ausgedinge auf einer der Farmen lebt. Und die Farmer hier züchten Ziegen. Ein entsprechend strenger Geruch liegt über dem Ort. Wenn ich ˈAli nochmal sehe, erlebt er was!

Für den Augenblick aber ist der Turm in Ordnung. Der Keller des Turms ist sogar mehr als in Ordnung. Angenehme Überraschung. Es gibt da eine Kammer, offensichtlich für ˈAlis Privatvergnügen. Voll mit rostigen Ketten, Folterinstrumenten, einer Feuerstelle und so. Nicht sehr sauber, überall klebt Blut und es stinkt nach Tod und Verwesung. Aber der Tisch in der Mitte ist groß und kann nicht nur als Folterbank, sondern auch als Arbeitstisch verwendet werden.

Die Diener müssen den Raum sauber machen. Sie sind entsetzt. Offensichtlich war ihnen auch nichts vom Hobby ihres Herrn bekannt. Mir egal. Ich brauche den Raum ordentlich. Den Boden sollen sie sanden, habe ich ihnen gesagt. Sand gibt es rundherum genug. Dann habe ich ihnen etwas Silber gegeben, damit sie von den Farmen Hilfe holen können.

Nachtrag: Mit den beiden Farmern und ihren Familien habe ich lange gesprochen. Ich habe ihnen die Situation erklärt, auch dass der Raum mein magisches Arbeitszimmer werden soll, und nicht mehr als

Folterkeller genutzt wird. Wie so oft – einfache Menschen sind mit Magiern nicht glücklich. Aber was bleibt ihnen? Loyalität kann man kaufen. Zumindest da unterscheiden sie sich nicht von anderen einfachen Menschen.

Malunia, bald geht es weiter. Malunia!

(Auszug aus den Tagebüchern von Tjorn)

Myrtil, 16, 625 nDF

Bericht

An den Großmeister des Ordens

Bruder Ridefort, geküsst sei Euer Ring.

Ich darf Euch mit großer Freude berichten, der erste Magier verlässt die Stadt. Talymon ist vertrieben. Ich habe auch zwei meiner besten Leute angesetzt. Sie haben ihn und seinen Gefolgsmann bis nach dem Stadttor verfolgt. Was immer der Mager dann mit dem armen Mann gemacht hat, wir haben etwas später den Gefolgsmann verwirrt im Bereich des Stadttors herumirren gefunden. Er ist jetzt in unserem Infirmarium als Patient aufgenommen. Leider war bisher nichts aus ihm heraus zu bekommen. Für ihn sind die letzten fünf Jahre nicht nachvollziehbar. Schwere Amnesie. Er weiß nicht, wie er nach Wahamba gekommen ist, da er glaubt, gestern erst in Brodymond, weit im Norden und über die Maramsee, gewesen zu sein. In seinen Taschen haben wir zweihundert Golddenare und einige Silberdirhems gefunden. Sonst keine weiteren Informationen. Dazu hatte der Mann ein

Schwert, Reisekleidung und Reiseschuhe, sowie ein paar private Sachen und für zwei Tage Proviant.

Der Magier ist vorerst verschwunden. Da er nach Norden gezogen sein dürfte, bitte ich Euch, den anderen Komtureien Bescheid zu geben, damit wir ihn überwachen und bei Gelegenheit außer Verkehr ziehen können. Ich werde auch unsererseits hier die Meldung veranlassen. Den ehemaligen Diener werden wir noch ein wenig beobachten, aber sonst freilassen.

Morgen gehen wir gegen den größten Händler für belebte Tote vor. Reimond und sein Trupp werden wieder die Bevölkerung mobilisieren. Der Priester Twangono wird uns dabei für Geld unterstützen. Er gehört zwar zu einem heidnischen Kult, den des Geflügelten Löwen. Aber zum Glück ist er genauso leicht mit Gold zu überzeugen, wie der Rest der Stadt. Und mit seiner Hilfe werden wir einen Magier für den anderen langsam aus der Stadt ekeln. Oder vom Mob lynchen lassen. Was vielleicht besser ist.

Möge der Urgrund mit Euch sein.

Gezeichnet: Gerardus Ibelinis, Komtur

(Aus dem Archiv des Ordens)

Tag 2286

Das Arbeitszimmer ist annehmbar und inzwischen auch magisch gesichert. Muss ja niemand wissen, was sich da tut. Die schwere Kiste habe ich mittels einfacher Zauberei zum Schweben gebracht, dann haben die Diener sie in den Keller geleitet. Inzwischen liegt der Körper Malunias wie ein Meisterwerk vor mir. So viel noch zu tun, so viele Kleinigkeiten.

Malunia!

Tag 2287

Heute nur an den Augen gearbeitet. Augen, dass die so kompliziert sein müssen. Wie bringt man die Augen zum Strahlen? Es heißt, sie wären der Spiegel zur Seele. Dann muss vermutlich erst Malunia vom Körper Besitz ergreifen. Malunia!

Tag 2288

Wieder ein Tag in der Einöde. Ziegengeblöke am Morgen, Ziegenfleisch zu Mittag, Ziegenmilch am Abend. Ziegengestank immer. Die einzelnen Finger sind schwierig. Zart, fein, gleichzeitig lang, elegant. Die Hände. Zu grob die Hände, von allen drei Leichen. Zum Glück kann man ja da was tun. Aber es ist mühsam. Malunia!

(Auszug aus den Tagebüchern von Tjorn. Anmerkung des Sammlers: Es folgen wieder seitenlange Klagen, wie schwer es wäre, den Körper zu bearbeiten und anzupassen. Ein Händler erreicht die Siedlung und Tjorn erreicht, dass der Händler mit besserem Essen und Wein alle zwei Wochen vorbei kommt. Glücklich ist der Magier in dem Weiler nicht. Die Geldreserven schwinden wieder. Aber letztendlich kann er sein Werk vollenden.)

Tag 2327

Freudentag! Der Körper liegt als Ganzes fertig vor mir. Ich blicke ihn an und sehe Malunia, ach Malunia, als wäre es das erste Mal, wie an jenem Abend, vor so langer Zeit, im Kreis, vor mir. Malunia!

Das Schwerste ist vollbracht. Das Werk. Malunia, ich rufe nach Dir, ich flehe zu Dir, so komm und nehme den Körper hier vor mir in Besitz. Magie erhält ihn, aber die Seele wird ihn durchfluten. Deine Seele. Komm!

Nachtrag: Trauer! So geht es nicht. Das hat mir Malunia bisher verschwiegen. Wir brauchen ein Opfer. Besser mehrere. Und ein Ritual. Noch ein weiterer Tag. Die Diener sind zu alt. Müssen eben die Farmer den Zweck erfüllen. Malunia!

Und den Ort werde ich verlassen müssen. Die Blutopfer lassen sich wohl nicht lange verbergen.

Malunia! Warum tust Du mir das an?

Tag 2328

Heute ist es soweit. Ich habe die Farmer freundlich eingeladen. Mit genug Nachdruck und Silber, dass am Abend auch wirklich alle anwesend sein werden. Genug Blut, um den Körper zu füllen. So viele Zuseher. So viele Teilnehmer am Opferritus. Die Klinge ist geschliffen. Das Buch ist bereit. Und ich habe nochmal alle Zauber im Geist durchgenommen, die ich benötige.

Der Kreis ist gezogen. Wie mein alter Lehrer damals mir ihn beigebracht hat. Erst der Beschwörerkreis, dann der Bannkreis. Dann der Extra Bannkreis für den Zaubernden.

Malunia!

Die Gäste kommen. Es wird Zeit.

(Auszug aus den Tagebüchern von Tjorn. Anmerkung des Sammlers: In den Tagebüchern folgt nun eine längere zeitliche Lücke. Es ist nicht klar, ob hier Seiten absichtlich entfernt wurden.)

Niral, 6, 625 nDF

Bericht

An den Großmeister des Ordens

Bruder Ridefort, geküsst sei Euer Ring.

Gestern hat uns der Händler Ibn Batum informiert, dass in einem Weiler etwa zwei Stunden zu Pferd vor der Stadt nach Norden ein scheußliches Verbrechen geschehen ist. Der Händler vermutete Magie. Wir haben ihm bei Bestätigung eine Belohnung von zwei Golddenaren versprochen und ich habe einen Trupp unter dem Kommando von Schwester Ismina ausgesandt, der Sache auf den Grund zu gehen. Hier der Bericht:

„Wir haben uns gemäß Befehl dem Weiler vorsichtig genähert. Schon von weitem ist uns das Gemecker verwahrloster Ziegen aufgefallen. Die Häuser der zwei Höfe des Weilers waren offen. Es war keine menschliche Person zu sehen. Auch auf Anruf keine Antwort.

Wir haben die Häuser und in Folge den Wachturm im Ort durchsucht und im Keller des Wachturms auch für trainierte Ordenskrieger einen abscheulichen Anblick erlebt. Schon die Treppe hinunter war der Gestank nach Blut, Tod und Verwesung dicht. Der Raum im Keller war dunkel, im Licht der Fackeln waren jedoch etwa zwei Dutzend tote Menschen aller Geschlechter und Altersstufen zu bemerken. Insekten hatten bereits mit der Besiedelung der Leichen begonnen, überall waren Fliegen, Ameisen und anderes Getier zu sehen. Drei aus unserem Trupp mussten sich auf der Stelle übergeben. Die anderen haben es noch die Treppe hoch geschafft. Dennoch haben wir den Tatort weiter untersucht.

Die Leichen waren im Kreis um einen großen Arbeitstisch gelagert, ohne besondere Anordnung, eher willkürlich über- und durcheinander. Etwa die Hälfte hatte kein Blut mehr, diesen Personen war die Kehle zerfetzt worden. Allen anderen Personen war die Kehle sauber aufgeschnitten und deren Blut im ganzen Raum verteilt und verspritzt.

Unter den Toten war sowas ähnliches wie ein Beschwörerkreis zu bemerken.

Wir haben zur Vermeidung von Seuchen die Bewohner nach oben getragen und den Turm angezündet. Nicht jedoch ohne vorher in den anderen Räumen des Turms Nachschau zu halten. Letztlich erfolglos. Lediglich ein paar Fetzen Pergament haben wir gefunden, die im Kamin des Turms offensichtlich hätten verbrennen sollen, aber nicht vollständig ein Raub der Flammen geworden sind. Es war nur ein Wort darauf erkennbar: Malunia.

Die ganze Szene wirkte, als hätte ein finsterer Beschwörer versucht, einen Blutgeist zu beschwören."

Anmerkung: Schwester Ismina ist unser fähigster Truppführer und hat bereits in vielen Schlachten gekämpft, auch gegen die lebenden Toten des Totenbeschwörers Ibn Alhazred. Sie hat schon einige grausame Dinge gesehen. Nach ihrer Aussage war das bisher der schlimmste Anblick.

Wir haben den Besitzer des Weilers, ein Mitglied des Stadtrats, ausfindig gemacht. Er wollte von uns fünfhundert Silberdirhem, wenn er uns den Namen des Mieters seines Turms nennen soll. Ich habe Befehl gegeben, mit anderen Mitteln nachzuforschen.

Möge der Urgrund mit Euch sein.

Gezeichnet: Gerardus Ibelinis, Komtur

Niral, 10, 625 nDF

Bericht

An den Großmeister des Ordens

Bruder Ridefort, geküsst sei Euer Ring.

Nachtrag zum Bericht vom 6. Niral. Es sieht so aus als wäre der Mieter der bekannte Schwarzmagier Talymon gewesen, den der Orden erfolgreich ca. vier Wochen davor aus der Stadt vertrieben hat. Der Fall zeig, dass jede Sanftmut und Nachsicht des Ordens fehl am Platz ist, wenn es um Magier geht. Wir hätten den Magier gleich hinter dem Stadttor töten lassen sollen.

Es wurde auch nochmal der Weiler untersucht, wo der Magier das schwarze Ritual abgehalten hat. Was nicht so leicht war, da der Besitzer des Weilers zwei neue

Sklavenfamilien dort ansiedeln wollte. Die Untersuchung hat keine neuen Kenntnisse erbracht, auch weil die Flammen unseres Trupps gründlich waren. Es ist auch nicht weiter bekannt, wohin der Schwarzmager geflüchtet sein könnte. Alle Komtureien entlang der Handelswege wurden inzwischen durch berittene Boten in Kenntnis gesetzt.

Möge der Urgrund mit Euch Sein,

Gezeichnet: Gerardus Ibelinis, Komtur

Niral, 12, 625 nDF

Bericht

An den Großmeister des Ordens

Bruder Ridefort, geküsst sei Euer Ring.

Gemäß Auftrag berichten wir von dem Auftreten des Schwarzmagiers Talymon, als er sich heute im Bereich der Komturei Doppelfluss in Begleitung einer weiblichen Person gezeigt hat.

Um etwa Zeit der Sext hat uns der diensthabende Informant der Stadtwache in Kenntnis gesetzt, dass ein Magier namens Talymon mit seiner Frau Einlass in die Stadt Doppelfluss begehrt hat. Da keine Veranlassung seitens der Stadtwache bestanden hatte, ihn abzuweisen, ist dieser Magier in die Stadt gelangt und hat in einem uns bekannten Gasthof Quartier bezogen.

Wir haben das Haus und die Personen unter Beobachtung gestellt und erwarten ergebenst weitere Anweisungen. Sollte der Magier die Stadt aber verlassen wollen, werden wir gemäß Generalbefehl vorgehen.

Möge der Urgrund mit Euch sein.

Gezeichnet: Borislav von Igmeidev, Komtur

(Aus dem Archiv des Ordens)

Den Nachkhommenden gewidmet durch des dritten stellvertretenden Stadtschreibers Hand, gegeben zu den Ruinen von Doppelfluss. Dererley wahrhaftiger Bericht über dem, was inzwischen „Tag der Flammen" genannt wird, was sich ereignet haben mag am 13. Niral des Jahres 625 nDF und dem dritten Jahr der Herrschaft des theuren Herrn Johnas, genannt der Schwarze Fürst von Em.

Dem Berichte beygefüget sind die wahrhaftigen Schildereyn derer, die den Flammensturm konnten rechtzeytig entgehen. Was nicht allen dererley Honoritäten des allerhöchsten Stadtrates gelungen.

Begunnt es hat des Nachtens, als der verfluchte Magyer Talymon, genannt der Schwarze, und sein teuflisch Weyb wollten verlassen das Gasthause zum Geflygelten Ziegenbocke, als das haben existiert viele hundert Jahr. Dero Ordo Circulum Rubi ergriffen die Gelegenheyt den Magier zu töten wie es dero Befehlen entsprochen. Eyn Dutzend Ritter gen eynen Magier am Stadtthore. Dero selben Kundige der Magiereyen hatten.

Von dero Rittern und Zuschauenden keyner hat überlebet. Ein Flammensturm, als den noch nie eyne Seel´ hat gesehen, zerstöret Thor und Häuser im Kreise der fünfe Hundertschaften Schritt. Dann noch sich geleget hat eyne Walze aus Feuer, zehne der Männer hoch und eyne Breite als dero war die ganze Stadt. Unaufhaltsam gerollt ist diese Walze aus Feuer geyn Markt und Rathhause. Alles in dero Pfade erging sich in Flammen. Es war der Schaden viele.

Erst auf Höhen des Hauses vom Bäcken Szeren hat das Feuer sich selbst verlöschet. Gänzlich und auf eynem Male war eyn End mit dem Feyer. Gut drey Viertel der Stadt geworden ist ein Raub der Flammen. Und deren Leyden waren viele bey den Menschen die überlebet. Gut zwei Drittel der Menschen aber haben nit überlebet.

Was aus dero Magier und seynem Weyb geworden? Gefunden hat man keyne Spuren.

(Aus der Chronik der Stadt Doppelfluss – Anmerkung des Sammlers: Selbst mächtige Hexen oder Zauberer können keine solchen Feuerstürme entfachen. Es ist daher anzunehmen, dass das Wesen, dass Tjorn geschaffen hat, hier einen Feuergeist beschworen hat. Vermutlich ist dieser Geist außer Kontrolle geraten, bevor die Magie, die ihn in unserer Welt gehalten hat, zusammengebrochen ist.)

Tag 2343

Malunia!

Ich verzehre mich nach dir. Nach deiner körperlichen Gegenwart. Aber warum nur gibst du mir nicht, was ich am meisten ersehne? Erfüllung im Fleisch? Warum tust du das? Warum lässt du einen anderen Mann tun, was ich ersehne?

Hast Du nicht genug Blutopfer, Malunia? Musst Du mich auch noch in den Wahnsinn treiben? Dieser kräftige Fuhrknecht gestern. Und mich hast Du zusehen lassen.

Musste ich da nicht aufspringen? Ja, mein Magieschlag hat ihn getötet. Aber du warst schuld daran. Schuld daran, dass das ganze Gasthaus gestorben ist, meine Liebste. Jeder Mann muss sterben, der dich auch nur anblickt!

Was aber hast du mit den Kriegern in ihren weißen Mänteln gemacht, Malunia?

Was hast du mit der Stadt gemacht?

Wir konnten entkommen. Wie der Wind, und genauso verborgen. Aber was habe ich geschaffen?

Tag 2344

Schmerz!

Züchtigst du mich gerne, Liebste? Macht es dir Freude, mich leiden zu sehen? Hast du mich wirklich nur gebraucht, dass ich deinen Körper schaffe?

Das Drecksnest war klein. Doch wieder hast du mich betrogen. Mit einem schmutzigen Bettler. Malunia!

Leiden ist mein Schicksal. Dank dir habe ich Macht, doch was hilft meine Macht, wenn du mich betrügst? Was ist mein Leben wert, wenn ich nicht mit dir zusammen bin.

Lass mich leiden an deiner Seite! Aber lass mich an deine Seite!

(Auszug aus den Tagebüchern von Tjorn. Anmerkung: Es folgen mehrere solche Tagebucheinträge. Parallel ziehen

er und sein Fleisch gewordener Geist eine Spur der Verwüstung durch die südlichen Randgebiete des Ismerischen Reichs.)

Niral, 17, 625 nDF

Bericht

An den Großmeister des Ordens

Bruder Ridefort, geküsst sei Euer Ring.

Heute hat ein Feuersturm unsere mächtige Komturei hinweggefegt. Wir haben gemäß Weisung Ausschau gehalten nach einem Magier in Begleitung einer schönen Frau und haben die Gesuchten gefunden. Der Zugriff hätte am Stadttor erfolgen sollen, aber wie wir uns den beiden gesuchten Schwarzmagiern genähert haben, mussten wir uns gegen deutlich überlegene Magie erwehren. Auch mit Unterstützung des Akademiemagiers Borosius, der in Eberwald lebt, ist es uns nicht gelungen, die zwei Personen aufzuhalten. Dann, als wir uns zurückziehen mussten, hat der Mann unser Haus in der Stadt mit dem Feuerschlag angegriffen und binnen Sekunden bis auf die Grundmauern niedergebrannt. Von den vormals sechzehn Brüdern haben nur drei überlebt – ich selbst nur dank der Tatsache, dass mich ein magischer Schlag in den Keller eines Bürgerhauses befördert hat. Wir Überlebenden werden die Komturei provisorisch wiedererrichten bis uns weitere Befehle durch Euch ereilen.

Möge der Urgrund mit Euch sein.

Gezeichnet: Reimian von Selen, Ordenspriester, in Vertretung des getöteten Komturs von Eberwald
(Aus dem Archiv des Ordens)

(undatiert)

Orm,

Euer Ruf ist auch bei uns angekommen. Anbei findet Ihr einen Beutel mit Gold, den Ihr bekommt, egal, ob Ihr unser Angebot anhört. Aber lasst Euch versichern, zwei weitere Beutel warten auf Euch, wenn Ihr heute um Mitternacht in den Ordenstempel eindringt und in der Turmkammer des Hauptturms Euch mit einem Mittelsmann trefft, der Euch den weiteren Auftrag und die mögliche Belohnung erklären wird.

Gezeichnet: -

(undatiert, angeheftet)

Eminenz,

Orm hat sich heute Abend mit mir getroffen, wie von Euch vorhergesagt. Er hat sowohl die zwei Beutel mit Gold bekommen, als auch die Zusage, bei positiver Erledigung der Angelegenheit weitere hundert Beutel zu erhalten. Ich habe ihm Eurer Schreiben übergeben, musste es ihm dann vorlesen. Wusstet ihr, dass der beste Meuchelmörder Ismeriens ein Analphabet ist? Nun, sollte er erfolgreich sein, Goldmünzen scheint er zählen zu können.

Gelobt sei der Orden, G.

Orm,

man sagt, Ihr seid der Beste. Beweist es und zehntausend Goldstücke neuester imperialer Prägung sind Euer. Das Ziel ist ein Magierpaar, Mann und Frau, er unter dem Namen Talymon, sie unter dem Namen Malunia. Beide ziehen derzeit eine Spur der Verwüstung durch die südlichen Provinzen. Findet und tötet beide. Geht sicher, dass sie tot sind, dann meldet es bei der nächsten Komturei des Ordens. Die Brüder sollen die Toten untersuchen und Euch ein Totenzeugnis ausstellen. Mit diesem meldet Euch im Tempel bei Bruder Regulon, dem Ordensquästor. Dieser wird Euch die Belohnung aushändigen.

Das Kopfgeld für die beiden könnt ihr Euch natürlich gerne zusätzlich holen. Geht bitte nur im eigenen Interesse sicher, dass die Brüder in der Komturei die Toten zuerst untersuchen konnten.

Gezeichnet: -

Anhang: Steckbrief

(Aus dem persönlichen Archiv von Ridefort, Großmeister des Ordens. Anmerkung des Sammlers: Der Steckbrief in den Unterlagen fehlt, es ist jedoch anzunehmen, dass es sich bei der Beilage um den offiziellen Steckbrief der Behörden des Ismerischen Reichs gehandelt hat. Sollte das der Fall sein, waren die Bilder auf dem Steckbrief ungefähr ähnlich zu Tjorn und seiner Begleiterin. Dem Orden waren die Schwarzmagier jedenfalls etwa die Einnahmen des gesamten Ordens von einem Jahr wert.)

Tag 2371

So geht es nicht weiter! Malunia! Hast du kein Herz? Nicht einmal meinen eigenen Tod willst Du akzeptieren. Was habe ich dir getan? Ich, ich habe dir das Leben geschenkt! Malunia! Ich hasse dich, du Teufel in Frauengestalt! Jeder Kuss ein Flammenmeer. Doch näher lässt du mich nicht. Stattdessen muss ich zusehen, wie du einen Liebhaber nach dem anderen nimmst. Und sie dann allesamt tötest.

Malunia, wer bist du? Was bist du?

Heute haben wir wieder ein Dorf sinnlos niedergebrannt. Warum machen wir das? Damit dein Lachen mir Feuer ins Herz zaubert? Ist es das? Weil du nur glücklich bist, wenn du zerstören kannst?

Ich halte das nicht durch, Malunia. Aber ohne dich bin ich verloren. Und kann doch nicht sterben. Beim Urgrund, ich habe es ja versucht. Der Dolch ist bis zum Heft in meiner Brust gesteckt. Und? Ich habe ihn herausgezogen und die Wunde hat sich geschlossen als ob es sie nicht gegeben hatte.

Was hast du mir geschenkt, Malunia? Unsterblichkeit, nur damit ich leide?

Nein, es muss ein Ende werden. Ich werde meine Magie nicht mehr einsetzen, zu deinem Vergnügen. Es muss ein Ende sein!

Tag 2372

Die Menschen aus dem Nest heute waren geflohen, als wir uns dem Dorf genähert haben. Malunia war bitter enttäuscht, hat dann aber doch so einen armen Tropf gefunden, den sie töten konnte. Vermutlich ein Dieb, der die Abwesenheit der Bewohner nutzen wollte. Wie Malunia ihn gespürt hat, ist mir ein Rätsel. Jedenfalls hat sie einen ihrer machtvollen Rufezauber geworfen und ihr Opfer ist wie von Alleine herangekrochen gekommen.

Da ihr die schlaksige Gestalt als Spielzeug nicht zugesagt hat, hat sie dem Dieb einfach einen Dolch in die Brust gejagt und umgeworfen. Dann hat sie sich über den Toten gebeugt und das aus der Brust rinnende Blut aufgeleckt. Blutverschmiert ist sie auf mich zugegangen, mit diesem Lächeln das mich so oft verzaubert hat. Doch dieses Mal war es anders. Es war der Wahnsinn, den ich vor mir erblickte. Es hat mich ihre Berührung, ihr Kuss angewidert. Mechanisch habe ich reagiert, wie sie es wohl von mir gewohnt war. Dennoch war da nichts mehr. Die Flamme ist erloschen.

Vielleicht ist es gut so. Ich kann diesem Dämon in Frauengestalt wohl nicht entgehen. Wir sind aneinandergebunden. Aber ich habe mich innerlich befreit. Meine Magie scheint erloschen zu sein. Ich spüre statt dem Strom, den ich sonst in mir trage, derzeit nur das dünne Rinnsal, welches wohl alles ist, was mir ohne meine Liebe zu Malunia bleibt. Vielleicht ist es gut so.

Malunia schien soweit nichts zu bemerken. Sie schläft derzeit, während ich wache wie so oft. Doch dieses Mal schreibe ich erstmal seit langem wieder mit klarem

Sinn, wie ich beim Durchblättern meiner Aufzeichnungen sehe.

Schlafen – es ist interessant, dass dieser Dämon Schlaf braucht, wie jeder andere Mensch auch. Ich habe ihren Körper aus Toten zusammengeflickt. In Wahrheit ist sie nur totes Fleisch. Konserviert, hervorragend verarbeitet. Trotzdem unterliegt sie dieser Einschränkung des Fleisches, Schlaf. Und im Gegensatz zu meinen Gewohnheiten schläft sie nach ihren Blutmahlen immer lange. Wenigstens eine Schwäche hat dieses Monster.

Morgen werden wir Trodion erreichen, die Hauptstadt der Provinz Alkalma. Ich vermute, der Orden wird uns wieder auflauern. Sie geben nicht auf. Malunia und ich haben genug angestellt, dass wir jeden Tod der Welt verdienen. Aber Malunia ist unsterblich, und das bin ich wohl auch noch. Oder auch nicht. Mal sehen.

Hoffentlich waren die Menschen der Stadt so klug wie die Dorfbewohner hier. Es ist spät, ich lege mich auch bald schlafen. Wir haben uns im einzigen Gasthaus im Dorf einquartiert. Ich in der Bettkammer des Wirts. Sie ausgerechnet im Zimmer der Dorfhure. Wie passend für Malunia.

Malunia ist die schlimmste Dirne von Allen. Die Hure der Huren. Doch sie nimmt kein Geld. Oh nein. Sie nimmt einem das Leben. Und den Menschen rundherum dann auch. Dass ich diesem Scheusal jemals mein Herz verschrieben habe! Aber das ist zu Ende. Gute Nacht, Malunia.

(Auszug aus den Tagebüchern von Tjorn)

Über das Ende Orms, des Meuchelmörders, berichtet das Epos „Der Tod des Schattens", geschrieben von Schülern der Bardenakademie von Burgonion. Diese Erzählung trieft nur so von Pathos, versucht sie doch, aus einem gedungenen Mörder einen Helden zu machen. Und das auch noch in über tausend Verszeilen, viele davon sehr holprig gereimt. Man höre sich nur mal den Beginn des Epos an:

Der Held voran, kein Pardon geben,
Es lockt auch der Ruhm in Ewigkeit.
Denn alle Sterne stehen bereit,
Für Heldentaten und Ewiges Leben:
Orm der Erlöser,
Orm, keiner ist Größer,
Singen nun wir für alle Zeit.

Wer aber keine Minute mit schlechtem Reim, purem Pathos und langweiliger Musik verbringen will, kann auch die folgende Prosa-Zusammenfassung nehmen. Diese stammt aus dem Mund von Dreifinger-Tard, einem Straßengauner, der behauptet, Orm und seine Gefährten gekannt zu haben. Und vermutlich ist der Text auch näher an der Wahrheit:

Niemand kannte das Gesicht dieses Meuchelmörders, daher auch der Beiname: Fürst der Schatten. Auch war unklar, wie groß oder winzig der Mann war. Wie dick oder dünn. Oder ob es überhaupt ein Mann war. Orm kannte viele Wege, sein Aussehen zu verändern.

Wie jeder Vollprofi im Gewerbe legte Orm viel Zeit und Wert in eine gründliche Ausspähung seiner Opfer. „Zeit spart Blut", einer der wenigen authentisch überlieferten Aussprüche. Orms Stimme war immer ein heiseres Flüstern. Aber dieses konnte recht eindringlich sein. Und in der Stammgilde von ihm waren diese eindringlichen Lehrsätze nur zu bekannt.

„Zeit spart Blut", „das Opfer darf es nicht kommen sehen" und „zuerst Freundschaft, dann Verrat" skizzierten auch die Vorgehensweise dieses Meistermörders. Ein Menschenleben mochte für Orm wenig Wert haben – zu den Toren der Höllen, für welchen Meuchelmörder hatte es das schon – aber es ist nicht bekannt, dass Orm jemals unnötig tötete.

Und noch ein Ausspruch war bekannt: „Wenn es etwas Persönliches wird, ziehe ich mich zurück."

Letzterer Satz war in seinesgleichen Kreisen oft diskutiert worden. Aber Orm war da auf seine Weise strikt konservativ und hielt sich an den Codex der Mörder und Diebe. Der Auftraggeber mochte Motive haben, welche auch immer. Aber war das Geld übergeben, die Anzahlung, dann war der Mörder ein Werkzeug, nicht mehr. Einen Auftrag führte man unpersönlich, unerbittlich und ohne zaudern aus. Gefühle, persönliche Bindungen und Ähnliches störten da nur. Und es war dem Killer dann tatsächlich egal, wer das Opfer war, oder warum.

Orm war Vollprofi.

Auch den Auftrag zur Tötung des Magiers Talymon und seiner Gefährtin Malunia war für Orm zunächst wie jeder andere Auftrag. Außergewöhnlich war lediglich die Höhe des Kopfgeldes. Zehntausend Gold-Adler. Prägefrisch. Genug, um eine Baronie zu kaufen.

Der erste Schritt war die Zusammenstellung eines Teams. Orm heuerte dazu zwei erfahrene Gefährten an, einen Spurenleser mit dem Rufnamen „Kauz" und einen erfahrenen Kleinkriminellen namens „Ohrlap", der vor allem für unauffällige Beschattungen und als Informant seinen Wert hatte. Beiden versprach er, soweit feststellbar, jeweils hundert Goldstücke. Goldstücke, nicht prägefrisch und imperial.

Die Spur zu finden war nicht schwer. Man musste nur der Spur der Verwüstung folgen, die die beiden Magier hinterlassen hatten. Auch etwas über die Magier herauszufinden, war nicht schwer – Aussehen, Kleidung, Vorgehen, alles das konnte gut beschrieben werden. Jedoch, etwas mehr über die Person und Persönlichkeit hinter dem Magier herauszufinden war unmöglich. Es war nicht einmal klar, wie die Magier hießen. Die, denen sie sich vorstellten, überlebten nicht.

Orm wäre gerne zuerst gegen den Strom der Verwüstung gegangen, also zum Ursprung. Um mehr über seine Opfer zu erfahren. Dafür aber war zu wenig Zeit. So musste er sich mit dem Zweitbesten zufriedengeben, dessen er habhaft werden konnte: Berichte des Ordens.

Der Orden führte den Magier unter dem Namen Talymon, allerdings mit einem großen Fragezeichen. Die Hexe war unter dem Namen „Malunia" bekannt. Weiter bekannt war nur, dass es weit im Süden, in einer großen Handelsstadt, zu unschönen Szenen gekommen war. Und danach die Frau an seiner Seite auftauchte. Davor war der Zauberer alleine gewesen. Da er sich jedoch am Markt dieser Handelsstadt junge Frauen gekauft hatte, lag die Vermutung nahe, dass sie von diesem Markt stammte. Wie immer sie dann zur Magie gekommen war.

Leider war nicht mehr heraus zu bekommen. Auch nicht aus den Ordensleuten. Es sah so aus als hätte der Magier und seine Frau gezielt die Häuser der Ritter auf den Weg nach Norden und ins Imperium vernichtet. Dabei war das Vorgehen immer gleich. Man versuchte, die beiden aufzuhalten. Man stellte sich in ihnen in den Weg. Man schoss Pfeile auf sie, die wirkungslos zu Boden fielen, aufgehalten von einer unsichtbaren Barriere. Und mit wenigen Handbewegungen räumten Flammenstöße und Flammenwände die Ordensleute, die Dorf- und Stadtwächter und auch alle Zuseher, Bewohner und alle, die das Unglück hatten, in der Nähe zu sein, gleich mit ab. Die zerstörerische Kraft der zwei Zaubernden war enorm. Häuser verwandelten sich binnen weniger Augenblicke in Asche. Stadtmauern zerbarsten. Verteidigungstürme verwandelten sich in einen Haufen Steine.

Orm hatte bereits einiges gesehen, aber als er das Dorf Einschicht erreichte, wo noch letzte Brandherde glimmten und die wenigen Überlebenden zwischen den Ruinen verzweifelt hin- und herstolperten, da war es selbst dem Meuchelmörder und seinen Gefährten unheimlich. Vor allem, als sie auf die Leichen stießen. Nicht normal getötet – zerfetzte Münder, als hätte etwas mit roher Gewalt diesen Menschen einen Kuss gegeben und sie dabei mit übernatürlicher Kraft gebissen. Herausgerissene Kehlen. Überall Blut – aber weniger als es sein sollte, und Leckspuren in den Blutrinsalen auf den Oberkörpern. Nur junge Männer, das war auffällig. Die anderen Toten waren verbrannt oder von herabfallenden Teilen der Hütten erschlagen worden. Aber nur junge Männer mit den zerfetzten Mündern, Wangen, Unterkiefern und Hälsen.

„Kauz", Orm wandte sich an seinen Fährtenleser, „die Spuren sind frisch. Wohin sind sie weitergezogen?", dann an beide Gefährten: „Wir folgen ihnen."

„Was die wohl so zugerichtet hat?" Kauz war die Sache sichtlich unheimlich. Darauf allerdings wollte der Meistermörder nicht eingehen. „Lese die Fährten, und sehen wir zu, dass wir sie einholen."

„Was willst du dann machen?" Auch Ohrlap war offensichtlich unwohl zu mute.

„Wir werden sie aus sicherer Entfernung beobachten und zur rechten Zeit zuschlagen", war die Antwort des Killers. Kauz war bereits einige Meter weitergegangen und beobachtete den Boden eingehend.

Dann wandte sich der verwachsen wirkende ältere Mann zu Orm um und musterte den Meuchelmörder eingehend, sich im struppigen Bart kratzend, der das Gesicht wie die Blüten einer schimmligen Sonnenblume einrahmte: „Ob wir den Auftrag nicht besser abbrechen?" – „Hast du Angst?", die heißere Stimme des Killers war ohne Gefühl, wie immer. Kaum größer als der Fährtenleser, doch deutlich schmaler gebaut und wie immer konnte man das Gesicht hinter der Kapuze nicht erkennen. „Blut am Boden", Orm ließ nicht locker, „und leicht zu folgen. Wenn's ein Hinterhalt ist?"

Die schlanke Hand des Meuchelmörders fuhr unter dem Mantel hervor und winkte dem schlacksigen Dieb, der die beiden anderen um leicht eine Kopfeslänge überragte: „Ohrlap, ich brauche deinen sechsten Sinn. Du übernimmst neben Kauz die Spitze. Wenn irgendwas nicht stimmt, halten, warten. Ich werde mir die Sache dann selbst ansehen."

Beide Männer nickten. Seit mehr als zwanzig Jahren gehörten sie zur Stammgruppe, die Orm der Schatten auf seinen Missionen mitnahm. Bis jetzt hatte es sich für beide ausgezahlt, dem geheimnisvollen Meuchelmörder zu folgen. Schon damals, vor zwanzig Jahren, war die Stimme heißer, das Gesicht ständig verborgen und die Person des Killers ein Mysterium. Aber sie hatten es schätzen gelernt, dass Orm seine Leute nicht unnötig gefährdete und gut zahlte.

Kauz tat den ersten Schritt und sah erleichtert, dass es ihm Ohrlap gleichtat.

„Die Glut ist noch heiß", bemerkte Kauz, am ausgebrannten Lagerfeuer kauernd und mit knotigen Händen über der Feuerstelle fühlend. Das Wetter war mies und es nieselte. Wenn also die Glut noch heiß war, waren die gesuchten Zauberer nicht weit. Immer wieder zischten Wassertropfen in Glutnestern.

„Sauwetter", murmelte Ohrlap nervös. Orm war wie immer zurückhaltend und still. Seine Gefährten jedoch hatten bemerkt, dass der Meuchelmörder bereits zwei vergiftete Dolche in den Ärmeln verborgen und eine Handarmbrust gespannt hatte. Die Handarmbrust wartete am Gürtel unterm Mantel verborgen. Drei Bolzen konnte die Armbrust gleichzeitig oder kurz hintereinander abfeuern. Diese drei Bolzen waren noch in einem Leder gehüllt ebenfalls am Gürtel festgemacht. Wie die beiden Gefährten wussten, war das Gift dieses Mal aus besonders teuren Substanzen hergestellt worden. Und die Haltbarkeit war nur kurz. Orm war ganz offensichtlich zu einem Meuchelmord bereit.

„Lasst uns weitergehen. Wir erreichen in etwa einer Stunde einen Weiler, dort werden wir entweder neue Leichen oder endlich die Gesuchten finden. Seid vorsichtig. Sie könnten auch noch vor uns auf dem Pfad sein."

Die Ermahnung war unnötig. Weder Ohrlap noch Kauz hatten gesteigerte Lust, den beiden Magiern in die Arme zu fallen.

Das Nest wirkte verlassen. Keine Magier zu sehen. Auch kein Feuer und keine Dorfbewohner. Orm winkte Ohrlap zu und dieser schlich leise weiter. Hier war Kauz nicht nötig. Sein Reisegefährte und Kompagnon wusste genau, worauf es ankam: Bleibe ungesehen, aber sehe, was zu sehen ist. Leichtfüßig und flink steuerte Ohrlap eine Hütte am Rand des Weilers an. Der Dachvorsprung war sein Ziel, war er erst hinaufgeklettert, war es ein Leichtes, über das Dörfchen zu blicken.

Kauz sah entspannt zu. Dieser Teil der Jagd war so richtig nach seinem Geschmack. Man kundschaftete das Ziel aus, bevor man zuschlug. Dann vernahmen seine Ohren einen durchdringenden Ton. Der Meuchelmörder daneben schien den Ton hingegen nicht wahrzunehmen. „Komm zu mir", flüsterte eine erotische Stimme in die Ohren. Schon wollte Kauz aufspringen und nach vorlaufen. Da packte ihn eine schlanke, aber kräftige Hand und er hörte ein gezischtes „Halt!".

Wie aus einer Trance aufwachend blieb Kauz stehen. Orm hatte seine Hand gepackt.

Ohrlap war es nicht so gut ergangen. Er lief gerade am Haus vorbei nach vor und verschwand aus der Sicht. Es dauerte nicht lange und man hörte einen lauten Schrei. Dann wieder Stille.

Orm und Kauz warteten bis nach Einbruch der Dunkelheit, bevor sie ins Dorf schlichen. Von den Dorfbewohnern fehlte weiterhin jede Spur. Lediglich aus der windschiefen Dorfschenke drang von der Dachkammer Licht. Das waren vermutlich die Zauberer. Am Dorfplatz lag immer noch die Leiche von Ohrlap. Ein Hund schnüffelte daran und lief weg, als sich die Beiden dem Gefährten näherten. Sonst war es still.

Die Leiche bot keinen schönen Anblick. Jemand hatte ihr einen Dolch bis ans Heft ins Herz gestoßen und gleich herausgezogen. Dann war das Blut offensichtlich mit Händen und Zunge über den ganzen vorderen Oberkörper verteilt worden. Die Augen von Ohrlap waren schreckgeweitet geöffnet. Die Leiche war bereits im Erstarren begriffen. Fliegen begannen bereits, die Stellen mit dem Blut zu umkreisen.

Sehr zu Kauz′ Erstaunen machte die Schwerthand des Meuchelmörders eine segnende Geste über die Leiche. Der Fährtenleser hatte bereits viel mit dem Killer zusammengearbeitet, aber bisher war noch nie ein Gefährte umgekommen. Es gab also doch Gefühle in diesem Menschen.

Dann tat der Killer noch etwas, das Kauz noch nie gesehen hatte. Orm öffnete den Rucksack und entnahm eine darin verborgene Schutzhülle für Schriftrollen. Rasch war diese geöffnet und ein Bogen eng beschriebenes Pergament entnommen.

„Bleibe hier", flüsterte der Meuchelmörder. Dann, flinken Schrittes, trat die inzwischen im Dämmerlicht des Mondes fast unsichtbare Gestalt an die Türe der Schenke und begann, nahezu unhörbar in einer unbekannten Sprache zu flüstern. Über dem

Pergament entstand eine Art weißer Nebel. Dieser zog wie durch einen Windhauch getrieben zur Türe der Kaschemme. Dort flammte ein Symbol auf. Der Meuchelmörder kehrte unverzüglich, aber leise, zu seinem Gefährten zurück: „Magische Versiegelung."

Sie hatten nicht weit von dem Dorf im Wald ein Versteck gefunden. Vielleicht eine Holzfällerhütte. Nicht mehr als ein Unterschlupf, aus Ästen und Rinden gefertigt. Jedenfalls außer Sichtweite des Weilers. Und trocken und sicher genug, dass Orm ein kleines Feuer riskierte.

„Da können wir nicht rein und sie einfach töten", meinte der Meuchelmörder, mehr zu sich selbst als zu Kauz.

„Was nun, Chef?" Kauz war sichtlich angeschlagen. Ohrlap war seit vielen Jahren sein Partner gewesen, bei vielen Unternehmungen.

„Wir werden sie morgen in der Früh angreifen, wenn sie es am wenigsten erwarten. Aus dem Hinterhalt, mit Armbrust und Bogen. Sobald sie in der Früh die Dorfschenke verlassen, erschießen wir sie. Von den Seiten."

Kauz nickte. Er hatte mit so etwas gerechnet, dann fiel ihm aber ein, dass die Ordensleute gesagt hatten, es wäre unmöglich, die Magier mit Geschoßen zu treffen: „Und wenn unsere Pfeile und Bolzen nicht durchkommen?"

„Dafür habe ich noch etwas mit. Hier!" Dabei warf die schlanke Hand des Meuchelmörders dem Alten ein in

Leder gewickeltes Bündel zu. Der fing mit hohem Geschick und öffnete es. Pfeile mit in den Flammen blau glänzenden Spitzen und Bolzen aus demselben Material. „Und?", war die wenig beeindruckte Antwort des Fährtenlesers.

„Sieh genauer hin. Sternenstahl. Absolut magieabweisend. Durchschlägt selbst den besten magischen Schutz." Der Meuchelmörder hatte jetzt fast aufgeregt geklungen. Gefühle bei diesem Menschen? Kauz schwirrte der Kopf. Jedenfalls hielt er hier ein kleines Vermögen in den Händen. Eine einzige solche Spitze kostete gut und gerne hundert Goldstücke. Und hier waren drei Bolzen und vier Pfeile. Wie und wo immer der Meuchelmörder diese Kostbarkeiten bekommen hatte.

Der Morgen graute. Nebel lag über dem Weiler. „Wenig Sicht", dachte Kauz. „Aber das ist auch ein Vorteil, wenn uns die Zauberer nicht sehen." Orm hatte den Fährtenleser auf dem Dach einer niedrigen Scheune postiert. Von dort hatte er ein freies Schussfeld auf den Platz vor der Dorfschenke. Trotzdem war Kauz unsicher. Der Nebel mochte das klare Schussfeld verdecken.

Allgemein war das Dorf für einen Hinterhalt gut geeignet. Mehrere niedrige Häuser und Scheunen waren um einen zentralen Platz mit einem Lindenbaum in der Mitte verteilt. Die Dorfschenke war das höchste Gebäude, mit Kammern unter dem Dach. Die anderen Häuser waren niedriger. Die Schenke bestand aus einem gemauerten Fundament aus Feldstein und Bruchstein, tragenden Holzelementen und Ried-Flechtwerk mit Lehm verschmiert als Wände dazwischen. Das bis zu den Tragebalken des Daches. Gut gebaut, teuer für ein Nest wie dieses. Die anderen Häuser waren deutlich schlechter gefertigt, in der Regel entweder reine Holzriegel-Konstruktionen, außen mit Grassoden bedeckt, um eine Isolierung zu bieten, oder überhaupt nur aufgeschichtete niedrige Feldstein-Lehm-Mauern mit wenigen Holzbalken als Stützen und einem Dach drauf. In jedem Fall war dieses Dorf ärmlich und wenig gepflegt. Die Schenke dürfte deswegen funktionieren, da doch gelegentlich Reisende auch durchkamen. Aber sonst war das ein typisches ärmliches ländliches Dorf im Imperium.

Kauz wandte sich wieder ab und konzentrierte seine Gedanken. Der Auftrag lautete, die Frau zu töten. Orm hielt den Mann für gefährlicher und wollte sich selbst darum kümmern. Dafür war er um die Ecke der Schenke postiert, mit Schussfeld seiner Armbrust genau auf Seite und Rücken jeder Person, die die Schenke verlies. Kauz hatte bereits das vereinbarte Zeichen erhalten, dass alles bereit war.

Jetzt hieß es ruhig warten. Doch darin waren er und Orm absolute Spitzenklasse. Jagd war eine Leidenschaft des Fährtenlesers.

Es dauerte eine Weile. Dann hörte man von der Schenke her laute Stimmen. Ein Streit? Das konnte Probleme bereiten, wenn nur eine Person das Gebäude verlies. Für die weitere Jagd war das gut. Und normalerweise hätte Kauz deutlich weniger Sorgen gehabt. Aber dieses Mal war es anders. Die beiden Magier waren zu gefährlich, um nur einen von ihnen jetzt zu töten und den anderen später. Orm schien das auch so zu sehen – wenig verwunderlich, war der Meuchelmörder doch der vermutlich beste des Imperiums. Die dunkle Gestalt des Killers trat hinter der Ecke hervor. Es kam das verabredete Zeichen, die Mission abzubrechen.

Genau in dem Augenblick hörte man einen Schrei aus der Schenke, schrill und spitz. Dann einen Knall. Und dann flog die Türe auf und die Frau stand vor dem Gebäude. Und blickte genau auf Orm, der sich gerade wieder in Deckung werfen wollte.

„Sieh her!", donnerte die Frau. Allerdings weder zu Orm noch zu Kauz, sondern zu dem erstaunlich wenig gefährlich wirkenden jungen Mann, der nur mit einem Lendenschurz bekleidet hinter ihr in der Tür auftauchte.

Mit einer wischenden Handbewegung ließ sie alles in der Umgebung erstarren. Auch Kauz, obwohl der auf seinem Posten hinter dem Kamm des Daches lauerte und nur mit den Augen beobachtete. „Welche Macht!", dachte der Fährtenleser.

Dann winkte die Frau Orm, sich zu erheben und zu ihr zu kommen. Der Meuchelmörder wankte wie eine Marionette heran. „Lass fallen!" Gehorsam fiel die Handarmbrust aus der Hand Orms. „Schlage die Kapuze zurück!" Die schlanken Hände des Killers gingen nach oben, an den Rand der Kapuze. Und mit einmal war der Schatten vor dem Gesicht weg, die Kapuze weg, und es erschien das Gesicht einer ältlichen Frau.

Hätte Kauz vor Überraschung schreien können, er hätte es getan. Das war Orm?

Die Magierin jedoch ließ einen Schrei der Wut los. Markerschütternd. Dann jedoch verschwand die Wut so rasch wie sie aufgetaucht war, und die Züge der Magierin wurden fast sanft, als sie genau in das Gesicht der Frau blickte. Kauz konnte von seiner Position nicht viel sehen, aber das Erstaunen auf dem Gesicht der, wie sich herausgestellt hatte, Meister-Meuchelmörderin, war groß. Als ob Orm die Magierin erkannte. Damit war zumindest auch der Bannfluch von Orm weg: „Oh, große Göttin, vergebt mir unwürdige Dienerin!" Die Killerin fiel auf die Knie vor der Magierin. Diese wischte mit einer herrischen Geste über das Gebiet und augenblicklich konnte Kauz sich wieder bewegen. So auch der junge Mann in der Türe zur Schenke. An den Magier: „So geht man mit mir um, du Narr!" Der Mann hatte den Mund vor Staunen offen.

„Dienerin!", fuhr die Magierin fort. „Du weißt, was Du zu tun hast?" – „Ja, Gebieterin." Orm war immer noch auf den Knien. Packte nun mit der rechten Hand den verborgenen Dolch und mit einem schwungvollen Schlag rammte sie sich den Dolch selbst ins Herz. Die Magierin wandte sich wieder an den jungen Magier: „Ich gewähre das Leben. Ich nehme es. Du wirst mir weiter dienen, bis ich dich nicht mehr brauche. Und wenn ich es sage, wirst du dich für mich töten. Aber du willst deine Freiheit zurück? Dann gehe doch, bis ich nach Dir rufe. Hinfort, ich banne dich aus meinen Augen. Du langweilst mich."

Sprach es, winkte mit der Hand nach dem Magier und ging an der toten Meuchelmörderin vorbei als wäre nichts geschehen. Kauz war genauso sprachlos wie der junge Magier weiter unten an der Schenke.

(Auszug aus den „Erzählungen aus der Unterwelt", gesammelt von Zylian dem Jüngeren, Hofbarde des Imperators, Kopie aus der Sammlung des Sammlers. Anmerkung des Sammlers: Hat Kauz also die Geschichte Dreifinger-Tad erzählt. Der sie dann dem Barden erzählt hat. Interessant dazu auch der Paralleleintrag im Tagebuch von Tjorn.)

Tag 2373

Da stand ich nun, fast nackt, vor mir die Leiche dieser Frau. Wie hatte sie Malunia bezeichnet? Als Göttin? Fassungslos, dass mich Malunia einfach so weggeschickt hatte – oder noch besser, mich verlassen. Was weiß ich noch alles nicht über diesen Teufel, den ich in die Welt gelassen habe?

Ein Geräusch von meiner linken Seite. Als ob wer vergessen hatte zu atmen und nach Luft schnappen musste. Dort, auf dem Dach einer niedrigen Scheune, war da wer und hatte uns beobachtet? Was hatte der beobachtet?

„Hej", rief ich. Wer immer dort war, er glitt offensichtlich nach hinten hinunter. Mein Fluss war immer noch das kleine Rinnsal aus der Zeit bevor ich Malunia gekannt hatte. Aber für einen Haltezauber reichte es. Ich eilte hinter die Scheune und warf den „Halt!" der flüchtenden Gestalt nach.

Der Zauber durchschlug die Aura der Person, wie er es sollte und brachte diese kleinwüchsige und etwas merkwürdig, fast tierisch wirkende Gestalt zum Stolpern. Dann lag sie am Boden und zuckte im vergeblichen Versuch, die Kontrolle über die Beine zu erlangen. Rasch war ich bei dem Kerl dran. Und erkannte, es war ein Mensch, ein Mann, nur verwachsen und mit wildem Haarwuchs im Gesicht und am Kopf. Eine leicht dunkle Hautfärbung verriet, dass der kein Imperialer war. Auch kein Nord oder Ostling. „Wer bist du", war meine Frage. Der Kerl spuckte aus, aber schien nichts sagen zu wollen. Ich hob meine Handinnenfläche nach oben und zwischen mein und sein Gesicht, dann erzeugte ich eine kleine Flamme. „Sprich oder brenne!"

„Ach verdammt", meinte der kleine Kerl in leidlich gutem Imperial. „Ich bin Kauz. Wenn es beliebt. Und wer bist´e du?"

Auf den Karawanen, die ich begleitet hatte, hatte ich gelernt, niemals etwas Wichtiges zu verraten. „Dein schlimmster Alptraum, hätte ich noch gestern Abend gesagt. Aber jetzt will ich nur wissen: Was wolltet ihr von Malunia und mir?" Die Flamme in meiner Hand erlosch. Wozu Energie verschwenden. Vor allem, wenn ich sie nicht hatte.

Der Mann setzte sich auf und ließ gelbschwarze Zahnruinen zu einem etwas halbherzigen Grinsen sehen. „Haben es eh vergeigt", meinte er und spuckte nochmal aus, dieses Mal so gezielt, dass er mich sicher nicht treffen konnte. „Was dagegen, wenn´ste meine Beine wieder in Ordnung bringst?"

„So schnell nicht, Kauz". Ich hatte gut gelernt, bei der Karawane. Der Zauber wäre sowieso in wenigen Augenblicken vorbei und der Kerl hätte einfach weglaufen können. Und mit dem wenigen an Energie hätte ich es nicht einmal mehr verhindern können. Also lieber ein Trick. „Also, was habt ihr vorgehabt?"

„Euch töten. Zahlen gut für die Frau und dich. Weißmäntel."

Der Orden also. Hätte ich mir denken können. Bedeutete aber nur, dass ich in Gefahr war. Also musste ich Kauz auf jeden Fall bei mir behalten, bis meine Energie es möglich machte, ihn zu töten. Also schön, lügen: „Kauz, was, wenn ich dir sage, dass die Frau mich gefangen gehalten hat?" – Gut, soweit weg von der Wahrheit ist das gar nicht.

„Na schön, Meister Magier, was willst ´e?" – „Deine Dienste. Ich brauche jemand, der mir hilft, diese Frau zu fangen und zu töten. Belohnung, sagst du? Wie viel?" – „Hundert Goldstücke. Mein alter Boss hätte sicher mehr bekommen." – „Kennst du die Auftraggeber?" – „Nö, nur dass wir euren Tod im nächsten Ordenshaus hätten melden sollen." – „Gut, kannst mitkommen."

Der Kerl folgte mir tatsächlich.

Wir packten meine Sachen im Haus, als mir einfiel, dass ich mich wohl kaum als der mächtige Talymon vorstellen konnte. „Was dagegen, wenn ich mir von deinen Leuten Sachen borge?" – „Nur zu, die sind eh tot", war die Antwort.

Viel von Wert war leider nicht dabei. Ich würde mich wohl doch mit meinen Magiersachen zufrieden geben müssen. Malunias Blutorgien hatten sowohl bei diesem Ohrlap als auch bei der alten Frau die Gewänder versaut. Nur der Umhang der Killerin war geblieben.

(Eintrag am Seitenrand, undatiert)

Und der fasziniert mich auch jetzt noch immer. Es ist ein machtvoller magischer Gegenstand. Stülpt man sich die Haube über, verschwindet das Gesicht in einer Art Schatten. Es wird nicht unsichtbar, aber die Gesichtszüge zerrinnen und werden unkenntlich. Gleichzeitig wird die Stimme rauer und entspricht einem lauten Flüstern. Ideal für mich.

Als ich kurz darauf das Haus verlassen hatte, wartete Kauz bereits auf mich. Malunia hatte sich nicht mit dem Maultier aufgehalten, dass ich uns für die weite Reise zugelegt hatte – so war mir wenigstens das geblieben und ich verstaute die zwei Reisekisten mit meinen Habseligkeiten auf dem Tier. Kauz schien eine Hand für Tiere zu haben, jedenfalls war Pete, so hatte ich es getauft, nicht unruhig, als der verwachsene Typ es sanft am Nüstern streichelte. Das Maultier knabberte friedlich am Ohr von dem merkwürdigen Mann.

„Was jetzt, Boss?", fragte mich der Typ. Wir mussten von hier verschwinden. Malunia, da war ich mir sicher, war in die nächste größere Stadt weitergegangen, die laut Karte, die sie mir gelassen hatte, nur etwas weniger als ein Tagesmarsch von hier lag. Dort konnte ich mich wohl kaum sehen lassen. So vor der Nase von Malunia. Also in die andere Richtung: „Wo wahrt ihr, letzter nicht zerstörter Ort, bevor ihr auf uns getroffen seid?"

Kauz schien kurz nachzudenken, dann kratzte er sich am Kopf und meinte: „Da wirst ´e wohl kaum hinwollen, Boss. Das war ein Ordenshaus. Die Festung Ulmenhain." – „Lass das mal meine Sorge sein", war es ja wohl auch.

Ich muss nachdenken. Nachtlager. Hier in einer Scheune am Wegrand ist das endlich möglich. Kauz legt sich hin. Und ich habe ein paar Kerzenreste, die Licht geben. Also schreibe ich das Tagebuch weiter und überlege.

Meine Magie ist inzwischen wieder ein dünnes Rinnsal. Nicht viel, aber vielleicht genug, den Mann zu halten und dann händisch zu töten. Nicht elegant, aber effektiv. Aber was, wenn er aus meinem Zauberbann ausbrechen kann? Ich bin nicht stark genug, sicher zu gehen, dass er gehalten ist. Und nicht stark genug, einen zweiten Zauber zu werfen. Im Moment schläft er.

Soll ich so versuchen, ihm einen Dolch ins Herz zu jagen?

Soll ich die Scheune mit einem Feuerzauber anzünden? Aber dann entkommt er vielleicht.

Ich spiele mit dem Dolch und denke nach. Malunia hätte den Mann ohne nachdenken getötet. Und sein Blut getrunken, wie sie es bei ihren Opfern zu tun pflegt. Aber die hat auch die Macht dazu. Aber warum soll ich es machen wie Malunia? Es muss auch eine andere Lösung geben.

Außerdem, wie gegen Malunia vorgehen? Wie tötet man einen unsterblichen Geist? Wie tötet man das, was man geliebt hat? Den Schein, den man geliebt hat? Malunia sieht aus wie ein Engel. Aber sie ist ein Teufel. Wie habe ich nur so blind sein können? All die vielen Jahre. Sechs, wenn ich mich nicht irre. Sechs Jahre meines Lebens diesem Teufel geopfert!

Andererseits, was bin ich ohne sie? Ohnmächtig. Das bin ich ohne sie. Keine Macht. Weg. Wie ausgetrocknet das Tal, aus dem heraus ein Ozean der Magie die Ufer übertreten hat. Was bleibt mir also noch? Mein Leben in Trümmern. Wozu also noch leben? Soll doch Kauz sein Kopfgeld bekommen und fertig. Mein Leben hat keinen Wert mehr. Ich bin nur mehr der Sklave dieses Teufels.

Malunia kann mich rufen und ich werde gehorchen müssen, nehme ich an. So stark ist ihre Magie und so schwach die meine. Wann immer sie will, wohin immer sie will. Meine derzeitige Lage stinkt wie eine ungeputzte Kloake.

Und was war das wieder mit „ich gewähre das Leben"? Was meinte Malunia damit. Bis jetzt dachte ich immer, unsere Liebe wäre der machtvolle Schutz, der uns immun gegen Angriffe gemacht hätte. Gegen Pfeile, die wir einfach herausgezogen haben? Was, wenn das anders wäre? Was dann? War ich jetzt unsterblich? Oder sterblich nur nach dem Willen dieses Teufels?

Ach, soll das doch der Orden rausfinden. Besser dort verrecken als Malunia weiter dienen. Und wer weiß, vielleicht können die Rotkreiser sich sogar als nützlich erweisen. Mit dem Drachen sind sie ja auch fertig geworden.

Auf nach Ulmenhain!

(Auszug aus den Tagebüchern von Tjorn)

Teil 3

Nerul, 20, 625 nDF

Bericht

An den Großmeister des Ordens

Bruder Ridefort, geküsst sei Euer Ring.

Heute Morgen standen am Tor zwei Wanderer, die Einlass begehrten. Sie hätten wichtige Nachrichten für den Orden, es gehe um zwei gesuchte Schwarzmagier. Der eine Mann war uns bereits bekannt, da er mit einer Dreiergruppe Kopfgeldjäger auf der Suche nach Wissen über den Schwarzmagier Talymon und seine Begleitung etwa zwei Wochen davor für insgesamt drei Tage zu Gast gewesen ist.

Der andere Mann kam in Magier-Roben gekleidet, das Gesicht hinter einem magischen Überwurf verborgen, fast so wie es der Chef der anderen Gruppe, ein gewisser Orm, gewesen war. Der Magier stellte sich am Tor als „Hybris", ein Altimperialer Name für „Hochmut", vor, ein äußerst ungewöhnlicher Name. Aber sei es. Wir haben keinen Grund gesehen, die Reisenden abzuweisen. Daher wurde Einlass gewährt, als auch eine Audienz mit mir, dem von Euer Gnaden eingesetzten Kommandanten der Feste.

Euer Gnaden mögen gewisslich erstaunt sein, als sich der Magier vor mir stehend als kein geringerer als Talymon der Schreckliche bezeichnete. Allerdings war er, wie er versicherte, keineswegs der große Bösewicht, als der er im Orden dargestellt wird. Er sei von einem Dämon bezaubert gewesen, bis er sich vor ein paar Tagen unweit der Stadt Trodion von ihrem Bann lösen konnte. Er bezeichnete die Frau als „Malunia" und merkte an, dass die Gruppe der Kopfgeldjäger bis auf seinen Begleiter durch die Frau getötet worden war. Sein Ziel wäre nun, unseren Orden im Kampf gegen diese Frau zu unterstützen. Er wäre dazu bereit, auch wenn es sein Leben kosten möge.

Der Begleiter des Mannes, ein kleiner, verwachsener Irokanier aus den westlichen Steppen, hat in gutem Imperial die Geschichte um den Meuchelmörder weitgehend bestätigt.

Wir haben den Magier vorerst festgesetzt, der sich freiwillig und ohne Wiederstand festnehmen hat lassen. Ich habe auch Boten an die Komturei Trodion entsandt, um herauszufinden, ob die Geschichte stimmen kann. Zur Sicherheit haben wir den Mann in eine Kerkerzelle gesteckt, ihm aber ein paar Erleichterungen wie besseres Essen und Kerzen, sowie ein paar Privatsachen, sowie Gewand und Schreibzeug, zugestanden.

Den anderen, diesen Kauz, haben wir, nachdem für uns kein Grund bestand, ihn anzuhalten, das Kopfgeld ausgezahlt, Hundertzwanzig Goldadler imperialer Prägung, gebraucht. In Folge hat er die Festung gegen Norden auf der Straße nach Vasmarol verlassen.

Auch haben wir den Privatbesitz des Magiers aufgenommen, dokumentiert und die Werte vorerst dem Ordensschatz zugeführt:

1 x Maultier, ist diesem Kauz übergeben worden.

1 x magischer Umhang mit einem Effekt, der die Stimme verzehrt und das Gesicht unkenntlich macht. Vorerst im Schatz der Feste abgelegt.

1 x ein großes Bündel dicht beschriebener Pergamentrollen in einer uns unbekannten Silbenschrift, die wir aber wieder zurückgegeben haben, da sie offensichtlich keine Zauber enthalten haben. (Randnotiz des Sammlers: Es handelt sich dabei so gut wie sicher um das Zauberbuch Tjorns)

1 x ein altes, sehr zerlesenes Magierlehrbuch für Anfänger. Eingezogen und dem Festungsmagier übergeben.

1 x einen starken Stahldolch, mehrfach gefaltet, Meisterarbeit. An die Rüstungskammer.

227 Goldstücke in verschiedener Qualität. Davon wurde die Belohnung für diesen Kauz gezahlt, ein Beleg erstellt und der Rest der Handkasse zugeführt.

2 x Reisetruhen, magisch versiegelt. Wir haben sie vorsichtig mit Hilfe des Festungsmagiers und unseres obersten Schmiedes geöffnet. Darin enthalten neben Ersatzgewändern, Schreibmaterial (beides ausgehändigt) und einem Tagebuch (ausgehändigt) folgende Wertgegenstände:

1 x ein Beutel mit Edelsteinen, insbesondere geschliffene Rubine und Saphire, Wert von der Quästur

auf mindestens dreitausend Gold Imperial ungebraucht geschätzt.

Mehrere Goldringe und Goldketten, teilweise mit gefassten Edelsteinen an den Ringen und Kettenanhängern, Wert geschätzt tausendzweihundert Gold Imperial ungebraucht.

Insgesamt fünf schwere Silber-Kerzenhalter, Gewicht zwanzig Pfund, hochwertig.

Drei Barren aus Gold, hoher Reinheitsgehalt, mit insgesamt sechs Pfund Gewicht.

Die Wertgegenstände sind dem Ordensschatz der Feste zugeführt worden und werden bei nächster Gelegenheit dem Ordensschatz im Zentraltempel in Albenion zugeführt.

Wir erbitten Eure weiteren Befehle betreffend des Gefangenen.

Möge der Urgrund mit Euch Sein,

Gezeichnet: Johannis von Borgas, Kommandant der Feste Ulmenhain

Nerul, 23, 625 nDF

Nachtrag zum Bericht von Nerul, 20, 625 nDF

An den Großmeister des Ordens

Bruder Ridefort, geküsst sei Euer Ring.

Die Boten, die nach Trodion entsandt worden sind, kamen unverrichteter Dinge zurück. Die Komturei in Trodion war vorgewarnt, hatte alle Zugangswege kontrolliert und auch die Stadtwache Trodions entsprechend unterwiesen. Trotz vieler Flüchtlinge, die vor dem Wüten der Gesuchten auf der Flucht waren, sind die Kontrollen streng gewesen. Kein Zutritt von Magiern in den letzten Tagen, weder die Gesuchten als Paar, noch nur die Frau alleine. Keine ungewöhnlichen Vorkommnisse.

Möge der Urgrund mit Euch Sein,

Gezeichnet: Johannis von Borgas, Kommandant der Feste Ulmenhain

Nerul, 23, 625 nDF

Niederschrift des Gesprächs mit dem Mann, der sich als Magier Talymon ausgibt. Als gegeben durch Nevesus dem Frommen, Festungsmagus zu Ulmenhain. Gepriesen sei der Urgrund. Und sein Vertreter auf Erden, unser Großmeister sei gelobt.

N: Ihr nennt Euch Magier?

T: So ist es.

N: Und Euer Name ist Talymon?

T: So ist es.

N: War Talymon schon immer Euer Name?

T: Ist das wichtig?

N: Nun, wenn wir Euch und Eurer Geschichte vertrauen sollen, ist das wichtig. Also?

T: Nein. War es nicht. Und damit belassen wir es, bitte.

N: Nun gut. Aber damit können wir nicht Eure Angaben prüfen, auf welcher Akademie Ihr die Künste gelernt habt.

T: Was, wenn ich Euch sage, dass ich meine Künste keiner Akademie verdanke. Ich denke, man nennt sowas wie mich Wylder, einen Magus ohne Ausbildung, wobei das in meinem Fall trotzdem kaum zutrifft.

N: Nun, man hat trotzdem bei Euch dieses [zeigt das zerfledderte Lehrbuch] Grundlagenwerk von Hochalbenwald gefunden. Also müsst Ihr wohl einen Bezug dorthin haben?

T: Und wenn es so wäre, was macht es?

N: Ihr solltet mehr mit uns zusammenarbeiten. Es kann sonst leicht sein, dass unser Großmeister den Befehl gibt, Euch zu töten. Also?

T: Ihr braucht mich dringender als ich Euch. Wenn es denn sein soll, tötet mich. Es macht mir nichts aus. Ich bin gekommen, Euch im Kampf gegen das Wesen beizustehen, das sich Malunia nennt. Und das Euch ansonsten vernichten wird. Und Ihr wollt wirklich mit mir über eine Belanglosigkeit sprechen, ob ich in Hochalbenwald war, oder anderswo?

N: Werdet nicht frech. Ich habe die Erlaubnis, Euch auch zu foltern. Wollt Ihr Schmerz?

T: Eure Drohungen sind mir nicht wichtig. Schmerz, was soll der äußere meinen inneren Schmerz übersteigen? Tut Euch keinen Zwang an. Aber erwartet von mir keine Hilfe mehr, wenn ich verstümmelt vor Euch liege. Oder mit herausgerissener Zunge Antworten auf Eure Fragen. Wir können sprechen. Sprechen wir. Aber lasst die lächerlichen Spielchen mit der Angst. Also, was wollt Ihr wissen?

N: Nun, so sei es. Woher habt Ihr Eure Ausbildung?

T: Das Talent in mir hat ein Erzmagier entdeckt, wie es üblich ist. Er hat mir auch die ersten und wie ich im Rückblick sagen muss, schlechten Lektionen erteilt. In der Tat hätte ich in Hochalbenwald ausgebildet werden sollen. Aus verschiedenen Gründen bin ich aber dem System früh entflohen. Mein erster Lehrmeister war ein abtrünniger Magier, der mit meiner Hilfe einen Geist namens Nantha beschwören wollte. Der Geist, der gekommen ist, war Malunia. Sie hat den Alten getötet.

Die Begegnung mit dem Geist hat mein Leben verändert. Vom entsprungenen Schüler zum Schüler eines Geistes. Malunia hat mir Magie beigebracht. Mit dem Ziel, dass ich ihr einen Körper schaffen soll. Einen realen Körper. Was ich dann auch gemacht habe.

[Anmerkung Bruder Nevesus:

Beim Urgrund, Das ist schlimm. Wir haben es offensichtlich mit einem in die Realität gebundenen Geist zu tun. Und der Beschreibung nach ein sehr mächtiger. Dringende Meldung an seine Eminenz, den Großmeister.

Talymon, oder was immer der Name dieses Magiers sein mag, spricht hier, als wäre das alles völlig normal. Die Macht für eine Fleischformung haben nur wenige Zaubernde. Die, einen Geist permanent zu binden, noch weniger. Das scheint aber diesem Mann nicht klar zu sein.]

N: Und dann?

T: Dann habe ich unter diesem Geist gelitten, bis mich der Geist verstoßen hat. Und auch seitdem quält er mich, in Träumen und mit Wachträumen. Und jetzt will ich das Monster, was ich geschaffen habe, wieder vernichten.

N: Und das soll so einfach geschehen?

T: Nein, weil mir auch viel Wissen fehlt. Ich kenne zwar einige Zauber. Und bei den meisten davon würde es Euch vom Orden den Magen umdrehen, wenn ich sie zaubere. Aber ich habe eben nie eine Akademie besucht. Und mir nie das Wissen angeeignet, dass die Magier oder Ihr im Orden habt. Wenn es Euch ernst ist, mit der Bekämpfung von Teufeln und Dämonen, dann helft Ihr mir.

N: Seid versichert, das ist es. Und welches Wissen genau fehlt Euch?

T: Ich habe ein Ritual vollzogen. Auf Auftrag von Malunia habe ich ihr geteiltes Wissen, zumindest die Papiere dazu, vernichtet. Also weiß ich gar nicht mehr, wie ich sie gebunden habe. Wenn ich aber das wenige Wissen, dass ich erwerben konnte, richtig in Erinnerung habe, muss etwas Gebundenes ungebunden werden. Daher muss klar sein, mit welchem Ritus Malunia gebunden ist. Oder?

N: In der Tat. Ihr wisst, dass ihr genug verbotenes Wissen habt, und genug Verbrechen begangen, um sofort getötet zu werden?

T: Ja, das ist mir bewusst. Und es ist mir egal. Tötet mich, wenn Ihr müsst. Aber ich bin für den Orden die einzige Chance, den Geist zu bannen.

N: Wir werden sehen. Ich werde dem Ordensobersten Bericht erstatten und er wird weise entscheiden.

[Anmerkung Bruder Nevesus: Der Gefangene hat gefasst und ehrlich geklungen. Ob dabei bewusst gelogen worden ist, war nicht feststellbar.]

Hamut, 12, 625 nDF – Befehl

An den Kommandanten der Festung Ulmenhain

Der Magier Talymon ist sofort, so rasch als möglich und unter strengster Bewachung in unseren Tempel in Albenion zu überstellen. Seine Schätze sind zu einem späteren Zeitpunkt gesondert nachzubringen.

Alle auf dem Weg liegenden Komtureien und Festungen haften gemeinsam für den Transport. Der berittene Bote überbringt Euch eine Karte der Reiseroute und hat bereits alle am Weg liegenden Ordensbesitzungen informiert.

Möge der Urgrund mit Euch sein, gelobt sei Sankt Isomeus.

Gezeichnet: Ridefort, Großmeister

(Aus dem Archiv des Ordens)

(undatiert)

Hardmuth, ich muss Euch umgehend sprechen. Ihr könnt jederzeit und ohne Ehrbezeugungen meine Privatgemächer aufsuchen. Zeigt einfach beigefügte Einladung vor. Bitte kommt sofort. Es geht um einen Schwazmagier, diesen Talymon, der auch schon einige Eurer Gildenmagier besiegt und getötet hat. Gez. Ridefort

(undatiert)

Besuch des Erzmagiers der Mitte. Langes Gespräch. Hardmuth war nicht erfreut über meine Bitte. Noch weniger dann über die Nachrichten und das

Vernehmungsprotokoll. Und am allerwenigsten, dass die Akademie Hochalbenwald darin verwickelt sein könnte. Er scheint zu fürchten, dass das Netz, dass seit Jahrhunderten über die Menschen gespannt ist, um Magie zu regulieren, mit diesem Fall Schaden nehmen könnte.

Der Fall Talymon ist in der Tat aufsehenerregend. Ein Magier, der dem Netz entwischt ist. Der die Schwarzen Künste auf eine exorbitante Stufe gebracht hat. Und der dann sein Leben komplett wenden will?

Ich habe in den Befehl erlassen, den Schwarzmagier umgehend nach Albenion zu bringen. Auch damit die Gilde der Magier die Möglichkeit bekommt, sich ein Bild zu machen. Es bleibt natürlich eine Restgefahr, aber auch der Erzmagier und seine Gilde sind nicht ohnmächtig. Und wir im Orden haben eine lange Tradition und das Wissen, mit den Schwarzen Künsten fertig zu werden.

Es sind Fälle wie diese, die unseren Weg, Dinge und Mächte zu beherrschen, in Frage stellen. In so einem Fall ist der Beherrscher immer gut beraten, auch die eigenen Fehler zu erkennen und zumindest sich selbst einzugestehen. Auch um zu verhindern, dass die Beherrschten die Situation durchschauen und sich wehren. Und ich denke, die Magier haben mit diesem Talymon Fehler begangen. Wie kann es sein, dass ein junges Talent einfach so dem System entwischt? Der Schwarzmagier wird als Nord beschrieben. Unser Ordenssekretär wird Olgeird, den Erzmagier des Nordens, ein Anschreiben senden. Für alle Fälle.

Die durchschnittliche Hexe und den durchschnittlichen Totenbeschwörer brauchen wir nicht zu fürchten. In aller Regel sind das Mindertalente, die am Rand der menschlichen Idiotie ein Leben fristen und mit Manipulation der einfachen Geister, sowohl der menschlichen als auch der beschworenen, die Gemüter auf der Straße beeindrucken. Selten, dass eine solche Kreatur genug Macht entwickelt, um selbst einfachste Tote zu beleben und mal einen Zombie durch die Straßen schickt. Viele dieser von uns verfolgten Mindertalente sind in Sonnenfels ausgebildet worden. Wir lassen es zu, weil es uns hilft, den Ordenszweck zu bewahren. Und die Magier lassen es zu, weil es Geld bringt.

Auch ist uns klar, dass in anderen Teilen der Welt die Magie anders geregelt ist. Die Hanren kontrollieren Schwarze Magie, statt sie zu verbieten und zu verfolgen. Die Südmenschen fürchten die Schwarzmagier, sind aber toleranter und lassen die begrenzte Nutzung der Untoten im Alltag zu. Unsere Versuche in Wahamba sind im Moment gestoppt, aufgrund der Situation. Wir wollen aber auch im Süden zukünftig wieder mehr Druck aufbauen und die Schwarzmagier aufhalten.

Das es hierbei vor allem um Macht und Einfluss geht, um Kontrolle von Etwas, das man eigentlich nicht kontrollieren kann, der magischen Macht selbst, will gerade ich als Oberhaupt des Ordens nicht bestreiten. Verschiedene Kulturen, verschiedene Kontrolle. Aber Kontrolle!

Selten jedoch entwischt ein echtes Talent. Und dann haben wir alle Hände voll zu tun es wieder einzufangen. Der Bericht vor mir, verfasst von unserem Festungsmagier in Ulmenhain, legt nahe, dass dieser Talymon zumindest am Anfang von einem wilden Magier, auch einem außerhalb des Systems lebenden Meister, unterwiesen worden ist.

Wie viele dieser Leute gibt es dort draußen? Und was verheimlichen uns die Erzmagier darüber? Ich würde schließlich auch niemandem die dunkleren Geheimnisse des Ordens erzählen. Womöglich gibt es mehr wilde Magier als wir denken. Es wird Zeit, dass der Orden tätig wird. Es wird Zeit, auch etwas gegen die Magiergilde selbst zu unternehmen!

(undatiert)

Informationen über Nantha. Der Erzmagier hat Wort gehalten und seine Gilde nach diesem Geist in ihren Büchern suchen lassen. „Griebwelds Kompendyum dero Beschworenem", das Buch ist uns im Orden natürlich seit längerem ein Begriff. Es gehört zu den Werken auf der verbotenen Liste. Dass die Magier dazu einen Kommentar geschrieben haben, ist allerdings bisher nicht bekannt. Dabei dürfte dieser Kommentar schon älter sein, zumindest, wen man den Erhaltungszustand des Buches in Betracht zieht, das auf meinem Tisch liegt.

Es wird noch ein paar Tage brauchen, den Folianten aufzuarbeiten. Bisher ist nur klar, dass Nantha offensichtlich als „Erinia" Kultanhänger hat und dieser

Götze vom Aussehen her mit der Beschreibung der Magierin „Malunia" weitgehend übereinstimmt. Es ist auch davon auszugehen, dass Nantha mehre Namen trägt und auch tragen kann. Und mit jedem Namen auch sich beschwören lässt. „Malunia" ist allerdings neu. Der Name ist im Kommentar zum „Griebwelds" nicht genannt.

Dafür wird im Kommentar ausführlich auf das Beschwören Nanthas eingegangen, und dass es offensichtlich recht einfach ist, den Geist zu rufen. Es werden gleich mehrere Rituale vorgeschlagen. Die Frage ist jetzt nur, welche Rituale Talymon der Schwarzmagier angewandt hat. Und wie man dann einen Ritus der Un-Bindung durchführen kann. Leider gibt weder „Griebwelds" noch der Kommentar dazu eine Antwort.

Dafür allerdings einige äußerst interessante Spekulationen. Offensichtlich ist es nicht das erste Mal, dass Nantha fleischlich in der Welt weilt. Der Kommentar liefert Indizien für mindestens zwei weitere Male, wo dieser Geist einen Körper besessen hatte. Und einmal davon betrifft das sogar die Geburtsstunde und größte Heldentat unseres Ordens: Die Tötung des Drachen.

Ich habe Befehl gegeben, unsere ältesten Archive nach Wissen darüber zu durchforsten.

(Aus dem persönlichen Archiv von Ridefort, Großmeister des Ordens)

Der Drache

Es gibt nur wenige authentische Berichte aus der Zeit des Drachens. Während die Drachen Wesen aus Mythen und Legenden sind, war „der Drache" vermutlich ein beschworenes Wesen aus einer anderen Ebene der Existenz.

Die Ordensleute haben um dieses Wesen herum ihre eigene Geschichte. Diese betrifft vor allem die Ordenshelden und da vor allem Zosimus, einen ihrer Gründer. Was aber wirklich geschehen ist, wird fast sicherlich im Dunkel der Geschichte bleiben. Auch, weil dem Drachenfeuer eine der wertvollsten Bibliotheken der Magier zum Opfer gefallen ist, und zwar die Bibliothek von Düsterwald.

Was sich mit Sicherheit sagen lässt: Das Drachenfeuer fiel zum ersten Mal in eben Düsterwald vom Himmel. Die Magie dieser Flammen war so stark, dass selbst Stein und Eisen zerschmolzen. Der Ort, an dem Düsterwald gestanden hatte, ist heute ein nackter Bergkegel, dessen Felsen bizarre Formen bilden, wie eben der Stein sie bildete, als er wieder erhärtete. Auch auf Lavafeldern und bei Vulkanen finden sich bizarre Formen.

Was vermuten lässt, dass der Drache dort beschworen wurde, ist die Tatsache, dass auch Griebweld dort sein Werk geschrieben hat, nur wenige Jahre vor dem Beginn des Drachenfeuers. Außerdem, wie sonst wäre dieser Ort zu einem Drachen gekommen? Es gibt keinen bekannten Zauber, mit dem sich ein Drache rufen, geschweige denn binden, lässt. Das bedeutet jedoch nicht, dass es nie einen gegeben hatte. Was, wenn Griebweld oder einer seiner Schüler einen solchen Zauber gefunden hatten.

Jedenfalls gibt es zwei Augenzeugenberichte, die Zosimus gesammelt und überliefert hat. Der eine stammt vom Ortsschreiber der Siedlung, die am Fuß des Hügels gestanden hat, und der gekürzt folgendes berichtet: Schon Tage vor dem Flammenschlag gab es Nächtens Licht über Düsterwald. Die Lichter hatten immer die Form eines Pentagrammas. In der Nacht vor dem Flammenschlag waren diese besonders hell. Bis ein Blitz alle Einwohner aufschreckte, worauf die Lichter verschwunden waren. Es war allerdings ein anhaltendes, dumpfes Grollen von Düsterwald her zu hören. Und dann, des Morgens, ist der Drache aufgestiegen und hat die Feste Düsterwald in Schutt und Asche gelegt.

Der zweite Bericht ist aus der Feder von Fredimiana von Mal, einer Meisterin Düsterwalds und Schülerin Griebwelds, die zu dem Zeitpunkt des Drachenfeuers sich nur etwa einen Tag von Düsterwald entfernt befand und in Folge als eine der Ersten die Wirkung des Drachenfeuers beschrieben hat.

Insbesondere die Magierin Fredimiana hat konkret Hinweise hinterlassen, welcher Art die Beschwörung gewesen sein könnte. Sie berichtet, dass die Magier eine leblose Hülle hergestellt hätten, ein Experiment, Drachen aus Mythen und Legenden auferstehen zu lassen.

Dazu muss man auch wissen, dass früher kein magisches Wissen verboten war. Die verbotene Abteilung, in der heute nur Meister Zutritt haben, gab es früher nicht. Es war zwar Totenbeschwörung nicht besonders geschätzt, aber keinesfalls ungesetzlich. Sonderregeln hinsichtlich verschiedener Reiche bestanden, und insbesondere die Magier im Osten hatten harte Auflagen, diese Künste nur im Dienste ihres Kaisers zu nutzen.

Das Erschaffen von Leben aus unbelebter Materie hingegen war selten. Auch, weil nur wenige Zauberkundige sowohl Geld als auch Macht hatten, so ein Projekt durchzuführen. Allerdings war Düsterwald ein Ort, wo man solche Projekte auch verwirklichen konnte.

Lange bevor das Isomerische Reich und seine unmittelbaren Nachbarn Magie stark unter staatliche Kontrolle gestellt haben, mit dem System der Erzmagier und Akademien, gab es einige gefürchtete Totenzauberer, die unheimliches Un-Leben erschaffen konnten. Aber einen Drachen zu erwecken hatte vor Griebweld und seinen Schülern noch nie wer versucht.

Fredimiana, die später erste Erzmagierin der Mitte wurde und maßgeblich bei der Formulierung der Magiergesetze mitgewirkt hat, berichtete, dass man sich der Burg erst etwa drei Tage nach dem Feuer nähern konnte, da das magische Feuer immer noch glühte und die Hitze unglaublich stark gewesen sein musste. Von den Mauern der Festung war kaum etwas übrig. Das Tor war offen, wie von innen heraus explodiert, und das Torhaus darüber fehlte komplett. Der Hof dahinter war vollkommen ausgebrannt, der Stein zu einer glasartigen Masse verschmolzen. Von den Magiern und dem Drachentorso war überhaupt nichts zu sehen, nicht einmal Asche oder Knochen.

Ihrer Aussage nach hatten die Magier geplant, einen machtvollen Geist in eine Fleischhülle zu bannen, um damit den Drachen zu erschaffen. Allerdings war das Projekt weit schwieriger als gedacht. Insbesondere die schieren Mengen an Fleisch, die benötigt wurden, machten den Meistern und Meisterinnen auf Düsterwald zu schaffen.

Welcher Geist in das Fleisch zu bannen war, war unklar. Allerdings hatte Griebweld, der das Projekt geleitet hatte, immer wieder davon gesprochen, dass nur ein mächtigster Geist in der Lage war, ein Wesen wie einen Drachen dazustellen. Allgemein stand zu erwarten, dass Griebweld einen seiner bevorzugten Geister nehmen wollte. Und das war vermutlich Nantha.

(...)

Isomeius, der Ordensgründer, sammelte nunmehr nach offizieller Darstellung des Ordens seine Getreuen und trat dem Drachen furchtlos entgegen. Was wirklich geschehen sein dürfte: Er hatte Zosimus, Freidimiana und Griebweld dabei, wobei letzterer bereit war, das Leben zu opfern, um die Kreatur, die er geschaffen hatte, zu verbannen. Gemeinsam hatten sie den Ritus vorbereitet und gemeinsam traten sie der Kreatur entgegen. Der Drache versuchte wohl, Isomeius direkt zu töten, hatte aber immer seinen Schöpfer zwischen sich und dem Ordensobersten.

Was dann weiter geschah, wird wohl nicht herauszufinden sein, außer es gibt einen Bericht von Zosimus, den wir Magier nicht kennen. Fakt ist, dass der Drache wie eine reife Frucht zerplatzte und Griebweld seitdem verschwunden war.

Das ist zwar jetzt weniger heroisch als es die Rotkreiser sicher gerne darstellen wollen, aber bemerkenswert trotzdem, dass offensichtlich der Beschwörer des Geistes auch weiterhin Macht über diesen ausüben kann. Wenn auch über eine andere als geplante, subtilere Ebene. Ein Wissen, dass für den Fall bereitgehalten werden sollte, dass ein Geist wie Nantha zurück in unsere Welt kommt, Fleisch annimmt und nur auf diese Weise vernichtet werden kann.

(Auszüge aus „Gesammelte Kommentare zur Kunst der Beschwörung" von Arturo Eisenbeiss, Bibliothek der Akademie von Hochalbenwald, verbotene Zone)

(undatiert)

Das Pergament ist alt und brüchig. Ich habe Schwester Valeria, die beste Archivarin und Kennerin alter Sprachen in unserem Orden, gebeten, mir aus dem Werk vorzulesen und es später auch zu übersetzen und mit Übersetzung abzulegen. Im Archiv wird es als Tagebuch eines Schülers von Zosimus geführt, vielleicht Ellibelin. Da darin viele Passagen vorkommen, die sich auf den Kampf mit dem Drachen beziehen, habe ich gehofft, mehr Informationen zu bekommen. Und ich bin nicht enttäuscht worden. Ich habe mehr erfahren, als ich mir erträumt hätte. Dass dieses Buch im Archiv nie offiziell geführt wurde, wundert mich wenig. Zosimus, wer hätte das gedacht, war eine Magierin, eine Frau. Die Frau des Isomeius. Oh, all die theologischen Probleme, die sich alleine daraus ergeben. Aber das muss warten bis nach der Nantha-Krise.

(Aus dem persönlichen Archiv von Ridefort, Großmeister des Ordens)

(Übersetzt aus dem Altimperial)

[...]

Die Meisterin war ausgesprochen nervös. Ob der Fährtenleser, den sie auf den Magier angesetzt hatte, wohl Recht behalten würde? War der Mann, den sie in der Schenke an diesem Weg finden konnten, tatsächlich kein Geringerer als Griebweld, der verlorene Meister von Düsterwald?

Auf ihrem Weg waren die wenigen Getreuen des Ordens, die zwei Krieger, Bork und Rungveil, Isomeius der Kriegerpriester, Zosima - meine Meisterin - und Fredimiana, die Magierin, die sich der Gruppe angeschlossen hatte, um den Drachen zu vernichten, an verwüsteten Dörfern und Städten vorbeigekommen. Mit den wenigen Überlebenden, die darin ein erbärmliches Dasein fristeten. Oft waren die Brandmale noch frisch, die Glut noch nicht erkaltet. Doch hatte sich der Drache nie zum Kampf stellen lassen.

Unsere geliebte Ordensmagierin hatte einen Plan, wie man das Untier vielleicht doch besiegen konnte. Ihre alte Freundin aus Akademiezeiten, Fredimiana, hatte sie auf die Idee gebracht. Ziel war, den Drachen wieder aus seiner fleischlichen Form zu bannen. Doch das setzte voraus, dass es ihn noch gab. Den Schöpfer des Körpers. Den Beschwörer. Den Magus, der es gewagt hatte, das Undenkbare zu tun. Nantha einen Körper zu geben.

Das Gebäude war auch ohne den Drachen bereits nahezu zerstört. Eine Schenke, so hatte es der Fährtenleser genannt. Eine Spelunke. Eine Höhle. Eine Absteige. Aber keine Schenke. Das Dach war eingesunken, der Kamin schief und teilweise eingebrochen, das obere, aus Holz erbaute Stockwerk des einstmals prächtigen Karawanenhofs in sich gefallen und morsch. Rauch drang aus den Ritzen und Spalten im eingefallenen Dach. Der Steinbau darunter schien weniger angegriffen. Das war vermutlich den massiven Schichtsteinwänden zu danken, die breit und plump eine windschiefe Türe und ein paar sehr schmale Lichtschlitze – als Fenster unbrauchbar – festhielten, als wollten sie diese zermalmen. Von außen wirkte diese Kaschemme wenig einladend. Allerdings waren Zosima und ihre Gefährten einiges gewohnt. Beherzt traten sie in die rauchschwangere Wirtsstube.

Das Innere war ähnlich primitiv und zerfallen wie das Äußere. Der Kamin funktionierte nicht und so sammelte sich der Rauch der Herd- und Feuerstelle in der Mitte der Stube unter der Decke und zog durch die Ritzen im Steingewölbe ab. In der Stube gab es nur drei Personen. Zwei undefinierte Wesen, die in ihrem Dreck und in ihrem Elend die Wirtin und ihr Mann sein mochten. Und ein alter Säufer, der vor einem schmutzigen Krug sauren Biers in der linken äußeren Ecke des Raums zusammengesunken in seinem eigenen Erbrochenen saß und zu schlafen schien.

„Ist der Alte schon verstorben?" Zosima kam in ihrer direkten Art gleich zur Sache. Die hochgewachsene Ordensmagierin war nicht für lange Worte bekannt. Wie immer war die Frau wie ein Leuchtfeuer der Macht in dem Jammertal, dass der Drache hinterlassen hatte. Gertenschlank, weißer Mantel, roter Kreis, von einer leuchtenden Aura des heiligen Lichts umgeben. Ein weißer Stab ohne weitere Verzierungen. Neben ihm ihr Ehemann und Schwertbruder, Isomeius, der Kriegerpriester, wie immer in der Rüstung aus poliertem Stahl, mit dem legendären Schwert Argatax am Rücken, doppellange Klinge, doppelter Griff. Eine Waffe, die einen Reiter mit einem Schlag mitsamt dem Pferd fällen konnte. Und die doch noch nie die Panzerung des Drachen durchschlagen konnte. Etwas weiter hinten die Krieger und am Schluss noch das einzige Mitglied der Gruppe, dass nicht dem Orden angehörte, Frediminiana, die Abtrünnige, eine Schwarzmagierin aus Düsterwald, die dem Bösen den Kampf angesagt hatte.

Das Etwas, das wie die Wirtin wirkte, watschelte hinter dem Herd hervor, angsterfüllt. Sie war zwei Kopf kleiner als Zosima und so dreckig und rußverschmiert, dass man nicht sagen konnte, wo das fleischige Gesicht aufhörte und die Kleidung begann. Oder welchen Alters sie war. „Bitte weckt nicht den Herrn, edle Herrschaften", verneigte sich die Frau. „Der Herr schläft bestimmt."

Zosima wischte die Frau mit einer einfachen Bewegung ihres Stabs zur Seite, trat vor und stieß aus derselben Bewegung heraus den Alten Säufer in der Ecke an: „He, Griebweld, Zeit zum Aufstehen und waschen!"

„Verschwinde!" Der Alte richtete sich auf und blickte aus verquollenen Augen und mit verschmiertem Bart auf die Ordensleute. „Zosima", die Zunge schwer, lallend. „Nimm Deine ach so saubreren Ordensleute und verschwinde." Die zwei Krieger der Gruppe wollten Schwerter ziehen. Isomeius hob die Hand.

„Griebweld, du warst mal ein Großer. Nimm jetzt den Rest von dem, was du warst und komm mit"

Der versoffene Alte kippte nach vor, den langen, verfilzten Bart in die Kotze vor sich am Tisch wischend. Von unter dem Bart ein Gemurmel: „Ihr sollt mich in Ruhe lassen. Den Drachen kann man nicht besiegen."

„Und wenn doch? Kommst du dann mit?" Die Ordensmagierin hob den Stab und tippte den Mann vor sich mit dem Ende an der Schulter an.

„Nein. Es ist sinnlos. Hab´s ja versucht." Fast weinerlich die Stimme jetzt. „Nich´ mal Selbstmord." Der Kopf des Säufers rollte zur Seite, eine widerliche

Wischspur des Erbrochenen hinterlassend. „Kenne die Idee, weswegen du da bist, Zosima."

Zosima wirkte aufrecht erstaunt: „Wirklich?"

„Klar. Das Band zwischen Beschörer und Beschworenem. Hab´s doch selbst geschrieben." Ein fast wahnsinniges Kichern von hinter dem verschmierten Bart. „Hab's selbst geschrieben, weißt du?" – „Und?" – „Hab´s geschrieben. Reicht doch. Hat dich auf die Idee gebracht, nicht wahr?"

„Griebweld, eigentlich sollten wir dich sofort töten." – „Versuchs doch", wieder das wahnsinnige Kichern. „Versuch es doch – haben schon andere versucht, weißt du?" – „Ja?" – „Vergebens. Weißt Du? Vergebens!" Dabei richtete sich der Mann auf, stütze sich mit zwei breiten, großen Händen am Tisch ab, brach wieder zusammen. Weinend. „Haben ja alles versucht, den verdammten Drachen zu töten. Geht nich´."

„Nantha kann nur durch das Brechen des Bandes getötet werden. Das weißt du." – „Nantha?", die Augen des Magiers am Tisch wurden glasig. „Nantha? Anatrax, das ist der Name. Weißt du? Ein wahrer Name. So jedenfalls heißt es. Nantha ist falsch. War es immer. Aber Anatrax, den Namen kann man beschwören. Dann kommt sie, der Drache." Fast unhörbares Gemurmel. „Aber auch der Name gibt keine Macht."

„Was dann, Griebweld", wieder ein Stoß mit dem Stab. „Was ist der wahre Name?"

Die Gestalt in ihrem Elend am Tisch wälzte sich zur Seite. Ein Schwall Erbrochenes, dann ein Röcheln und eine undefinierbare Substanz troff vom Bart zu Boden.

Es stank nach Urin und dem Mageninhalt. „Kein wahrer Name.", wieder Husten und noch mehr undefinierbarer Mageninhalt. „Das Ding hat keinen wahren Namen, jedenfalls keinen, den wir kennen."

„Nun, dann müssen wir das Band zerstören." Die Magierin stieß nochmal nach der Schulter des Mannes.

„Das Band", wieder kaum hörbares Gemurmel, „ich sollte schon tot sein. So viel Alkohol habe ich gesoffen. Das Band. Solange ich lebe, lebt die Drachin. Solange sie lebt, lebe ich. Und ich kann nicht sterben, solange sie mich nicht tötet. Sonst wäre ich längst tot. Keiner überlebt den Selbstgebrannten dieser Wirtsleute." Wieder hustendes Gelächter.

„Wasch dich, Griebweld", ein Befehl von Zosima. „Ich habe einen Plan, aber dafür brauchen wir dich." Und kurz schnuppernd: „Sauber!"

[...]

(hier fehlen möglicherweise ein paar Seiten, Anmerkung des Sammlers)

Die Gruppe erreichte die Ruinen von Düsterwald. Im Gegensatz zu dem Besuch vor einigen Wochen waren die Ruinen inzwischen erkaltet und der Steinsee im Inneren der Burg war eine spiegelglatte Fläche aus Schlacke. Die bizarren zerschmolzenen Reste der Mauern rundherum gaben dem Ort ein düsteres, fremdartiges Aussehen. Wie eine leere Bergkuppe, der man eine chaotische Zackenkrone aufgesetzt hatte Es war totenstill. Die Sonne war bereits untergegangen, sodass nur das Licht des Vollmonds ein Zwielicht spendete und in den Ruinen Schatten warf. Schatten, die zu leben schienen.

Der Drache war nicht weit. Die Gruppe wusste das. Drei Mal hatten sie inzwischen den Drachen gerufen und angegriffen. Das Wesen war wütend. Das Gebrüll war weithin zu hören. Doch der Verbergezauber wirkte noch, den Zosima gezaubert hatte. Noch war es nicht soweit, dass der Drache kommen durfte.

Griebweld fingerte nervös an seinem Stab. Er hatte die schwerste Rolle zu spielen. Sich der Situation bewusst, liefen die Finger des inzwischen sauberen und gepflegt wirkenden Mannes dem Schaft des Stabes auf und ab. „Also, hier wären wir. Punkt Null. Hier haben wir den Drachen belebt."

Zosima sagte nichts, und auch keiner ihrer Gefährten. Schweigend legten sie die schweren Säcke ab und öffneten sie. Salz und Silberspäne, gemischt. Schwarze Kerzen. Frediniana zeichnete mit Kohle und mit Hilfe von Schnur und Nagel einen Kreis. Den Nagel musste Isomeus halten. Es war unmöglich, auch nur die Steinglasfläche zu ritzen.

Rasch waren der Beschwörerkreis, der Schutzkreis und die Schutzkreise außerhalb gezeichnet und mit Pulver bestreut. Kerzen an den Ecken des Pentagrammas, dann nahmen alle ihre Positionen ein. Isomeus und Griebwelt wie vereinbart gemeinsam in der Mitte des größten Schutzkreises außerhalb des Pentagrammas.

Zosima ließ ihren Verbergezauber fallen. Ein lautes Gebrüll von nahe. Die Magier murmelten die Beschwörungsformel. „Anathrax!" Ein dunkler Schatten verdeckte den Mond. Ein Flammenstoß, der an einer unsichtbaren Barriere zerbrach.

Die Drachin ließ sich in der Mitte des Beschwörerkreises nieder. Mit dunkler, rauer Stimme hörten die Gefährten: „Narren! Ihr könnt mich nicht besiegen!"

Isomeius warf Griebweld aus dem Schutzkreis. Dann trat er von hinter Griebweld hervor und hieb auf die offene Flanke des Drachen vor ihm. Das Schwert Argatax glühte. „Anathrax ex Argatax!" Isomeus sprach die Formel. Der Schwerthieb traf. Und hinterließ eine klaffende Wunde. Griebweld zuckte. Isomeus trat hinter den Magier zurück. Der Drache brüllte laut auf und wandte sich sofort den Beiden zu. Die Echsenaugen des Wesens blickten wütend. Isomeius erwiderte den Blick und grinste. Das schien das Untier noch mehr in Wut zu bringen.

Griebweld hob den Stab und murmelte die Formel, die er schon seit Längerem für diesen Tag vorbereitet hatte. Was immer nun geschehen mochte, die Beschwörung war vollendet und der Drache an den Kreis gebunden.

Dann jedoch, eine blitzschnelle Attacke des Drachens auf Isomeius. Der jedoch hatte die Attacke vorhergeahnt und warf Griebweld in den Weg des Drachen. Gerade noch konnte das Untier seinen Angriff ablenken, fast hätte der Kopf Griebweld getroffen. „Das ist euer Plan?" dunkel-düsteres raues Gelächter erfüllte den Innenhof.

Isomeius schlug sofort dem rückweichenden Kopf nach, verfehlte jedoch. Zosimus murmelte eine Formel und helles Licht erfüllte das Pentagramma. Die anderen Gefährten warteten noch. Griebweld sammelte sich und stellte sich wieder zwischen Isomeius und den Drachen.

Anathrax veränderte die Position. Dann wieder ein Angriff auf isomeius. Von oben und der Seite, den langen Hals ausnützend.

Griebweld war seine Rolle klar. Er musste sich opfern, um das Untier verwundbar zu machen. Es ging nicht anders. Er warf sich dem Kopf aktiv in den Weg.

Isomeius sah den Magier, hob das Schwert und genau in dem Augenblick, als der Kopf voll Wucht den Magier traf, traf das Schwert genau in das linke Atemloch des Drachen und drang diesem in den Kopf.

Der alte Magier wurde mit ganzer Kraft des Drachen zur Seite geworfen. Ein Übelkeit erregendes Geräusch von berstenden Knochen war zu hören, sowie ein Geräusch, wie es entstand, wenn ein metallener Gegenstand einem Knochen entlang schnitt. Das Schwert wurde Isomeius aus der Hand gerissen. Lautes Brüllen des Drachen, als der Kopf nach oben glitt und einen Flammenstoß in den Nachthimmel ausstieß.

Das Schwert steckte bis zum Heft in dem Atemloch, schräg nach oben bis ins Hirn ragend.

Ein Blitz.

Ein lauter Donnerknall.

Als sich die Ordensleute wieder erholt hatten, war der Drache in tausende Fleischbrocken und Lederstücke zerfallen. Der Boden, voll mit verrottendem Fleisch und glitschigem Schleim. Übler Gestank! Der alte Magier

Griebweld, oder besser, seine Überreste, waren verschwunden. Und das Schwert lag zwischen den Mauerresten nahe dem ehemaligen Eingang in die Festung.

Der Drache war Geschichte.

(Übersetzung, Auszug aus dem Tagebuch des Unbekannten Schülers, Archiv des Ordens, Sicherheitsregal)

(An die Übersetzung geklebtes Pergament)
Hamut, 20, 625 nDF
Befehl.
Diese Übersetzung gemeinsam mit dem Tagebuch des unbekannten Schülers ist unter allen Umständen von anderen Personen als Ordensgroßmeistern und Leitern der Bibliothek fern zu halten. Das ist ein Befehl, den nur ein Ordensgroßmeister aufheben darf. Gezeichnet, Ridefort, Großmeister (Stempel und Siegel)
(Archiv des Ordens, Sicherheitsregal)

(undatiert)
Aktennotiz: Wir müssen herausfinden, ob es in unserem Fall ebenfalls so ein mystisches Band zwischen Magus und Nantha gibt wie damals mit dem Drachen. Der einfachste Test: Wir töten Talymon.
(Aus dem persönlichen Archiv von Ridefort, Großmeister des Ordens)

Tag 2411

So übel ist das Reisen mit dem Orden nicht. Wir ziehen von Ordenshaus zu Ordenshaus, ich immer im Gefängniswagen der Rotkreiser. Manche der Stützpunkte sind größer, manche kleiner. Gestern haben wir Tjost erreicht, eine Komturei etwa einen Tag von der Hauptstadt des Imperiums entfernt. Meine Begleitung ist etwas nervös, sie werden heute Abend im zentralen Tempel des Ordens eintreffen. Die jüngeren Weißmäntel waren noch nie dort. Lediglich der Festungskommandant von Ulmenhain hat mit dem Tempel Erfahrung.

Im Moment sind alle mit Reisevorbereitungen beschäftigt. Mich wird man bald wieder in die Rumpelkiste stecken und dann ist es vorbei mit dem Schreiben. Allgemein kann ich mich nicht beklagen, ich werde genauso gut oder schlecht wie meine Wächter versorgt und allgemein ist die Stimmung ziemlich entspannt. Mal sehen, wie es im Tempel wird.

Dass der Wagen rüttelt, ist gut. Ich gerate in eine Art Dämmerschlaf, ohne zu träumen. Im Gegensatz zu den Nächten in den Ordenskomtureien. Dort träume ich. Malunia schickt mir die Träume, um mich zu quälen. Immer wieder dieselben widerlichen Bilder. Malunia in aufreizender Schönheit, Malunia, wie ihr Körper verwest. Malunia, wie sie sich einen Liebhaber nach dem anderen nimmt. Malunia, wie sie die Männer tötet. Wie sie ihr Blut gierig trinkt. Ich kann ihr Schmatzen fühlen, das Blut hören, die Lust Malunias auf Tod und Zerstörung riechen. Es widert mich an. Malunia! Und wenn es das Letzte ist, was ich machen werde. Ich bekomme meinen Frieden!

Meine Wachen kommen, es geht weiter.

(Auszug aus den Tagebüchern von Tjorn)

Hamut, 22, 625 nDF

Aktennotiz: Der Magus Talymon ist heute unter strengster Bewachung im Tempel von Albenion eingetroffen. Ich habe Hardmuth eingeladen, uns mit seinen Gildenmagiern bei der Ankunft des Talymon seine Aufwartung zu machen. Es sind tatsächlich er selbst und drei weitere Gildenmitglieder erschienen, knapp bevor der Wagen am Hof eingetroffen ist.

Ich habe umgehend persönlich den geplanten Test vorgenommen und statt einer Begrüßung diesem komischen Schwarzmagier einen Dolch ins Herz gestoßen. Jeder andere Mensch wäre sofort tot umgefallen, aber der junge Mann vor mir hat einfach den Dolch herausgezogen, an seinem Reisegewand abgewischt und mir mit der Frage zurückgegeben, ob er den Test jetzt bestanden habe.

Unter anderen Umständen hätte ich die Sorgenfalten im Gesicht von Hartmuth und seinen Magiern als äußerst erfrischend empfunden. So aber war mir die Freude vergangen. Wir haben uns angeblickt und waren uns klar: Nantha ist wieder in fleischlicher Form unterwegs.

Mit eiserner Disziplin habe ich mich dann zu unserem „Gast" umgedreht und ihn willkommen geheißen. Es war widerlich. Lieber hätte ich zu dem Zeitpunkt die tausend lebenden Leichen des Maramelis am Hof gehabt. Die hatten wir wenigstens auf einfach bekämpfen können. Aber jetzt führte wohl kein Weg zurück, wir brauchten diesen Mann.

Zum Glück benötigt die Vernichtung der körperlichen Existenz Nanthas das Opfer des Lebens dieses Schwarzmagiers.

(Aus dem persönlichen Archiv von Ridefort, Großmeister des Ordens)

Tag 2411 - Abend

Wir sind angekommen. Nicht unerwartet haben sie geprüft, ob ich tatsächlich unsterblich bin. Es war eine fast lächerliche Aktion. Ein Dolch, direkt ins Herz. Aber ich konnte tatsächlich nicht getötet werden. Da war die nackte Angst in den Augen dieses Ordensobersten. Und in denen des Ober-Magiers neben ihm. Die beiden waren bei aller Macht, die sie ausstrahlten, so unterschiedlich wie Tag und Nacht.

Der Magier war klein, eher dicklich und wirkte irgendwie gemütlich. Der Bart war lang und weiß. Als Zeichen der Würde des Erzmagiers trug er einen Magierhut, wie ihn auch Olgeird getragen hatte. Allerdings hatte Olgeird den Hut selten auf. Eigentlich nur, wenn er offiziell als Erzmagier erkannt werden wollte. Ansonsten hatte der damals vor allem breitkrempige Reisehüte mit starkem Regenschutz getragen, falls überhaupt einen Hut, egal, bei welchem

Wetter. Meist war der Magus des Nordens nur an seinem grauen Überwurf mit den Goldstreifen zu erkennen. So einen Überwurf trug auch dieser Erzmagier, allerdings die Kapuze nach hinten geschlagen. Die Robe war in Blau gehalten. Dunkelblau, mit breiten Goldsteifen wie bei Olgeird.

Generell schienen Magier in der Hauptstadt mehr Wert darauf zu legen, als Magier und Meister erkannt zu werden. Neben dem Erzmagier standen zwei Frauen und ein Mann, alle drei in diese langen Überwürfe gekleidet, und mit Hüten. Die Hüte waren wie bei allen Magiern spitz zulaufend, aber von unterschiedlicher Höhe. Zusammen mit den unterschiedlich breiten Goldsäumen gaben diese die Ränge der Magier in der Gilde wieder. Eine der Frauen war eine Meisterin, die beiden anderen neben dem Erzmagier hatten nur den Rang von Magiern. Eine der Roben war von einem tiefen Weinrot, eine Knallgelb und ein Überwurf, der des zweiten Mannes, war Dunkelgrau. Wonach diese Farben ausgesucht wurden, war mir schon in Hochalbenwald ein Rätsel gewesen. Aber es schien, diese Farben waren der einzige gestattete modische Ausdruck, den ein Magier setzen konnte. Weil die Form der bodenlangen Umhänge und der Magierhüte war ja vorgegeben.

Ganz anders der Ordensoberste, Ridefort von Albenion. Hochgewachsen und schlank, fast hager. Er überragte den Erzmagier mitsamt dem Erzmagierhut. Obwohl der Ordensoberste fast gebeugt wirkte, war er erkennbar kräftig. Und trotzdem sah er ausgemergelt aus. Wie von zu viel Fasten geschwächt. Dazu trug er einen klassischen leichten Waffenrock und wie alle Ordensangehörigen schmuckloses, einfaches Gewand und einen weißen Mantel mit dem runden Ordensemblem in Rot als Abzeichen an der linken vorderen Schulterseite. Im Fall des Ordensobersten war der Stoff von feinster Qualität. Aber das war das Einzige, dass diesen Mann in seiner Kleidung von den vielen anderen Ordensleuten unterschied, die ich im Lauf der letzten Tage kennen gelernt hatte.

„Willkommen im Ordenshauptquartier", hatte der Mann dann mit schlecht verborgenem Ekel gesagt. Nur, dass ich mich absolut nicht willkommen fühlte. Mehr wie ein Gefangener.

Immerhin, das „Gastquartier", das sie mir zugewiesen haben, ist für eine Gefängniszelle echt luxuriös. Eine deutliche Verbesserung zum rüttelnden Wagen oder den engen Räumen in den Ordensburgen. Und auch deutlich besser als Vieles, was ich als Unterkünfte für Rotkreiser in den Ordensburgen gesehen habe.

Wenn da nur nicht immer diese Träume wären. Und Malunia, die mir mit breitem Lächeln sagt, sie werde kommen und Albenion auslöschen.

Tag 2412

Was für eine Nacht. Wieder diese Bilder. Menschen, die verrotten. Malunia, die Liebhaber tötet. Malunia, die Blut trinkt. Schmatzende Geräusche. Verwesende Leichen. Immer wieder ihr Körper, der verrottet. Inwendig verrottet, von Maden durchzogen, Ratten

184

fressen an ihr... Und dann wieder ihr manisches Gelächter. Es ist grausam.

Heute Morgen eine erste Unterweisung. Das Leben im Orden ist streng geregelt. Aufwachen, Gebete, Freizeit, Essen, Gebete, Training oder Arbeit, Gebete, Essen, Freizeit, Training oder Arbeit, Badestube, Gebete, Essen, Studium, Gebete, Schlafen. Inmitten der Nacht noch einmal geweckt werden zum Gebet. Wie halten das diese Leute bloß aus?

Besprechung mit dem Ordensobersten. Dabei waren eine Ordenspriesterin, Valeria, die auch als Ordenschronistin dient. Noch dabei war wieder dieser rundliche Erzmagier, Hardtmuth. Wenn ich den Plan richtig verstanden habe, müssen wir, um sicher zu gehen, ein Artefakt suchen, dass Malunia töten kann. Dann eine Beschwörung von Malunia vornehmen. In Folge müssen wir sie dazu bringen mich anzugreifen. Und schlussendlich, während sie mich tötet, muss sie getötet werden.

Gut. Mein Leben ist mir egal. Sollen sie doch.

Die Beschwörung, wir haben darüber diskutiert, an was ich mich noch erinnern kann. Im Prinzip ist die Beschwörung einfach. Man zieht einen Beschwörerkreis mit dem Pentagramma. Darum einen Bannkreis mit den Schutzrunen. Und dann an den Rändern, so dass sie den Hauptkreis berühren, einzelne Bannkreise für den Beschwörer und seine Helfer. Soweit, so einfach. Die Kunst ist die Formel – und die ist im Fall meiner Schöpfung einfach: Der Name Malunias.

Dennoch, der Erzmagus war skeptisch. Aber über was oder wen?

Ich habe dann noch angemerkt, dass eine Beschwörung vielleicht gar nicht nötig ist. Malunia kommt von alleine. Wenn sie es will. Mit dem Ziel, Albenion zu vernichten. Die Herren waren von der Botschaft nicht sehr angetan.

Nun, zurück in meinem Quartier, alleine mit den Albträumen von Malunia. Sie werden es noch sehen. Alle. Und hoffentlich ist es dann noch nicht zu spät.

(Auszug aus den Tagebüchern von Tjorn)

Hamut, 23, 625 nDF

Das Schwert von Sankt Isomeius. Es gibt mehrere Waffen, die in den Festen unseres Ordens liegen und die angeblich das berühmte Schwert sind. Albenions Haupttempel hat deren drei in der Schatzkammer. Alle Waffen sind untersucht worden. Alle magisch. Aber nicht eine dieser Waffen hat außergewöhnliche Eigenschaften.

Es wäre naheliegend anzunehmen, dass die Waffe am Grab des Sankt Isomeius auch sein Schwert ist. Das Grab ist jedoch 136 nDF bei den Severischen Unruhen geplündert worden. Die Waffe dort wurde nach der Niederschlagung der Aufstände neu angebracht und ist dem Original künstlerisch nachempfunden. Die Verzauberung ist eine einfache Aura des Glanzes und gibt dem Schwert keine besonderen Fähigkeiten.

Jahre später ist es einem Ordensmitglied, der Schwertschwester Theresia, gelungen, einem zwielichtigen Händler eine Waffe abzukaufen, die nun im Ordensschatz liegt. Dieses Schwert besitzt tatsächlich mehrere auch im Kampf brauchbare Eigenschaften, magischer und nichtmagischer Natur und ist auch wie beschrieben eine Doppellange Klinge. Nur leider bestehen berechtigte Zweifel, dass diese Waffe jemals Isomeius gehört hat. Vor allem, da die Klinge einen eingeätzten Namen hat: „Thorgrim", der Name eines Gefährten des Isomeius.

Die Frage ist auch, wie sehr wir genau das Schwert „Argatax" brauchen. Argatax ist ein Wort aus einer alten, vorimperialen Sprache und bedeutet übersetzt „Schlächter", „Henker". Wenn sich das auf die Eigenschaften der Waffe bezieht, haben wir zwei Klingen, die die Anforderung erfüllen können. „Zimenis", eine Waffe, die König Jeromin II. vor etwa tausend Jahren anfertigen hat lassen, lagernd in der Schatzkammer des Palastes. Und „Nurmelin", ein Schwert jüngeren Datums, geschaffen während der Maramelis-Krise, dass ich selbst für den Orden führe. Beide sehen aber nicht aus wie die Doppelklinge des Isomeius. Die Waffe im Palast ist ein Krumsäbel. Und mein Schwert hat keine Überlänge. Aber wer außer dem Orden kennt schon das Original von Isomeius?

(Aus dem persönlichen Archiv von Ridefort, Großmeister des Ordens)

Ich vertraute dem Großmeister Ridefort keine Minute. Für mich stand fest, dass der Mann etwas im Schilde führte. Wissen besaß, dass er nicht mit uns teilte. Bedauerlich, dass dieser Talymon sich ausgerechnet dem Orden ergeben hatte. Was hätte der Mann nicht mit uns gemeinsam bewegen können.

Malunia mochte eine Gefahr sein, doch wenn die Berichte meiner Brüder und Schwestern in der Gilde auch nur annähernd richtig waren, war seit der Trennung Malunias von ihrem Schöpfer nichts weiter Übles mehr passiert. Malunia mochte ein machtvoller Geist sein. Doch die Dynamik war heraus und offensichtlich hatte sie alleine nur die Fähigkeiten einer gewieften Mörderin. Erst in Kombination mit Talymon war sie offensichtlich wirklich zerstörerisch.

Die Stadt Trodion war eine wesentliche Provinzstadt im Süden. Nicht klein, sondern reich und groß. Unsere Gilde hatte uns bereits vor dem Treffen mit Talymon über eine ungeklärte Mordserie unterrichtet. Bestialische Morde, die Opfer blutleer und mit zerfetzten Kehlen. Aber eben nur eine Serie, noch dazu in den Armenvierteln. Die Bevölkerung war verständlicherweise in Panik. Aber das war weit weg von der Reihe zerstörter Siedlungen und Orte, die Malunia und ihr Schöpfer vorher hinterlassen hatten.

Inzwischen hatte uns auch die Nachricht erreicht, dass die Morde aufgehört hatten. Nicht, dass der Stadtwache etwas gelungen wäre. Sie tappten immer noch im Dunkel. Nur schien der Mörder vor wenigen Tagen die Stadt verlassen zu haben. Ich habe Befehl gegeben, nach Spuren des Mörders (Nantha?) in der Umgebung oder Richtung Albenion Ausschau zu halten.

Talymon hingegen, eine große Enttäuschung. Der junge Mann hatte kaum nennenswertes Talent. Woher auch immer er die Energie für die Spur der Verwüstung bekommen hatte, aus seiner eigenen Kraft konnte das wohl kaum kommen. Ein leises Murmeln der Macht, nicht mehr.

Interessant aus magischer Sicht lediglich die Tatsache, dass er nicht getötet werden konnte. Aber auch das kam bereits von den anderen Nantha-Beschwörungen in den Büchern überliefert. Nantha verband sich für die Dauer einer Inkarnation im Fleisch der Realität mit dem Beschwörer. Beide waren dadurch fast unbesiegbar geschützt. Nantha nutzte diese Inkarnationen immer, um eine Spur der Verwüstung und des Todes zu ziehen. Dem Beschwörer erging es in aller Regel schlecht dabei. Irgendwann war der Punkt erreicht, wo Beschwörer und Nantha aufeinander losgingen. Und dann sah sich Nantha in aller Regel gezwungen, ihren Beschwörer zu töten. Woraufhin sie selbst verletzlich wurde.

Aber mit diesem Schwächling war es fast undenkbar, dass Nantha ihn allzu bald töten müsste. Oder? Immerhin schien der junge Mann gewillt, sein eigenes Leben zu beenden, um Nantha zu vernichten. Im Grunde schade um die Gelegenheit. Was könnten wir nicht mit einer eher harmlosen Nantha-Inkarnation herausfinden. Welche Erkenntnisse mochte der Geist uns bringen? Natürlich unter entsprechenden

Sicherheitsmaßnahmen. Aber diese Gelegenheit. Das letzte Mal ein Drache, davor ein Feuerdämon. Und nun eine eher harmlose junge Frau. Dem Schwächling sei Dank.

Trotzdem, nun stand der unter der Obhut des Ordens. Damit waren unsere eigenen Möglichkeiten limitiert. Und Ridefort würde sein Spiel mit dem Mann spielen können. Und nun, was hatte der Großmeister vor?

(Bericht von Hardtmuth, Erzmagier der Mitte, Hamut, 23, 625 nDF)

Tag 2413

Heute wieder eine Vernehmung. Wieder war einer dieser Gildenmagier anwesend. Ich kann ihre Angst spüren, fast riechen. Auch das Rauschen, die Resonanz. Deren Magie, ein breiter Strom. Meine Magie, ein schmaler Bach. Aber kaum hatte ich das Gefühl, der anwesende Magier hätte Angst gehabt, war da wieder ein Schwall Energie, wie eine Sturzflut, die sich in mir ergoss.

Leider erzählten mir die anwesenden Ordensmitglieder herzlich wenig. Von mir wollte sie vor allem Details zur Beschwörung Malunias hören. Wie ich den Körper geplant und gebaut und mit welcher Magie ich ihn einbalsamiert hatte. Und zum Ritus selbst.

Ich ersparte ihnen nicht all die grausamen Details. Wie ich die Dorfbewohner magisch gebunden und dazu gebracht hatte, sich selbst gegenseitig zu schlachten. Wie ich sie gezwungen hatte, bei vollem Bewusstsein und unter magischer Gewalt ihr eigenes Verbluten zu beobachten, während ihr Blut in die Schüssel in der Mitte des Kreises floß. Wie sich langsam die Schüssel mit dem Blut füllte, während ein Familienmitglied nach dem anderen sich mit letzter Kraft und verblutend zum Sterben in die Ecken des Pentagramms schleppte. Während die anderen Familienmitglieder, die noch unverletzt waren, nur entsetzt zusehen konnten. Am Ende war ich von Leichen umgeben, die letzten lebenden Bewohner als Nahrung für Malunia nach der Beschwörung magisch gut gebunden. Dann den Körper Malunias in der Mitte schweben lassen und ich konnte sie endlich rufen. Und ganz am Ende das Schlachtfest, das der Geist unter den letzten wehrlosen Bauersleuten anrichtete. Ich ersparte den Zuhörern nichts.

Auch hier ein Schwall Energie. Es war, als ob jedes Gefühl meinen Fluss unmittelbar beeinflusste. Je negativer und stärker, desto heftiger. Aber den Ozean der Energie habe ich bisher nicht gefunden, der mir unter dem Einfluss Malunias zur Verfügung gestanden hatte. Aber vielleicht konnte ich meine Gefühle besser kanalisieren.

Der Gildenmagier hatte echt entsetzt gewirkt, in Anbetracht der Schilderungen. Dabei, eigentlich ist das eine äußerst starke magische Leistung. Nur wenige hohe Meister hätten sowas gekonnt. „Blutmagie", hatte er gemurmelt, bevor er bleich und fast fluchtartig den Raum verlassen hatte.

Bald werde ich mich hinlegen, um wenigstens ein paar Stunden in einen traumlosen Schlaf zu gleiten. Meine

Magie kann ihn mir geben. Aber nur kurz. Dann kommen sie wieder, die Qualen. Inzwischen jedoch bemerke ich einen Abstumpfungseffekt. Es ist schlimm, aber es tut nicht mehr weh. Malunia, du lässt nach! Es fällt dir nichts Neues mehr ein.

(Auszug aus den Tagebüchern von Tjorn)

Ich muss die Ordensleute irgendwie überreden, mich mit dem Gefangenen sprechen zu lassen. Den Berichten nach zu urteilen, hat Talymon machtvolle Blutmagie genutzt, die weit über seinem Talent liegt. Ich muss herausfinden, was er gemacht hat und vor allem, wie. Es könnte uns viel über seine Bindung zu Nantha verraten. Der Orden muss mir die Arbeit mit dem Magier gewähren, und wenn ich die Kaiserin damit befassen muss!

Nachtrag: Boten der Gilde berichten uns, dass der Mörder in der Tat Trodion verlassen hat und sich tötend einen blutigen Weg Richtung Albenion bahnt. Aber langsam. Somit besteht Bedarf zu handeln. Mal sehen, ob ich das nicht bei der Kaiserin nutzen kann.

(Bericht von Hardtmuth, Erzmagier der Mitte, Hamut, 25, 625 nDF)

Verfluchte Magier. Das wird mir Hardtmuth büßen!

Heute haben die Legaten der Kaiserin für magische Fragen, Paulinus und Alpian, bei mir vorgesprochen. Sie haben mich direkt auf Talymon angesprochen und seine Auslieferung als Gefangener des Kaiserhofs verlangt. Sich einem unmittelbaren Befehl der Kaiserin zu wiedersetzen war natürlich nicht möglich. Und eingefädelt hat das sicher dieser dickliche, immer widerlich freundliche Gildenmagier, der sich Erzmagier der Mitte schimpft. Er war sogar bei der Abholung Talymons anwesend. Am liebsten hätte ich mein Schwert genommen, und es diesem Zaubersack in sein breites Grinsen gestoßen.

Aber da ist das letzte Wort nicht gesprochen. Bei meiner Ehre, Hardtmuth, das hat ein Nachspiel!

Inzwischen haben uns auch Berichte aus den Ordensniederlassungen erreicht, dass ein Mörder auf dem Weg nach Albenion ist, eine blutige Spur hinterlassend. Ich habe einen Eilboten nach Trodion entsandt, um die Lage zu erkunden. Aber so wie es aussieht, ist Nantha auf dem Weg zu ihrem Schöpfer.

(Aus dem persönlichen Archiv von Ridefort, Großmeister des Ordens)

Das Gesicht dieses aufgeblasenen Ordensklerikers. Göttlich! Ich habe von Ridefort noch nie viel gehalten, aber heute hat er mir sogar fast leidgetan. Die große, hagere Gestalt gekrümmt, als wäre sein Strenger Gürtel schlecht gesessen. Sein Rücken gebuckelt, als wäre die Geisel seines Beichtvaters mit neuen Dornen versehen. Das Gesicht verzogen wie von fünfzig Tagen Fasten bei Wasser und Brot. Sein Schatz, weg! Und das noch auf direktem Befehl des Kaiserhofs.

Ich habe eine der jungen Meister, Magierin Eszina, gebeten, mit Talymon zusammen zu arbeiten. Um das Vertrauen zu gewinnen, darf sie ihm bei Bedarf sogar Details aus unserem Archiv verraten, zu Nantha und wie der Geist die letzten Male besiegt wurde. Mal sehen, ob wir nicht mehr aus dem Kerl heraus bringen, als der Orden jemals für möglich gehalten hätte. Ich habe Eszina nur gebeten, bei ihrem Bericht keinen Roman zu schreiben. Sie neigt leider oft zu ausschweifenden und detailreichen Beschreibungen.

Das Ziel ist klar: Wir haben die einmalige Chance, Nantha in einer harmlosen Inkarnation zu binden.

Talymon hat vorerst Gastrecht. Ich habe es eingerichtet, dass er im Kaiserpalast den Magierturm und Magiergarten dahinter frei verwenden kann. Es war nicht einfach, aber zum Glück schuldete der Haushofmeister der Kaiserin uns noch einen Gefallen. Nun werden wir mal sehen, was es uns bringt.

(Bericht von Hardtmuth, Erzmagier der Mitte, Hamut, 29, 625 nDF)

Tag 2417

Ich weiß nicht, ob sich meine Situation verbessert oder verschlechtert hat. Offensichtlich haben die Magier der Gilde mittels einer Intrige mich vom Orden in den Palast verbringen lassen. Während ich einerseits mehr Freiheiten habe, habe ich eine neue Aufpasserin. Ausgerechnet eine der Schülerinnen, Eszina von Weißenstein, an die ich mich noch aus meiner Zeit in

Hochalbenwald erinnere. Äußerst negativ erinnere. Zum Glück war die junge Frau damals bereits zwei Jahrgänge über mir und wird sich an den Jungen namens Tjorn, den sie als Kesselputzer und Opfer ihrer Blitzzauber missbraucht hat, wohl kaum noch erinnern. Zumal ich nicht lange an der Akademie verbracht habe. Auch hilft natürlich, dass ich inzwischen älter bin, meine Gestalt mit Magie ein wenig verbessert habe und einen Bart trage.

Trotzdem, ich muss vorsichtig sein. Die Magier werden jedenfalls versuchen, mehr über mich heraus zu finden. Und wenn sie meinen wahren Namen kennen, werden sie die Spuren bald verbinden. Und das muss nicht sein. Sie sollen weiter Angst vor mir haben!

Bis jetzt hat mich Eszina mit Hochachtung behandelt, wie man einen Meistermagier behandelt. Bedeutet das, ich habe den Status eines Meisters? Oder ist es die Angst, die ich spüren kann wie einen üblen Geruch, der sich um diese Magier drängt? Sobald ich mich auf deren Angst konzentriere, fließt meine Magie in Strömen. Angst, Furcht, Hass, Zorn, Schmerz. All das beflügelt meine Zauberei. War es das, was Malunia mir gelehrt hat? Mich der negativen Gefühle zu bedienen? Oder geht das mit allen Gefühlen? Wie war das mit Liebe?

Ich habe vorher nie auf Gefühle geachtet. Zunächst hatte ich einfach keine Erfahrung, dann hat meine Liebe zu Malunia alles zugedeckt. Doch jetzt, wo meine eigenen Kräfte so vernachlässigbar niedrig sind, ist das die einzige Quelle, die mit Kraft sprudelt. Und die werde ich mir nicht nehmen lassen.

Vor allem, wenn ich die Träume nutzte, da war Kraft. Bewusst Bilder aufsteigen lassen und nutzen. Malunia, deine perverse Art, mir meine Kraft zurück zu geben? Weißt du, dass ich dich sehen konnte, heute? Als ich es probiert habe. Ich sah, wo du gegangen bist. Ich konnte durch deine Augen sehen. Und ja, ich habe auch gesehen, wie du diesen Bauern getötet hast. Wen hast du damit erschrecken wollen? Mich? Nach all den Träumen? Malunia, du wirst schwach. Schwach und berechenbar!

Tag 2418

Eszina war im Grunde ganz nett. Wenn man sie nicht in zwei Jahrgänge vor sich als Senior-Schülerin hatte, natürlich. Und wenn sie einen nicht laufend mit ihren Fragen nervte. Heute hatte sie mir ein paar einfache Formen gezeigt, die ich übernommen und deutlich stärker zurückgeworfen hatte. Dann zeigte ich mich mit einer einfachen Fleischformung erkenntlich. Eine aus der langen Liste derer, die man für Schönheitszauberei oder eben für die Formung des Körpers von Malunia verwenden konnte. Von solcher Magie hatte die junge Dame natürlich keine Ahnung. Trotzdem war sie begeistert, die unschöne Warze im Gesicht losgeworden zu sein. Eitel, meine beste Kollegin?

Harmlos genug, solche Fleischformungs-Zauber. Und selbst mit dem kleinen Bachlauf, der übrig war, keine Sache. So eine ihrer Fragen: Ob man damit heilen konnte? Keine Ahnung. Nie versucht. Aber warum nicht? Fleisch und Haut formen, wenn man den Aufbau kannte? Narben verschwinden lassen ging. Damit konnte man Geld verdienen. Warum nicht auch frische Wunden heilen? Verwunderlich, dass es nicht irgendwo bereits genau diese Form der Magie gab: Heiler, die Wunden mit fleischformender Magie heilten.

Die Heiler, die in den Städten zu finden waren, arbeiteten in zwei Wegen, zumindest soweit mir bekannt: Verstärken der körpereigenen Heilung und verstärken der natürlichen Heilstoffe in den Kräutern und Tinkturen, die sie ihren Patienten zusammen mischten. Üblicherweise waren die Heiler nur niedrigste Talente, und in Sonnenfels ausgebildet, falls überhaupt. Viele Heiler waren auch Barbiere und Bader, also Leute, die Haare und Bärte schnitten, Zähne zogen und solche Sachen taten. Keine Magie. Viele Hebammen und Kräuterfrauen wussten mehr über Heilung als die Heiler. Am windigsten waren die fahrenden Apotheker, deren ich einige während meiner Zeit bei den Karawanen kennen lernen konnte. Verkäufer von Tinkturen und Einreibungen, wo im besten Fall keine Wirkung zustande kam und schlimmstenfalls die Personen starben, die das Zeug zu sich nahmen. Heilkunst war entsetzlich schwach verbreitet im Ismerischen Reich. Ein paar akademisch gebildete Ärzte mit hoher Gelehrsamkeit, ein paar Apotheker mit weniger Gelehrsamkeit und mehr Praxis-wissen, ein paar verfolgte Mindertalente aus Sonnenfels und Urgell. Dazu ein paar mutige Frauen, die als

Hebammen und Kräuterweiber ein Dasein am Rand der Gesellschaft fristeten. Aber kaum kompetente Magie.

Die junge Magierin jedenfalls schien wenig dagegen zu haben, dass ich Sie in dieser Art der Magie einwies. Verwunderlich für eine Absolventin von Hochalbenwald. Aber offensichtlich war sie von den positiven Wirkungen der Fleischformung zu überzeugen. Nebenbei erzählte sie mir noch, was der Erzmagier über Malunia gesagt hatte. Vor allem, dass Malunia nicht das erste Mal in fleischlicher Form nach Opfern suchte. Nun, Malunia, das war dann wohl dein kleines Geheimnis. Du brauchtest je einen Magier, der dich in die Welt brachte. Dann hast du gewütet, bis Magier dich wieder gebannt haben. Malunia, auch du bist schon geschlagen worden. Und das gibt mir dann Hoffnung.

Sende mir deine Träume. Raube mir den Schlaf. Aber am Ende brauchst du mich. Nicht ich dich.

(Auszug aus den Tagebüchern von Tjorn)

Bericht

Geneigter Erzmagus,

Eurem Befehl gehorsam habe ich mit der Vernehmung Talymons begonnen. Der Mann ist ein besonders simples Exemplar, einfach zu vernehmen und vertrauensselig. Man muss nur Verständnis und Interesse heucheln und bekommt freiwillig jede Information, die man haben möchte.

Eurem Wunsch gemäß halte ich mich kurz. Folgende Fakten sind erhoben und gesichert:

A. Die Herstellung des Körpers von Nantha wurde mittels Fleischformung und Balsamierungsmagie vorgenommen. Nantha ist technisch gesehen in einem untoten Körper gebunden. Der untote Körper ist jedoch sehr sorgfältig hergestellt und verzaubert worden, um einem echten Leben so nahe wie möglich zu sein. Dennoch könnte eine Waffe, die die lebenden Toten angreift, wirksam sein.

B. Talymon dürfte eine klassische Vorbildung in Elementmagie besitzen. Ich habe mehrere einfache Formen geprüft und obwohl er sie nicht benennen konnte, hat er sie aufnehmen und weiterentwickeln können. Insbesondere Flammenmagie wirkt stark.

C. Auch beeinflussen diese Formen kaum den Fluss der Magie. Was wie ein kleines Rinnsal aussieht, entpuppt sich als tiefer Spalt in die Macht hinein. So etwas entsteht nicht einfach. Es steht zu vermuten, dass Talymon entweder wesentlich mehr Talent besitzt, als wir messen können, und jemand oder etwas hat versucht, Talent und Person voneinander zu trennen. Oder wir haben es mit einer neuen Art von Magie zu tun, die eine Beschränkung der Breite der Energie durch Vertiefung des Flusses umgeht. Das wird aber meines Wissens nirgends praktiziert. Denkbar wäre in Anbetracht der Ereignisse auch eine spezielle Form der Besessenheit.

D. Er ist jedenfalls nicht im Osten ausgebildet worden, was aus den frühesten Informationen über ihn hervorgeht. Was oder wer immer ihn ausgebildet hat, die Magie ist so unterschiedlich von der unseren wie Tag und Nacht. Er ist somit ein Schwarzmagier im innersten Sinne des Wortes.

E. Aus den genannten Fakten heraus wäre mehr Forschung nötig, den genauen Weg der Ausbildung festzustellen. Aber das ist für die Sache selbst unwichtig. Was wir wissen müssen, wissen wir.

F. Vorschlag wäre, den Mann auszubilden, wie er als Opfer Nanthas vorgehen muss. Dann Nantha beschwören, den Orden abhängen und Nantha zwingen, uns zu dienen. Indem wir den Geist über seine Bindung an den Magier bedrohen.

In Ehrerbietung und Erwartung Eurer Antwort, Eszina

(Randnotiz in der Handschrift des Erzmagiers)
So soll es geschehen. Eszina Nachricht geben, mit der Vernehmung Talymons fortzusetzen. Auch Ausbildung und Hintergrund herausfinden. Eszina soll alles anwenden, was der Sache dienlich ist.

(Aus dem Archiv der Magiergilde von Albenion, undatiert)

Tag 2420

Inzwischen gewöhne ich mich an die Träume. Sie sind eine lästige Übung. Aber irgendwann verliert jedes Bild seinen Schrecken, wenn man es nur oft genug sieht. Und wenn man dahinter blickt, dann sieht man, was du siehst. Malunia, bald bist du da und wir beenden das Spiel.

Auf meine Frage, wann wir endlich Malunia beschwören können, bekomme ich nur ausweichende Antworten von den Gildenleuten. Irgendwas läuft im Hintergrund. Zuerst wollten alle so schnell als möglich den bösen Geist, den sie Nantha nennen, loswerden. Und jetzt spielen sie alle auf Zeit. Was geht da vor? Wenn sie nicht weiter machen, ist Malunia in Albenion und dann Gnade des Urgrunds, weil dann das Gemetzel beginnt.

Eszina ist da auch nicht besonders informativ. Sie blockt, sobald ich versuche, mehr von den Plänen der Magier zu erfahren. Alles, was sie mir sagt: Sobald Malunia mich tötet, wird sie selbst verwundbar. Also muss der Geist mich zumindest verletzen, bevor die Gilde und der Orden eingreifen können. Aber warum, wann, wie? Nichts!

Langsam habe ich das Gefühl, ich bin nur ein Spielball für Gilde und Orden. Aber wofür? Was ist das Ziel? Und die Zeit verrinnt.

(Auszug aus den Tagebüchern von Tjorn)

Die Magier mögen glauben, sie wären im Vorteil. Doch Hardtmuth hat etwas vergessen: Auch der Orden betreibt Magie. Und zwar Zauber gegen Hexerei. Ich habe gestern mit den Inquisitoren und Hexenjägern mich abgesprochen. Wir stellen eine Gruppe von Ordensleuten zusammen und reklamieren uns in die Beschwörung – immerhin hat damals der Orden gemeinsam mit den Gildenmagiern den Drachen gebannt. Sie können es uns nicht verwehren.

Und wenn es soweit ist, habe ich für Hardtmuth und seine Leute eine Überraschung.

Inzwischen haben wir Gewissheit: Nantha ist auf den Weg nach Albenion. Nachricht von unserer Komturei Riesenfeld: Im Ort drei männliche Tote, typisch aufgerissene Kehlen, eine dunkelhaarige Schönheit war anwesend, hat aber die Stadt wieder verlassen. Das sind bei derzeitiger Geschwindigkeit nur mehr vier Tage Zeit.

Aber, zunächst muss ich die Kaiserin überreden, uns den Magier auszuliefern. Das wird Ihre Majestät nicht gleich erlauben. Daher muss ich leider ein paar Ordensgeschwister opfern, die Nantha angreifen müssen. Ich muss zeigen, dass nur wenn der Orden und die Gilde zusammenarbeiten, und wir Kontrolle über Talymon haben, Nantha besiegt werden kann.

Schweren Herzens werde ich in kürze den Befehl an meine Leibwache geben. Ein Opfergang, aber nicht vergebens, wie ich hoffe. Und Hardtmuth wird das büßen!

(Aus dem persönlichen Archiv von Ridefort, Großmeister des Ordens)

Die Berichte aus Riesenfeld waren klar. Nantha war am Weg. Vier Tage, vielleicht fünf Tage noch. Ridefort war heute bei Ihrer Majestät. Hatte der Kaiserin erklärt, dass der Dämon in Kürze die Hauptstadt erreicht hätte.

Und dass mit massivem Schaden zu rechnen war. Außer, sie gab umgehend den Magier Talymon an den Orden zurück, damit der Orden dem Dämon eine Falle stellen konnte. Der Kaiserhof tat das einzig richtige und Ihre Majestät vertagte auf den nächsten Tag.

Die nächste Aktion vom Orden war genauso vorhersehbar wie die Antwort des Kaiserhofs. Nur, dass Ridefort mich überrascht hatte, dass er seine eigene Leibwache zu opfern bereit war. Die Kaiserin hat einen Legaten entsandt, der dem Angriff des Ordens auf Nantha beobachten soll. Der Legat war kein Geringerer als Alpian Ledimus, der Magierbeirat des Hofs. Selbst ein machtvoller Zauberer und dem Kaiserhaus völlig loyal ergeben. Und dem Legaten wurden vier Gardisten beigestellt, jeder Schwertmeister im eigenen Rang. Ihre Majestät überließ tatsächlich nichts dem Zufall.

Nur, dass diese durchaus beeindruckende Streitmacht keine Chancen gegen den Geist hatte. Von den ausgesandten Soldaten kamen nur drei zurück. Zwei Weißmäntel und ein Prätorianer. Von Alpian und seinem Schicksal haben wir nichts mehr erfahren.

Damit ist natürlich der Druck auf mich und meine Gilde gewachsen, mich mit dem Orden zu verbünden und gemeinsam gegen Nantha vor zu gehen. Auch das vorhersehbar. Also gut, Zeit, dass wir das zu Ende bringen! Eszina muss letzte Weisungen an Talymon geben. Talymon muss den Eindruck haben, wir wären auf seiner Seite. Und dann lassen wir die Falle für den Orden zuschnappen.

Tag 2426

Neuigkeiten. Malunia hat sich in die Nähe von der Hauptstadt begeben. Der Orden wollte ihr entgegentreten. Was kräftig in die Hose gegangen ist. Malunia hat nicht einen Kratzer abbekommen, vom Orden konnten nur zwei Leute fliehen. Und der Kaiserhof hat einen Legaten und drei Prätorianer verloren. Der vierte liegt mit Verletzungen im Lazarett. Ich habe die Sache dank der Verbindung mit Malunia in Echtzeit verfolgen können. Auch die Tatsache, dass der Legat sich mehr oder weniger sofort Malunia vor die Füße geworfen hat. Ob freiwillig oder nicht, konnte ich nicht feststellen. Ihre Macht ist beträchtlich.

Die Folge ist: Ich habe nun den unbedingten Befehl der Kaiserin, schriftlich, mich einer gemischten Gruppe vom Orden und der Gilde anzuschließen. Vermutlich der falsche Zeitpunkt, Ihre Kaiserliche Hoheit darauf aufmerksam zu machen, dass ich kein Bürger ihres Reiches bin? Nun, es geht morgen früh los und ich will ja selbst, das Malunia gebannt wird. Also werden das die letzten Zeilen in diesem Tagebuch. Es wird im Palast zurückgelassen, versteckt.

Komme ich lebend zurück, was ich wahrscheinlich nicht tun werde, kann ich es ja wieder aufnehmen. Sonst soll es in ein paar Jahren wer finden und wenigstens die Wahrheit aus meiner Sicht kennen. Ich habe viel angestellt. Aber ich habe es nie böse gemeint, sondern aus Liebe gehandelt. Und ich habe jede Minute, die ich Malunia gewidmet habe, inzwischen bereut.

Eszina hat mir letzte Zeilen zu lesen gegeben, von der Zeit, als die Magier gemeinsam mit dem Orden den Drachen besiegt haben. Es gibt offensichtlich magische Waffen, die den Dämon treffen können. Der Orden dürfte welche besitzen, vermutet die Gilde.

Die junge Gildenmeisterin hat auch lange mit mir über mein merkwürdiges Talent gesprochen. Ich kann zwar nur wenig Kraft fliesen lassen, aber meine Zauber verbrauchen wesentlich weniger Kraft als bei anderen Magiern der Gilde. Das ist erstaunlich, meinte sie. Als ob jemand oder etwas meine Kräfte blockierte, aber nur unvollständig. Eine weitere Kraft Malunias? Vermutlich hängt es mit der Bindung zu Malunia zusammen. Und den Träumen.

Morgen werden der Erzmagus und insgesamt zehn seiner stärksten Gildenmagier mit dem Orden gemeinsam ausziehen. Eszina ist auch dabei. Beim Orden wird Ridefort selbst an der Spitze seiner Garde reiten. Zwanzig Ordensritter, Bischöfe und sogar der Großinquisitor. Auch ein Magier, wie man munkelt.

Normalerweise ist so eine Streitmacht stark genug, eine ganze Armee einfacher Soldaten aufzuhalten. Oder einen Krieg zu gewinnen. Das letzte Mal hat man so eine starke Armee in Mythen und Legenden gesehen. Nicht einmal bei der Bekämpfung des Drachen waren so viele hochrangige Mitglieder und machtvolle Magier und Kuraten anwesend.

Aber offensichtlich will der Kaiserhof sicher sein. Malunia muss weg.

Trotzdem, ich habe ein echt schlechtes Gefühl dabei. Vor allem, weil ich Malunia inzwischen deutlich hören kann. Wie sie nach mir ruft. Wie sie will, dass ich den Orden mitbringe. Und die Magiergilde. Und wieder hat sie mich gequält, mit den grauenvollen Bildern. Wieder, immer wieder... ach, Malunia, ich bin bereit zu sterben. Du auch?

(Letzter Eintrag aus den Tagebüchern von Tjorn)

Teil 4

Viele Gerüchte gibt es über was am 9. Semut 625 nDF passiert ist. Wer tatsächlich die Helden waren, die Nantha in der dritten bekannten Inkarnation vor den Toren von Albenion besiegt hatten. Viele Verse sind gesungen worden. Jede Seite hat versucht, die Tat für sich zu reklamieren. Aber bis auf zwei Personen war niemand dabei, der den Tag überlebt hat. Eine dieser Personen bin ich. Die andere wird es nicht berichten, nehme ich an. Es wird Zeit, die Wahrheit über diesen Tag der Nachwelt zu überliefern.

Zu Albenion, die geneigten Leser werden diese wunderbare große Hauptstadt des Ismerischen Reiches vielleicht noch nicht kennen, hier eine kurze Beschreibung:
Gelegen ist diese Stadt am Zusammenfluss des Flusses Gorgat mit dem Fluss Sormen, der an der Grenze zu den Nordlanden etwa tausend imperiale Meilen weit entfernt entspringt. Trotzdem ist der Gorgat der größere Fluss. Er entspringt in den Nebelbergen, etwa neunhundert Meilen weit im Westen, hat aber mehr und stärkere Zuflüsse. Bei Albenion treffen die beiden Ströme auf die Barriere der Albenischen Hügel, einer Gruppe ehemaliger und sehr alter Vulkane, die sich aus der Ismerischen Ebene erheben. Am

Zusammenfluss selbst liegt der Imperias, der Palasthügel. Insgesamt fünf Brücken überspannen dort die Flüsse, zwei zur Seite des Sormen, drei zur Seite des Gorgat. Am Fuß des Hügels liegt der Sporn, wo die Flüsse tatsächlich aufeinander treffen, bevor sie zwischen den Hügeln Boras und Jarchin gemeinsam durchtreten und vereint als Ismer-Strom sich in die östliche Ismerische Ebene ergießen. Nur um am Ende im Ismerischen Golf ins Unsrige Meer zu münden.

Die Stadt selbst ist im Grunde dreigeteilt. Am Imperias liegen der Palast der Kaiser, der Haupttempel des Ordens, die Magiergilde, die Baracken der Garde und mehrere Villen der nobelsten Familien des Reiches. Auf der Seite von Boras finden sich die Handels- und Marktviertel. Drei große und vor allem breite Brücken überspannen den Ismer-Strom hin zum Jarchin. Auf dessen Seite wiederum kann man weitere Märkte, einige Handwerksquartiere und vor allem die Armeebaracken finden. Eine etwa drei Männer hohe Mauer mit schweren Festungen auf den Hügelkuppen des Boras im Westen und Jarchin im Osten schließen diese Stadt zu den Vorstädten ab. Im Süden sind das der Ismerische Flusshafen und die großen Lagerhäuser. Im Norden liegen entlang den Flüssen kleinere Flusshäfen und vor allem die großen Kornspeicher und Holzlager. Zwischen Gorgat und Sormen nach Norden stehen vor den Stadtmauern einige Gehöfte und Landgüter der reichen Bürger und Adeligen. Im Westen schließt sich die Wein-Vorstadt an die Stadt an, so genannt, weil sich dort mehrere kleinere Hügel befinden, auf denen hervorragender Wein wächst. Nach Osten führen zwei Handelsstraßen Richtung Küste, eine nach Nordosten, eine nach Südosten. Dazwischen liegt die Lagervorstadt auf Hügelausläufern. Darin wohnen die einfachen Soldaten und Menschen, die als Diener und Taglöhner in Albenion arbeiten. An die Lagervorstadt im Osten angeschlossen finden sich weitere Ausläufer der Albenischen Hügel, ein reiches Ackerland mit viel Obst- und Gemüseanbau, dazwischen immer wieder Sauerbrunnen und Warmwasserquellen.

Nach der Volkszählung von 602 nDF lebten in Albenion etwa hunderttausend steuerpflichtige Personen. Mit den nicht steuerpflichtigen Personen mochten es an die dreihunderttausend Menschen sein. Rechnete man das Umland mit dazu, waren es knapp hundertfünfzigtausend Steuerzahler und knapp siebenhunderttausend Menschen insgesamt. Zwei Legionen mit zwölftausend Soldaten bewachten die Stadt. Die Garde, weitere zweitausend Veteranen der Armee, den Kaiserhof und die Kaiserliche Familie. Etwa viertausend Stadtwachen überwachten den Frieden und die Sicherheit der Bürger.

Albenion war verdientermaßen die Perle des Ismerischen Reichs. Kulturell, gemessen am Reichtum, architektonisch. Vor allem die imperiale Pracht-Architektur entlang den Brücken und auf der Seite des Imperias im Norden wurde immer wieder und zu Recht gerühmt. Gleichzeitig war die Stadt auch ein Zentrum der Wissenschaft. Zwar lagen die großen Akademien und Universitäten in anderen Orten, bei den Magiern sogar verständlicher Weise. Aber dennoch gab es in der Stadt viele Orte, an denen Forscher, Magier und Gelehrte arbeiteten und ihre Schüler und Studenten unterrichteten. Lediglich die Imperiale Charta zur Gründung einer Kaiserlichen Universität wurde nie erteilt.

Über die Imperiale Bibliothek wurde gesagt, sie enthielte ein Werk jedes Buches, das jemals geschrieben wurde. Das war zwar sicher übertrieben. Aber jeder Gelehrte war aufgefordert, eine Ausgabe dessen, was er schrieb, der Bibliothek zu spenden. Dafür übernahm die Bibliothek jedoch die Kosten für das Kopieren und hatte zu diesem Zwecke ein eigenes großes Skriptorium.

Bekannt war außerdem, dass sowohl die Magiergilde als auch der Orden ihre eigenen Archive in der Hauptstadt besaßen. Dort beschränkten Regeln den Zutritt auf eigene Mitglieder. Und auch diese konnten nicht alle Bereiche dieser Archive und Bibliotheken betreten. Manche Sektionen konnten ohne die Zustimmung der höchsten Amtsinhaber nicht betreten werden. Dennoch gab es immer wieder Ausnahme-regelungen und auch diese Orte dienten der Gelehrsamkeit.

Der Kaiserhof wiederum war vor allem Sitz der ausgedehnten Administration des riesigen Reiches. Natürlich war der Einfluss des Hofes rund um die Hauptstadt am stärksten. Aber ein ausgeklügeltes

System von Beamten und Benefikariern, Leuten, die abhängig vom Gutwill des Hofes waren, verwalteten das Reich bis in die letzten Winkel. Selbst die Nordlande und die Ostprovinzen jenseits des Unsrigen Meeres anerkannten die Hoheit des Kaiserhofs ohne größere Aufstände oder den Versuch, lokale Unabhängigkeit zu erhalten.

Mit verantwortlich dafür waren sicher die beiden wesentlichsten zusätzlichen Stützen des Hofes. Auf der einen Seite die Magier unter der Führung der sechs Erzmager: Norden, Süden, Osten, Westen, Mitte, und des Rektors von Hochalbenwald, 625 nDF der Rektorin, Erzmagierin Umelia. Die Gilde in der Hauptstadt war dabei nur die formale Hoforganisation der ansonsten eher unabhängig agierenden Meister und Erzmagier. Gebunden waren die Magier jedoch an den Unbrechbaren Eid, den jeder Abgänger von Hochalbenwald leisten musste, auf die Gesetze des Kaiserreichs. Dieser räumte dem Kaiserhaus volle Macht über die Gilde und ihre Erzmagier und den Erzmagiern volle Macht über alle Meister ein. Und den Meistern volle Macht über die normalen Magier und Schüler. Der Eid konnte als Hauptgrund angenommen werden, dass eine zentrale Gilde nie nötig geworden ist. Die zweite Stütze des Hofes war der Orden. Ursprünglich als Orden des Lichts und dem Urgrund gewidmet, hatte sich diese Gruppe seit dem Drachenfeuer zur wesentlichsten bewahrenden Kraft im Kaiserreich entwickelt. Am Anfang war der Orden der bewaffnete Arm der Kirche der Kinder des Lichts, eines synkretistischen Zusammenschlusses der verschiedenen guten Göttlichen Wesen. Die Kirche gab es in verschiedener Stärke und Verbreitung so lange wie das Kaiserreich. Den Kriegerorden dazu eigentlich erst seit der Zeit des Drachen. Seit damals waren der Orden und die Kirche fest als Staatsreligion im Reich etabliert. Seit der Zeit trug der Orden auch seine sprichwörtlichen Weißen Mäntel und den roten Kreis als Ordenszeichen.

Für die Gründe, warum und wieso die Weißmäntel wirklich entstanden waren, gab es unterschiedliche Meinungen und einen Gelehrtenstreit fast so alt wie die Rotkreiser selbst. Merengius meinte in seiner Geschichte des Ordens, dass es bereits lange vor dem Drachen immer wieder bewaffnete Kriegermönche und Schwertschwestern bei den Kindern des Lichts gegeben hatte, die Pilgerzüge gegen Räuber und wilde Tiere verteidigt hatten. Aber erst mit dem Kampf gegen den Drachen hatten diese kleinen Grüppchen sich zu dem „Orden" zusammengeschlossen. Dem widersprachen wesentliche Ordensgelehrte, aber auch Generationen an Archivaren der Magiergilde. Jedoch war in allen Chroniken, die sowohl die Rotkreiser als auch die Magier bisher vorlegen konnten, der Orden als Existent angegeben, als Isomeius und Zosimus mit Griebweld gemeinsam den Drachen besiegt hatten.

Der Entstehungsmythos der Weißmäntel selbst war da wenig hilfreich. Er stützte zwar die Theorie des Merengius, da er direkt auf Pilgerschutz am Weg zum

Berg Manimor Bezug nimmt, erklärt aber nicht, wann Isomeius und seine Leute den Sprung weg vom Pilgerschutz hin zur Bekämpfung des Drachen und des Bösen im Allgemeinen gemacht haben. Auch ist die Rolle des Isomeius und des Zosimus umstritten. Das begann schon bei der Frage, wie Allia richtig feststellte, ob es sich bei Isomeius und Zosimus nicht mehr um Titel oder Decknamen handelte. Und ob es sich wirklich um zwei Männer gehandelt hatte.

Die Magiergilde von Albenion wiederum besaßt ein kostbares Buch, dass die Rolle des Zosimus deutlich stärker machte als die Rotkreiser es gerne zugaben. Zosimus war dort als machtvoller Ordensmagus beschrieben, der auf einer Ebene mit Griebweld stand.

Wie immer die Wahrheit tatsächlich aussah, der Hof hatte es verstanden, schon wenige Jahre, vielleicht ein Jahrzehnt, nach Vernichtung des Drachen die Weißmäntel als Säule in sein eigenes Machtgefüge eingebaut zu haben. Und zwar den Orden. Und nicht die Kirche der Kinder des Lichts. Das bedeutet, das Kaiserhaus und seine Berater hatten die Rotkreiser als potentiell gefährlichere und revolutionärere Gruppe gesehen als all die Priester und Priesterinnen des Lichts jemals sein konnten. Und der Hof hatte entsprechend gehandelt.

Genau dieser Hof hatte nun also den Befehl erteilt, dass der Malunia-Inkarnation von Nantha eine große Gruppe sowohl von Ordensleuten als auch von der

Magiergilde entgegentreten sollte. Mit dabei der Schöpfer Malunias, der Magier Talymon.

Insgesamt dreiunddreißig Männer und Frauen zogen mit. Zwei persönliche Beauftragte Ihrer Majestät, die vor allem die Geschehnisse für die Chronik aufzeichnen sollten, Talymon natürlich. Dazu der Erzmagier der Mitte, Hardtmuth, mit neun seiner fähigsten Zauberkundigen, mich inklusive, was mich äußerst ehrte. Der Orden trat mit Ridefort, dem Großmeister, an der Spitze an. Dahinter kam Schwester Buchana, Erzbischöfin des Lichts in Albenion. Dann Omunes, der Leiter der Inquisition, mit vier ausgebildeten Inquisitoren an seiner Seite. Dazu Kolina, die Ordensmagierin, eine zum Orden des Lichts übergelaufene ehemalige Meistermagierin. Und die besten Schwertgeschwister, die der Orden aufbieten konnte.

Die Gruppe hatte sich zeitig in der Früh im dritten Hof des Palastes zu sammeln. Ein erstes Dämmerlicht kündigte den Tag erst an. Der verschlafen wirkende Erste Sekretär der Kaiserin Selina III überbrachte Grüße Ihrer Majestät und bestimmte Ridefort zum Anführer des Trupps. Dann übergab der ältliche Mann ein Pergament mit dem Kaiserlichen Siegel, welches dem Großmeister einige Rechte gab, vor allem, alle Wege zu passieren und das Kommando offiziell zu übernehmen. Mit einem „viel Glück" verabschiedete der Höfling den Trupp und zog sich eilends und den Mantel fester um die Schultern wickelnd in den Palast zurück. Der hochgewachsene Ordensmann hingegen zögerte nicht eine Minute, hob mit der Rechten ein prachtvolles und magisch glänzendes Schwert und stieß es Richtung Südwesten: „Auf, folgt der Klinge Argatax!"

Argatax war jene Klinge aus Mythen und Legenden, von der es hieß, dass sie den Drachen getötet hatte. Das war über sechshundert Jahre vor der Malunia-Inkarnation Nanthas geschehen. Den Büchern nach war es eine Doppelklinge, also ein doppelt langes Schwert, das beidhändig geführt wurde. Die Waffe in der Hand des Ordensmeisters aber war ein einfaches Schwert. Magisch, zumindest von der Optik, aber nicht dieselbe, wie sie in den alten Chroniken Erwähnung gefunden hatte. Dazu kam, dass die Klinge nicht alt wirkte. Schwerter früher waren massive Klingen aus gefaltetem Stahl, mit feiner Musterung und vom Schliff welligen Schneiden. Das Schwert des Ordensmeisters wirkte wie neu und war eindeutig von den Imperialen Stahlgießern geformt worden. Auch wenn die Klinge danach mehrfach nachgeschmiedet wurde. Und selbst wenn sie machtvollste Zauber besaß. Der Ordensmeister betrog offensichtlich.

So ein Betrug war normalerweise kein Problem. Vor allem, wenn er der Eitelkeit oder der Unwissenheit geschuldet war. Selbst wenn man ihn erkannte, dachte man sich seinen Teil über die Person, die so eine Protzwaffe führte und war höflich genug, so zu tun, als merkte man es nicht. Aber in dem Fall wollte die Gruppe Nantha besiegen. Und nach allem, was die Magier wussten, benötigte man dazu magische Waffen.

Es war also ganz offensichtlich, dass der Orden schwach gewüstet für den Auftrag war – außer, einer der anderen Würdenträger besaß noch eine bessere Waffe.

Langsam setzte sich der Trupp in Bewegung. Zu Pferd, wie es sich geziemte. Die Weißen Mäntel der Ordensleute bewegten sich leicht. Rüstungen klirrten. Wenigstens hatten die Rotkreiser auf schwere Plattenrüstungen verzichtet und trugen stattdessen leichtere Kettenhemden und Helme ohne Visier. Dazu den üblichen weißen Mantel, ohne den es offensichtlich keine Ordensleute gab. Jedenfalls keine von höherem Rang. Auf den Komtureien und in den Festungen gab es auch Ordensgeschwister mit braunen Mänteln, welche von ihrem niedrigen Rang als „Dienende Geschwister" zeigten.

Vermutlich hatte der Orden auf seine Prunkrüstungen verzichtet, damit nicht auch Diener und Knappen seiner Würdenträger mitkommen mussten. Das hätte die Menge der Rotkreiser vervierfacht.

Auch war die Bewaffnung leichter als normal. Auf die schweren Lanzen hatten sie verzichtet. Diese mochten auch im bevorstehenden Kampf wenig nützen. Dafür hatten die Weißmäntel einige Speere mit, die man auch werfen konnte. Vier der Ordenskrieger waren mit schweren Kriegsbögen bewaffnet, zwei Weitere mit Armbrüsten.

Die Gruppe der Magier bot naturgemäß ein bunteres Bild. Jede Magierin und jeder Magier trug zwar die vorgeschriebene Kleidung, also Überwurf und Hut. Aber vor allem die Überwürfe besaßen verschiedenste Farben, von Grau- und Schwarztönen bis knalliges Gelb.

Auch bei den Pferden war ein gewisser Unterschied zwischen den Rotkreisern und den Magiern zu erkennen. Die Ordenspferde waren durch die Bank Schimmel. Der Orden unterhielt zwar auch Zuchten äußerst starker und ausdauernder Kriegspferde, aber für Reitzwecke waren diese Schimmel besser geeignet. Die Magier hingegen hatten bunt zusammengewürfelte Reittiere. Einerseits Pferde in verschiedener Fellfarbe, andererseits auch Maultiere oder Mulis. Und eine Meisterin, Amina, hatte sich mit Hilfe von Magie ein Phantompferd geschaffen, ein durch Gedankenkraft zusammen gehaltenes und bewegtes Kraftfeld, dem sie die annähernde Form eines Pferdes gegeben hatte.

Das hatte die Magierin sicher nur gemacht, um Seitens der Magier den Orden zu beeindrucken. Kein Magier mit auch nur einigermaßen Verstand hätte an so einem Tag sinnlos den Kraftfluss verschwendet, wenn es nicht unbedingt notwendig gewesen wäre – oder auf direkte Anweisung durch einen Erzmagier passierte.

Diese Angebereien und politischen Spielchen waren zwar üblich, wenn die Rotkreiser und die Magier gemeinsam wo auftraten, aber in Anbetracht der Aufgabe, die Ihre Majestät der Gruppe gestellt hatte, war ein solches Verhalten fast schon aufreizend fahrlässig. Fast genauso unmöglich wie der Betrug mit dem Schwert des Großmeisters. Eigentlich ein schweres

Versagen auf beiden Seiten durch die jeweiligen Anführer. Blieb zu hoffen, dass wenigstens Talymon seiner Aufgabe gerecht wurde.

Talymon!

Was wussten wir überhaupt über diesen Mann, in der Früh unseres großen Tages? Das war herzlich wenig. Vom Aussehen ein junger Mann in Mitte seiner Zwanziger. Für einen Nord, der er augenscheinlich war, recht groß gewachsen, aber schmal und von geringer körperlicher Kraft. Etwas linkisch und ungeschickt. Wenig geübt im Umgang mit Frauen. Von der Ausstrahlung kaum ein nennenswertes Talent. Das blonde Haar strohig und lange, nach hinten zu einem Knoten am Hinterkopf zusammengefasst. Einen inzwischen kurz getrimmter Bart, eher schütter und für typische Nord wenig dicht. Von der Sprache für Nord-Verhältnisse gebildet und gewandt. Tiefblaue Augen, nicht untypisch für die Menschen seiner Heimat. Das Gesicht scharf geschnitten, wie das eines Raubvogels. Mit der Nase als Schnabel, auch wenn nicht sehr groß. Außergewöhnlich große Hände, wie geschaffen für einen Bauern, aber wenig geeignet für Feinarbeiten. Dazu trug er einfache Reisekleidung, wenig auffällig. Darüber eine zerschlissene graue Jungmagierrobe. Wenigstens die hätte darauf hingedeutet, dass er Hochalbenwald besucht hatte. Die Ausbildungsstätte aller Gildenmagier.

Die Rotkreiser hatten natürlich Nachfrage gehalten und magische Botschaften mit Hochalbenwald ausgetauscht. Wenig überraschend war die Antwort negativ, Talymon war der Akademie als Magier nicht bekannt. Auch mit der Beschreibung des Talymon konnten sie dort wenig anfangen. Das hatten auch wir von der Gilde auf Nachfrage von dort erfahren.

Dafür war mir selbst etwas eingefallen: Vor Jahren, ich war selbst noch in Ausbildung, hatte es einen Jungen, einen Nord, gegeben. Der war zwar bereits recht alt für einen Lehrling, aber von so schwachem Talent, dass meine mir zugeteilte Lehrmeisterin, die auch für die Verwaltung der Schülerevidenz verantwortlich war, sarkastisch meinte, Olgeird hätte etwas gesoffen gehabt, als er dieses Talent ausgewählt hatte. Der Junge war tatsächlich als Magier völlig unbrauchbar gewesen. Gerade mal einfachste Feuerformen hatte er im Unterricht zusammenbekommen. Auf Sonnenfels hätten sie aus dem Kerl vermutlich irgendeinen Dorfwahrsager machen können. Auf Hochalbenwald hatte dieser Tjorn nichts zu suchen. Wir hatten uns damals einen Spaß daraus gemacht, den Kerl mit unserer Magie zu ärgern und ihm spüren zu lassen, dass er nichts in Hochalbenwald zu sichen hatte. Irgendwann war er dann verschwunden. Entlassen, wie die Meister an der Akademie alle auffällig betonten. Aber meine Lehrmeisterin meinte, er sei abgehauen. Für sie war das völlig in Ordnung, obwohl das Gesetz sowas eigentlich verbot.

Doch war dieser Junge von damals optisch mit dem Magier, der da in dieser Früh vor mir ritt, wenig vergleichbar. Das Haar war heller gewesen. Das Gesicht fülliger, weniger markant. Der Körper eindeutig plumper. Nicht das Talymon irgendwie als hübsch zu bezeichnen war. Wenn man die Geschichte von ihm kannte, die er über Malunia erzählte, war es wenig verwunderlich, dass Malunia diesen Mann nicht in ihr Bett gelassen hatte. Als Frau nur zu verständlich. Der Typ war einfach das Gegenteil von attraktiv. Gut, das hatten die beiden, Tjorn und Talymon, wohl gemeinsam. Und die Menge an Talent, die man verspüren konnte.

Das wirkliche Phänomen von Talymons Macht war die Tatsache, dass es ihm ohne Hilfe von Meistermagie möglich war, Zauberei zu wirken, die tief in die Wechselwirkung von Leben und Tod eingriff. Auch was er mir gezeigt hatte. Fleischformung war nicht nur Teil der verbotenen Bücher in Hochalbenwald. Es war auch eine Kunst, die von denen, die es verbotener Weise ausprobiert hatten, als außergewöhnlich schwierig und kraftraubend beschrieben wurde. Das „Schwierig" konnte man ja noch mit viel Übung und Intelligenz meistern. Aber die Kraft?

Jedenfalls war es mir nicht möglich gewesen, auch die einfachste Fleischform anzuwenden, ohne an die Grenzen meiner nicht unbeträchtlichen Macht zu gehen. Und Talymon spielte damit, ohne seine Kraft merklich anzugreifen. Unter anderen Umständen und zu anderen Zeiten hätte ich gerne weiter mit diesem Magier experimentiert. Und ich hatte aus unseren Gesprächen durchaus den Eindruck, auch er wäre daran interessiert, mehr zu erfahren. Aber das ließ die Zeit nicht zu.

Vielleicht verwechselte ich sein Interesse nur an einem Interesse an mir. Das wäre schade. Vor allem, weil ich dann diesen komischen Kauz nachhaltig enttäuschen hätte müssen. Aber so war es sehr wahrscheinlich, dass er den Tag nicht überleben konnte. Also waren alle weiteren Gedanken daran echte Verschwendung.

Und trotzdem blieb dieser Mann ein Rätsel. Woher kam er, wer war er. Wie kam er an Nantha. Woher kam seine Kraft. Fragen, Fragen, Fragen. Mit jedem Auf und Ab am Rücken meines Pferdes eine Frage. Ein wilder Magier hatte ihn gelehrt, dann Malunia. Beide hatten offensichtlich etwas gesehen, was die Meister in Hochalbenwald und ich selbst auch übersehen hatten. Aber was?

Die Späher hatten berichtet, dass sich Nantha aus Südwestlicher Richtung der Stadt näherte. Wir wollten am südlichen Flusshafen am Fuß des Boras die Stadt verlassen und versuchen, sie bei einem Weiler aufzuhalten, der den passenden Namen Blutrotstein trug. Diesen Namen verdankte das Dorf der Tatsache, dass ein blutroter Felsbrocken dort aus der Ebene heraus ragte. Ein vulkanisches Basalt-Gestein mit hohem Mineralienanteil, daher die dunkelrote Farbe. Irgendwann vor undenklichen Zeiten war der Rest des Vulkans verwittert und nur der eine Schlot hatte sich gehalten. Und nun ragte dieses Gestein etwa zehn Meter hoch über die Ebene empor und formte eine

Klippe im Nirgendwo. Das Ganze etwa fünf Meilen vom Flusshafen und dem Fuß der Albenischen Hügel entfernt, die ebenfalls Reste dieses Vulkanbereichs waren.

Wobei, hervorragen war inzwischen vielleicht etwas übertrieben, denn der größte Teil der Klippe war bereits abgebaut worden und bildete nun als teure Zierportale und Fenstereinfassungen die optisch herausragenden Elemente Albenionischer Architektur. Der Steinbruch von Blutrotstein war berühmt und inzwischen gab es dort nur mehr ein tiefes Loch im Boden. Nur die reichsten Leute konnten sich dieser Tage den Blutrotstein für ihre Häuser leisten und selbst im Palast war nur der Blutturm vollständig mit diesem Stein verkleidet, und das schon zu Zeiten, als die Klippe noch kein Loch gewesen war und die Preise deutlich niedriger gewesen sein mussten.

Der Weiler selbst war ein guter Ort, Nantha abzufangen. Es führte nur eine Straße durch, die Handelsstraße in die Südprovinzen. Der Ort konnte leicht geräumt werden, was inzwischen geschehen war. Die Bergbausiedlung war zwei Meilen von der Straße entfernt, weit genug, um Nantha keinen Anlass zu geben, sich dorthin zu flüchten. Auch dort waren die Bewohner in die Hauptstadt gebracht worden.

Ansonsten waren die Häuser an der Straße, im Wesentlichen ein Wirtshaus, ein Handelsposten und drei Höfe, gut aus Mauerwerk und Stein erbaut und sollten auch härtere magische Angriffe überstehen, ohne gleich ganz zerstört zu sein.

Vor allem aber war die Sicht rund um Blutrotstein gut. Es gab keine Wälder oder Hügel, mit Ausnahme des Steinbruchs und der Abraumhalde. Und vor allem gab es keine Verstecke.

Aufgrund der frühen Stunde, es war noch vor Sonnenaufgang, hatten wir mit wenig Publikum auf unserem Weg gerechnet. Auch hatte der Hof versucht, Nanthas Marsch auf die Hauptstadt zu verheimlichen, vornehmlich um keine Panik aufkommen zu lassen. Aber es schien, als hätte das Wort, das der Orden und die Gilde gemeinsam in eine Schlacht ausritten, ausgereicht. Der Weg war gesäumt mit Schaulustigen, Laternen und Fackeln. Die Stimmung konnte als „Gut" bezeichnet werden, mit immer wieder Jubel und Applaus, wenn wir vorbei ritten. Das Volk von Albenion schien keinen Zweifel zu hegen, dass egal, was passierte, wir siegreich heimkehrten. „Hoch, Hoch, Hoch!" Rufe hallten durch die Straßen, die wir passierten. Unter anderen Umständen wäre dieser Ritt ein Triumphzug gewesen.

Zumindest Meister Ridefort schien es so zu sehen. Er winkte für einen Ordensobersten äußerst fröhlich in die Menge, hob immer wieder seine Arme zu Segensgesten und schien ganz allgemein lockerer Stimmung. Für einen hageren Sauertopf wie ihn war das das Nächste an ausgelassener Fröhlichkeit, das er aufbringen konnte.

Das gegenteilige Bild bot Hardtmuth, der Erzmagier. Sonst für jeden Spaß zu haben, volksnah und jovial, saß er schweigend und zurückgezogen auf seinem Pferd und schien nachzudenken. In so einer Stimmung war er nur, wenn er massive Befürchtungen hatte. Nur hatte er sie dieses Mal nicht mit seiner Gilde geteilt, ungewöhnlicher Weise. Sonst sprach sich Hardtmuth nämlich immer offen mit seinen wesentlichsten Gildenmagiern ab.

Nun, wenn die Stimmung beim Gildenoberhaupt schlecht war, so war sie das nicht bei allen anderen Magiern im Trupp. Auch da gab es Winken, kleine magische Lichter und Feuerwerke und allgemein immer wieder Kurzweil und Scherze.

So verging der Ritt, vom Palast die Kaiserliche Straße hinunter zur Brücke von Kaiser Tarjanus II. Schon die Hauptstraße war prächtig. Doch diese Brücke war die breiteste und prachtvollste der drei Brücken über den Gorgat. An normalen Tagen konnten vier Fuhrwerke und links und rechts weitere Fußgänger frei passieren, ohne dass es eng wurde. Trotzdem, auf der Brücke hatten Palastwachen den Weg abgesichert, es wäre sonst kein Hinüberkommen gewesen. Die ganze Stadt schien auf den Beinen zu sein.

Die Brückenstraße mündete in den Platz des Flussmarkts, dem zentralen Handelsplatz direkt gegenüber dem Sporn. Auch am Marktplatz hatten uns die Wachen den Weg bahnen müssen. Wir kamen im Norden des Marktes auf die den Marktplatz säumende Uferstraße. Normalerweise groß wie die Brücke, war doch ohne die Hilfe der Stadtwache auch hier kein

Durchkommen. Auf der Brüstung zum Fluss hin standen Menschen, dicht an dicht. Auf der anderen Seite, bei den Marktständen, herrschte reger Betrieb. Unglaublich, und das zu der frühen Stunde. Noch immer war die Sonne nicht über dem Jarchin aufgegangen.

Dort wo dieser große Platz in die Südliche Handelsstraße entlang des Flusses überging, war trotz bester Bemühungen der Wachen die Straße verengt und wir konnten nicht als Gruppe sondern mussten einzeln entlang der Uferbefestigung reiten. Hier war auch der Jubel am Stärksten. Die reichen Handelshäuser, die hier Platz und Flusspromenade säumten, hatten Türen und Tore geöffnet und aus allen Fenstern und sogar von den Dächern winkten und jubelten Menschen. Es war außergewöhnlich.

Dafür wurde der Wirbel und Jubel deutlich weniger, je weiter wir uns dem südlichen Stadttor näherten. Hier waren die Häuser etwas schlichter und viele Handwerker hatten bereits mit dem Tagwerk begonnen. Man hörte Hämmern, Pochen, Sägen. Metall, Holz. Es roch nach Sägespäne, Rauch und Schmiedekunst. Immer noch gab es Bürgersleute, die uns zusahen, aber immer mehr von ihnen sahen nur kurz auf und winkten, wenn wir vorbei kamen. Um hernach wieder ihrer Arbeit nachzugehen. Eine Bäckersfrau bot uns ohne Geld zu verlangen frische Stücke ihrer Backwaren an. Einige Reiter unseres Trupps griffen dankbar zu, so auch ich. Frisches, warmes Roggenbrot. Es schmeckte köstlich.

Am Stadttor, bei den Handelslagern und Gasthöfen, warteten einige Flüchtlinge, vor allem aus Blutrotstein, die hierher in die Hauptstadt gebracht worden waren. Diese Menschen blickten schweigend auf uns. Es konnte gut sein, dass wir ihre Häuser zerstörten und ihren Besitz vernichteten. Es tun mussten. Aber gleichzeitig waren wir ihre beste, ihre einzige Verteidigung, gegen den Geist Nantha. Sie kannten nur die Gerüchte, die die Handelsstraße entlang gekommen waren. Von zerstörten Städten und Dörfern. Von wahnsinniger Zauberei, die den Geist vernebelte. Von Blutopfern und Mord. Sie hatten gehört, dass vor allem der Orden einen entsetzlichen Blutzoll entrichtet hatte. Nein, Jubel war es nicht, der uns empfing. Aber sie waren alle gekommen. Alle. Vom Baby bis zur Urgroßmutter. Und blickten auf uns. Ihre Retter. Ihre Zerstörer.

Die Stadtwachen öffneten vor uns die schweren Eichenflügel des Südlichen Doppeltors. Wir konnten ungehindert und ohne Zeitverlust passieren. Vor dem Tor ging gerade im Osten über dem Hügel Jarchin die Sonne auf. Nach vor zu unserer Linken lag der Flusshafen. Nach vor und zu unserer Rechten erstreckte sich die Ismerische Ebene. Am Horizont war der Erdwall des Steinbruchs von Blutrotstein zu sehen. „Voran!" Ridefort mahnte zur Eile.

Späher kamen uns bereits kurz hinter dem Flusshafen entgegen. Natürlich hatte der Orden nichts dem Zufall überlassen. Die zwei Männer zu Pferd berichteten, dass

Nantha den Ort Blutrotstein noch nicht erreicht hatte. Sie war in der Nacht sieben Meilen weiter südwestlich gewesen, bei einem Ort namens Süßwasserbrunn. Zwei weitere Späher waren noch an ihr dran und sollten berichten, sobald sie aufgebrochen war. Die Nachricht war gut, es war also möglich, in Blutrotstein einen Hinterhalt zu legen. Den beiden Boten legte Ridefort nahe, gleich in die Stadt weiter zu reiten.

Talymons scharf geschnittenen Züge im Gesicht zeigten Zweifel: „Malunia ist nicht so dumm. Sie weiß, dass wir kommen und sie wird uns auf einem Gelände erwarten, das ihr zusagt, nicht uns. Die zwei Späher, die zurückgeblieben sind, werden wir nie wiedersehen."

„Wenn Ihr es schon so besser wisst, Talymon, was schlagt Ihr vor, wie wir vorgehen sollten?", erwiderte der Erzmagier Hardtmuth säuerlich. Aber bevor der angesprochene Magier antworten konnte, wischte der Ordensgroßmeister die Diskussion mit einer Handbewegung weg: „Es ist egal!" dann fuhr er fort: „Sie kann sich nicht verstecken und selbst ohne einem Überraschungsmoment sind wir zu viele. Und sobald sie Euch, Talymon, angreift, ist sie verletzlich. Wir können nicht verlieren!"

„Ich wäre mir da nicht so sicher", hörten die Umstehenden den zurückgesetzten Schwarzmagier sprechen. „Malunia ist schlau. Sie ist intelligent. Und sie besitzt viele Fähigkeiten, von denen ihr alle euch keine Vorstellung macht. Und sie besitzt Verbündete, wo ihr sie nie vermutet."

Ridefort hatte das nicht gehört. Er hatte sich wieder an die Spitze des Trupps gesetzt und wies alle wieder zur Eile an. Hingegen hatte der Erzmagier sehr genau die Worte vernommen: „Meister Talymon, verzeiht meinen Sarkasmus. Natürlich kennt Ihr Nantha, ich meinte „Malunia", besser als irgendwer sonst hier. Ich bin nur auch etwas nervös. So eine formidable Streitmacht hat man nicht mehr seit Zeiten der Mythen und Legenden gesehen. Und Ihr bestreitet, dass sie ausreicht. Da müsst Ihr schon verzeihen, dass bedarf der Erklärung."

Brillant, wie dieser Mann sein Verhalten in einen verdeckten verbalen Angriff umsetzte. Leider war der Schwarzmagier auch in derlei Künsten bewandert und vermochte zu kontern: „Erzmagier, spart Euch die Mühen, bitte. Ich habe bereits gesagt, ich werde Euch, den Rotkreisern, wem auch immer, helfen, Malunia zu vernichten. Ich werde Euch auch so zur rechten Zeit sagen, was zu sagen ist. Malunia weiß, dass wir kommen. Und sie hat die zwei zurückgebliebenen Späher bereits bemerkt und getötet. Und sich an ihrem Blut und ihren Seelen gelabt." Der Magier schien kurz geistesabwesend. „Ihr werdet die Späher, wenn das vorbei ist, finden können. Mit aufgerissenen Kehlen. Ziemlich genau auf halbem Weg zwischen hier und dem Ort, den die anderen Späher genannt haben. Die beiden sind sinnlos gestorben. Ich hätte Euch die ganze Zeit sagen können, wo Malunia ist."

Der Erzmagier wirkte für einen Augenblick ehrlich erschüttert. Dann aber gewann er wieder die Fassung: „Ihr habt die ganze Zeit also gewusst, wo Malunia ist, und habt nichts gesagt? Wo Ihr doch wisst, dass wir sie suchen?"

Talymon unterbrach Hardtmuth: „Hat irgendwer von Euch mich gefragt? Alles, was Euch interessiert hat, habe ich Euch gesagt. Wie Malunia geschaffen wurde, wie die Beschwörung lautet, wie Malunia vorgeht, was sie motiviert. Ich darf Euch daran erinnern, dass Euch die Tatsache deutlich wichtiger war, wie Malunia ihre Opfer nackt bezaubert und mit ihrer natürlichen Schönheit umgarnt, als wo sie ihr Unwesen getrieben hat." Offensichtlich hatte der Schwarzmagier einen Nerv getroffen. Der Erzmagier lief rot an. „Was sonst habt Ihr uns verschwiegen?" schnauzte er.

„Gar nichts. Euer Gnaden. Gar nichts. Ich habe immer offen alles gesagt und getan, was Ihr oder Eure Aufpasserin", dabei nickte Talymon in meine Richtung, „von mir verlangt habt. Das stand eben nicht in Euren Lehrbüchern. Das hat Griebweld Euch nicht überliefert. Nämlich dass die Verbindung zwischen Magus und Malunia, Eure Nantha, sehr eng ist. Wenn ich die Erzählung über Griebweld richtig in Erinnerung habe, hat er sich weggesoffen, um nicht die Nähe seiner Schöpfung zu spüren. Malunia weiß immer, wo ich bin. Und ich, wo sie ist und wen sie wann und wo gemordet hat. Immer. Zu jeder Zeit. Sie quält mich in meinen Träumen, seit sie mich verstoßen hat. Sie verspottet mich. Sie zeigt sich nackt, lockt mich, und zeigt mir dann das verrottete Fleisch, aus dem sie in Wahrheit besteht. Wie Maden und Würmer und Ratten sie fressen, ihre Schönheit zerstören. Dann ist sie wieder ganz. Ganz, aber blutleer. Dann frisst sie wieder, ein grässliches Mahl. Das Blut ihres letzten Liebhabers. Der unwissend die Nacht neben dieser lebenden Leiche gelegen hatte, bis sie ihm die Kehle herausgefetzt hat. Sie trinkt wie eine Verdurstende. Und gleichzeitig gierig und widerlich. Sie schmatzt, es schnalzt, es klingt gleich wie das Geräusch, das entsteht, wenn ihre geilen Liebhaber über diese Leiche herfallen. Neben dem Grunzen dieser Liebhaber. Und das jeden Tag, jede Nacht, zu jeder Zeit. Und Ihr meint, ich verschweige Euch etwas?"

Ich hatte Talymon noch nie in so einer Gefühlswallung erlebt. Er glühte vor Macht. Die Aura war so stark, dass alle Magier sich zu ihm umgedreht hatten. Und selbst der Erzmagier aktiv seine Aura schützen musste, um nicht in den Fluss der Macht zu gleiten. War das das Geheimnis, dass wir gesucht hatten? War das die Klammer um das Talent, die erklärte, warum wir zwar Tiefe fanden, aber keine Breite? Weiter ging der Monolog: „Glaubt Ihr wirklich, Erzmagier, dass ich Euch auch nur im Ansatz schaden will? Oder absichtlich sabotiere? Wie könnt Ihr es wagen? Ihr habt keine Ahnung!"

Der Trupp hatte angehalten. Auch die Rotkreiser sahen nun nach Talymon. Nach dem Magus, der gerade weit über sich hinaus wuchs und Macht ausstrahlte, neben der die Machtaura des Erzmagiers verblasste. Nicht nur die Aura verblasste. Auch die Farbe im Gesicht von Hardtmuth.

So rasch wie der Anfall gekommen war, war er wieder vorbei. Die Macht, die zu spüren war, fiel in sich zusammen, als hätte es sie nie gegeben. Und dieser Magier vor mir war wieder derselbe Schwächling, der er immer gewesen war. Keine Ahnung, was die anderen aus der Gilde dachten. Oder die Ordensleute. Aber, war das ein Zeichen von Besessenheit? War am Ende gar nicht der Körper Malunias vor uns das Problem, sondern der Geist, der Besitz von Talymon ergriffen hatte? Vermutlich war ich auch bleich geworden. Jedenfalls war der Kreis zwischen dem Magier und dem Rest der Gruppe deutlich größer geworden.

Der Ordensgroßmeister ergriff als erster das Wort. Er versuchte es mit einem Scherz, aber es klang hohl: „Na, da werden wir es ja mit Malunia leicht haben. Wir wissen, was sie vorhat." Schweigen. Zumindest war es genug, die Aufmerksamkeit der Anwesenden wieder auf die Aufgabe zu lenken. Immerhin war Ridefort nun geneigt, dem Schwarzmagier zuzuhören: „Also, Meister Talymon, wo ist Nantha und was plant sie?"
Meister Ridefort, was sie vorhat, weiß ich leider auch nicht", entgegnete dieser, sichtlich gefasster, „aber ich kann Euch versichern, dass sie bereits im Ort vor uns wartet. Sie weiß genau, dass wir kommen. Sie hat sich auch mit den beiden Spähern gestärkt und wird auf jeden Fall versuchen alle zu bezaubern, bevor sie den Trupp tötet." – „Und was noch?" – „Mich wird sie zwingen zu zusehen, wie sie Euch alle tötet. Dann wird sie mich wieder fort schicken." – „Und das ist ihr Plan?"

– „Oh ja. Simpel und einfach. Und sie weiß, dass keiner hier etwas dagegen tun kann. Wenn sie wirklich üble Laune hat, wird sie mich nicht fortschicken, sondern mitnehmen und so lange manipulieren, bis ich vor Frust und Ekel nicht mehr anders kann und Eure schöne Hauptstadt in Schutt und Asche lege. Und erst dann wird sie sich wieder von mir trennen."

Schweigen. Dann die Rückfrage, dieses Mal vom Erzmagier: „Und dagegen können wir nichts tun?" – „Nun, aus ihrer Sicht nicht. Sie ist unbesiegbar. Mich könnt ihr nicht töten. Sie muss mich töten, aber das wird sie nicht. Und ihre und meine Macht ist massiv verstärkt, wenn wir zusammen sind." – „Schöne Aussichten", wieder Ridefort, „und wie lautet der Plan?" – „Fortfahren. Für den Rückweg ist es zu spät, sie holt uns ein, bevor wir das Stadttor erreichen. Und selbst dann wird sie das nicht abhalten. Erinnert Ihr Euch an die beiden Späher? Stellt Euch einfach die Frage, warum Malunia sie so bereitwillig hat entkommen lassen. Wie ich vorhin dem Herrn Erzmagier sagte, sie hat Verbündete, wo sie keiner vermutet."

„Was wäre, wenn wir die Späher finden und ausschalten?", fragte Buchana, die Erzbischöfin.

Talymon machte es sich im Sattel bequem und eine wegwerfende Handbewegung: „Die sind nicht das Problem. Die sind Boten und werden die Nachricht abgeliefert haben, bis wir sie finden. Wer das Problem ist, weiß ich selbst nicht. Aber vielleicht erinnert sich wer von Euch Weißmäntel", ein Blick in Richtung Ridefort und seinem Trupp, „ an die Meuchelmörder, die ihr Malunia und mir auf den Hals gejagt habt? Die Anführerin der Gruppe entstammte einem Orden, der Malunia verehrt. Als wir die Mörderbande getötet haben, ist diese Orm auf die Knie gefallen und hat Malunia als Göttin angebetet. Und ich nehme an, Orm war nicht die Einzige, die Malunia anbetet."

Orm war bekannt. Als der beste Killer Albenions und des Ismerischen Reiches. Orm eine Frau? Das mochte erklären, warum niemand ein Gesicht zu dem Killer kannte. Aber Orm auch als Anbeterin eines Blutgeistes? Das allerdings war besorgniserregend. In allen Gesichtern, auch jenen der Rotkreiser, konnte ich die Besorgnis lesen. Außer im Gesicht des Ordensgroßmeisters. Dort stand Erschrecken. Er war ertappt worden. Also hatte Ridefort selbst die Mörder entsandt.

„Was nun?", fragte Meisterin Amina, die inzwischen ihr Phantompferd aufgelöst hatte. Kräfte sparen schien die bessere Idee. Aber was mochten die Kräfte in der momentanen Situation nutzen?

Talymon war immer noch entspannt. Fast als amüsierte er sich. Und mit etwas Sarkasmus in der Stimme: „Nun, wir könnten Malunia entgegengehen. Wie geplant. Vielleicht hilft ja das Schwert. Vielleicht helfen auch die Zauber. Und dann werde ich eben versuchen, wie in früheren Zeiten mich vor den Schwertträger zu stellen und Malunia zu zwingen, mich anzugreifen. Zumindest können wir Zeit gewinnen." Dann wieder ernster: „Ich möchte aber vorschlagen, nur mit jenen weiter zu gehen, die freiwillig mitkommen. Es ist gut möglich, dass ihr alle getötet werdet. Mich wird sie verschonen, das steht fest."

„Die Idee ist gut", stimmte der Großmeister selbst dem Plan zu. Zur Überraschung aller, „vom Orden werden Buchana und Omunes dabei sein. Alle anderen meines Ordens möchte ich bitten, zurück zu kehren und nach den Spähern zu suchen und die Wachen am Tor zu verstärken, um ein Öffnen durch einen Nantha-Kult zu verhindern." Dann blickte Ridefort provokant auf den Erzmagier.

„Ich werde natürlich auch mitkommen. Mit mir die Meisterin Eszina und Meister Bradom. Alle anderen gehen bitte mit dem Orden mit und helfen bei der Suche nach den Spähern. Die Vertreter des Hofes müssen bitte selbst entscheiden." Dabei sah Hardtmuth festen Blicks direkt in die Augen Rideforts. Man konnte die knisternde Spannung zwischen den beiden Männern förmlich spüren.

Die Vertreter des Kaiserhofs nickten und der Ältere der beiden meinte: „So soll es geschehen. Wir können im Moment nicht helfen und vermutlich auch nichts aufzeichnen. Daher werden wir mit zurückkehren, Bericht erstatten und dem Hof und der Stadt helfen, sich auf das Schlimmste vorzubereiten. Wir werden sehen, wer dann vor die Tore der Stadt tritt. Möge es diese Gruppe sein und Nantha ist besiegt." Es schien fast, als wären die Beiden froh, eine Ausrede zu haben um zu entkommen.

Die Gruppen sammelten sich und die größere Gruppe begann ihren Ritt zurück. Wir blickten ihnen noch kurz nach, dann sprach Talymon die beiden Anführer an: „Großmeister, Erzmagier, ich muss bitte unter vier Augen mit Meisterin Eszina sprechen. Es ist wichtig." – „Nur zu!", beide Herren winkten kurz huldvoll und zustimmend.

Da blieb mir wohl kaum etwas anderes möglich, als mit dem Schwarzmagier zur Seite zu gehen. „Was soll das?", fauchte ich ihn an. „Spinnt Ihr, mich so vor den obersten Leuten bloß zu stellen? Was sollen die denken!"

„Macht Euch keine Sorgen um Euren Ruf", antwortete Talymon mit erhobenem Haupt und starker Stimme. „Wenn Ihr überlebt, seid Ihr die Heldin. Wenn nicht, braucht Euer Ruf Euch wahrhaft nicht mehr kümmern." Dann weniger stark, mehr mit verschwörerischer Stimme: „Und jetzt hört gut zu. Ihr habt mit der Fleischformung als einziger Meister von der ganzen Gruppe auch nur ansatzweise Ahnung. Malunia wird sich auf mich konzentrieren und meine Macht binden versuchen. Ich glaube nicht, dass der Zahnstocher von Ridefort oder irgendein Schönwetterspruch von Hardtmuth den Körper von Malunia auch nur verletzen kann. Aber der Körper ist von Magie aus den Körpern von drei toten Mädchen geschaffen worden."

Der Mann zog bei diesen Worten etwas aus dem Ärmel seiner Robe. „Hier!", dabei gab der Schwarzmagier mir einen Pergamentfetzen. Auf dem Pergament war eine grobe Zeichnung einer nackten Frau zu sehen. Vermutlich Nantha. Es waren viele Striche durch den Körper gezogen. Teilweise komplizierte Muster bildend. „Was soll ich damit?", ich wollte dem Mann die Zeichnung zurückgeben, „ich will das nicht!" Meine Hand mit dem Zettel fuhr vor.

Die Hände des Magiers hinderten mich daran, ihm den Zettel zurückzustecken, indem sie sich über die Hand legten, die den Zettel hielt: „Die Linien sind die Schnittlinien, an denen die Körperteile zusammengefügt sind. Ihr müsst kein Fleisch formen. Nur die Nahtstellen auftrennen. Formt die Magie in ihr Gegenteil, wie in den Anfängerlektionen auf Hochalbenwald gelehrt. Aber das wird erst gehen, wenn Malunia sich voll auf mich konzentriert. Dann müsst ihr das machen. Versprecht Ihr mir das? Es ist vielleicht die einzige Chance, die wir bekommen." – „Und Ihr?" Talymon blickte mich kurz schweigend an, dann zuckten seine Schultern fragend nach oben und er drehte sich mit einem kurzen Nicken um, ohne mir die Chance zu geben, Nein zu sagen.

Verdammt, der Kerl hatte mir die Verantwortung für das Gelingen der Expedition übertragen!

„Nun, gut geflüstert?", fragte Hardtmuth mit einem vielsagenden Lächeln. Ich bedachte den Erzmagier mit einem finsteren Blick, aus der Kategorie derer, mit denen man sonst aufdringliche Verehrer in Froststarre schickte. Bei Hardtmuth und seinem Grinsen perlte der Blick natürlich ab. Mit geübtem Schwung saß ich wieder im Sattel und sah Talymon sein Pferd besteigen.

Im Grunde war der Kerl nicht so übel. Wenn er ein wenig attraktiver wäre, wer weiß? Rasch war der letzte Gedanke verscheucht. Hier ging es um Leben und Tod. Wir hatten eine Mission. Wie die anderen auch gab ich meinem Pferd einen leichten Kick in die Seiten. Los ging es.

Die Steppe verwandelte sich in eine Staubwüste, als wir uns der Siedlung näherten. Der Steinbruch mochte momentan verwaist sein, ohne Arbeiter. Das bedeutete aber nicht, dass er nicht bis vor kurzem voll mit Arbeitern war. Blutroter Staub überall. Der Wind pfiff über das Gras, ohne Halt, und trieb einen ständigen Strom von Dreck vor sich her. Am Fluss fiel immer wieder dieser Sand ins Wasser und hinterließ hellrote Schlieren auf der nassen Oberfläche, die man bis zum fernen Hafen am Unsrigen Meer sehen konnte.
Allgemein wirkte die Umgebung derzeit wie ausgestorben. Kein Vogel war zu hören, kein Hund bellte. Nur das hohle Pfeifen des Windes, wenn er an den einsamen Häuserecken vorbei strich. Nantha war nicht zu sehen, aber es war klar, dass sie nicht weit war, uns erwartete. Wir saßen von unseren Pferden ab. Der Wind war ungewöhnlich stark und dreckig. Fast als hatte jemand mit Magie nachgeholfen. Aber wozu? Wollte uns wer fernhalten? Meistermagiern war es ein Leichtes, den Wind abzuwehren. Magiern war es aber auch ein Leichtes, Wind hervorzurufen. Und Nantha war in der Magie durchaus bewandert, soweit wir das überblicken konnten.

Mit diesen und ähnlichen Gedanken näherte sich der Trupp den Häusern an der Straße. Vor allem das Wirtshaus und der Handelsposten waren dominant, ragten drei Stockwerke hoch aus der Steppe empor. Das Wirtshaus war mit den Stallungen und Nebengebäuden gemeinsam mit einer Mauer gesichert und hatte ein wunderschönes, großes Portal aus Blutrotstein, welches in den Hof führte. Die ersten beiden Stockwerke des Haupthauses waren bestes Mauerwerk, teilweise Ziegel, teilweise behauener, teilweise unbehauener Stein, mit viel Mörtel verbunden und grob verputzt. Gute, teure Arbeit, von Meisterhandwerkern erbaut. Viele Adlige des Reiches hatten schlechtere Häuser in der Provinz. Dazu war das Gebäude groß, sicher fünfzig Mannlängen breit und von der Straßenseite ersichtlich sicher zehn Mannlängen tief. Die Außenmauern wiesen eine weiße Kalkung auf, im Lauf der Jahre durch den Staub des nahen Steinbruchs leicht rötlich verfärbt. Insgesamt wirkte dieses Gebäude mächtig.

Für viele Leute aus Albenion war dieses Gasthaus das Ziel ihrer Ausflüge in die Umgebung. Zu besseren Zeiten fanden dort regelmäßig Feste und Veranstaltungen statt. Es gab sogar eine Bühne über zwei Ebenen in der Gaststube und man munkelte von einer Arena unter dem Boden in tiefen Kellergewölben, tiefer noch als das Loch des Steinbruchs. Mit Tierhetzen und Gladiatorenkämpfen, bis zum Tod. Natürlich hatten Gesetze eine solche Arena strengstens verboten.

In der Hauptstadt gab es eine offizielle Arena, die wurde aber mehr für gestellte Schaukämpfe, Wagenrennen und hochrangige Kulturveranstaltungen genutzt, wie zum Beispiel die großen höfischen Operas. Diese Veranstaltungen waren zwar immer gut besucht und hatten Volksfestcharakter. Zumal die Magiergilde den Auftrag hatte, als krönenden Abschluss für entsprechende Feuerwerke zu sorgen. Aber diese Veranstaltungen hatten eben immer offiziellen Charakter unter Schutzherrschaft des Kaiserhauses und es waren auch Nebenaktivitäten wie Wetten offiziell verpönt. Ausnahme die Wagenrennen, wo Wettsummen auch obszöne Höhen erreichen konnten. Auch wenn der Hof bereits vor Jahrzehnten für Wettanbieter bei den Rennen strenge Regeln erlassen hatte, die die Wetthöhen beschränkten.

Ganz anders die Arena von Blutrotstein, die es ja angeblich nicht gab. Trotzdem nach den Wochenenden die Ergebnisse der Kämpfe immer Gesprächsthema in allen Schichten der Bevölkerung in der Stadt waren. Und die Wettsummen, auch in ihren obszönen Höhen. Hier vor der Stadt konnten Regeln deutlich schlechter umgesetzt werden. Die Wachen nahmen Bestechungs-gelder, ein Marktamt prüfte nicht. Daher war es nicht verwunderlich, dass sich hier vor den Toren Albenions das Landleben etwas entwickelt hatte.

Nicht nur für die Arena war dieses Gasthaus berühmt, auch für die Zimmer, die man hier stundenweise mieten konnte. Und für die recht lockere Bedienung, die gerne Zubrote verdiente. Allgemein war dieser Ort nicht der letzte Ort vor der Stadt, wo die Karawanen anhielten, bevor sie die Tore passierten. Das wäre vielleicht noch am ehesten der Flusshafen gewesen. Der stand auch unter strenger Kontrolle durch die Stadtwache und die Beamten des Marktamtes. Nein, Blutrotstein, zumal der Gasthof, war viel mehr der erste Ort nach der Stadt, den die Stadtbewohner aufsuchten, wenn sie etwas Freilauf wollten. Allerdings stand der Ort damit nicht alleine. An allen Ausfallsstraßen gab es solche Vororte mit lockeren Regeln. Alleine, die Arena fand sich angeblich hier, nirgends sonst. Und wenn es einen Ort gab, der passend für Nantha gewesen wäre, es war klar, welcher das sein musste.

Was der Gasthof an Pracht und Größe zeigte, versteckte der Handelsposten in seinem Inneren. Das Gebäude von außen sah nach wenig aus, vielleicht ein Zehntel des Gasthofes. Auch dreistöckig, mit dem Handelsraum unten, dem Lager im Keller und den Herrenzimmern im ersten und Gesinderäumen im zweiten Stock. Schmal, eng. Allerdings hatte dieser Posten den Ruf, ein großes Kellernetzwerk zu unterhalten, in dessen Verliesen einige Waren lagerten, die die Zollinspektoren und die Beamten des Marktamtes besser nicht zu Gesicht bekamen. Man besuchte diesen Ort, um Ware zu begutachten und Preise zu verhandeln. Dann einigte man sich auf einen Lieferzeitpunkt und zahlte die Hälfte der vereinbarten Summe als Anzahlung. Damit galt das Geschäft. Pünktlich erhielt man in der Stadt die Lieferung. Wie immer die Leute hier vom Handelsposten die Kontrollen an den Stadttoren umgingen. Auch das war kein Alleinstellungsmerkmal von Blutrotstein. Auch in anderen Vororten konnte man Händler finden, die Waren aller Art in die Stadt lieferten. Es zeigte sich hier an diesem Ort jedoch eine außergewöhnliche Vielfalt an Waren von hoher Qualität und Illegalität.

Immer wieder in der Vergangenheit war es zu Razzien und unwirksamen Versuchen gekommen, diesen Ort stärkeren Regeln zu unterwerfen. Irgendwie hatten es die Besitzer von Gasthaus und Handelsposten verstanden, alle diese Versuche zu unterlaufen. Man munkelte über hochrangige Verbindungen zu Hof, Orden und Gilde. Ob wahr oder unwahr, und zumindest für die Gilde konnte ich Einflussnahme und Bestechung ausschließen, dafür ließen unsere Mitglieder zu viel Geld vor allem in den Wettbüros der Arena, der Ort prosperierte. Bis Nantha kam und das Geschäft unterbunden werden musste.

Über unserem Trupp lag eine gewisse Spannung, als wir in die staubige Straße des Ortes zwischen Gasthaus und Handelsposten eintrafen. Langsam, bedächtig, Schritt für Schritt. „Klapp, Klapp, Klapp", die Hufe unserer Tiere hallten laut wieder in der leeren Straße. Alle blickten ernst, außer Talymon, der abwesend schien. Vermutlich spähte er wieder Nantha aus.

Ich weiß nicht, was wir erwartet hatten. Einige im Trupp vermutlich, dass sich Nantha mitten auf der Straße materialisierte und mit Flammen an den Händen links und rechts auf uns zutrat. Aber, es geschah... Nichts. Nur immer noch das hohle Pfeifen des Windes.

Wir erreichten ganz normal das Tor zum Hof der Gastwirtschaft. Dieses war rötlicher als sonst. Offensichtlich hatte jemand frisches Blut auf den Stein geschüttet. Und wir mussten da durch. Talymon öffnete seine Augen und lächelte. Lächelte ein finsteres, sarkastisches Lächeln. Dann meinte er: „Der Hof ist sicher. Sie erwartet uns im Gebäude, in einem sehr speziellen Raum. Wie gesagt, sie sucht sich den Ort aus, an dem sie gegen uns kämpft. Ich schlage vor, wir lassen die Tiere im Hof. Im Haus können wir sie sowieso nicht brauchen und hier im Hof sind sie sicher."

Dabei führte er sein Tier trotz hoher Nervosität des Tieres geübt durch den Torbogen. Das Maultier roch das frische Blut. Wir folgten, die Reittiere führend. Die Tiere stampften mit den Hufen und bockten. Bei allen fragende Gesichter, was Talymon hier mit dem speziellen Raum gemeint haben könnte, außer dem Gesicht Hardtmuths, der eher besorgt wirkte.

Der Hof war leer, bis auf den allgegenwärtigen Staub und ein paar kümmerliche Gebüsche und Gräser, die versuchten, durch Trockenheit und Dreck hindurch ein Leben zu fristen. Dazu lag das Gelände groß und vor allem breit vor uns. An der Außenwand zur Straße Lagen eine Wagenhalle und zwei Speicher für Streu und Heu. Links an der Außenwand gab es eine offene Koppel, rechts einen geschlossenen Stall. Der Hof bot genug Platz, auch eine große Karawane zu beherbergen. In der Mitte des Platzes gab es eine Brunnenanlage mit Flaschenzug. Ein zweiter Protzbogen am Eingang zum Haupthaus hielt ein geöffnetes zweiflügliges Tor aus geräucherter Eiche, mit schwerem Schmiedeeisen beschlagen. Auch hier war es totenstill. Neben dem Tor zur Gaststube waren hunderte Vögel, Ratten und andere Kleintiere zu einem hohen Haufen feinsäuberlich geschlichtet. Tot. Offensichtlich ein perverser Willkommensgruß von Nantha.

Wir brachten unsere Tiere in die Koppel, warfen ein paar Ballen Heu hinein, gaben den Tieren die Hafersäcke und holten etwas Wasser. „Wenn Nantha schon weiß, dass wir da sind, dann können wir uns auch Zeit lassen", meinte Ridefort, bevor er, ganz der Krieger, sich selbst um sein Tier kümmerte. Wenn ich es nicht besser wusste, hätte ich fast annehmen können, er wollte Zeit gewinnen und hatte Angst. Andererseits, wer in der Situation keine Angst hatte, war vermutlich geistig umnachtet. Sogar Talymon wirkte angespannt, dabei war der vermutlich die Person mit dem geringsten Risiko, wenn es schief lief. Nantha konnte ihn ja wohl kaum umbringen, ohne sich selbst zu zerstören.

Nach einiger Zeit war es aber soweit. Auch mit bestem Willen konnte der Ordensgroßmeister keine Zeit mehr schinden und das auf die Versorgung der Tiere schieben. Er nickte in die Runde. Wir erwiderten sein Nicken. Wieder Ridefort: „Meister Talymon, wo ist

Nantha?" – „Bitte folgt mir in die Wirtsstube. Wir müssen in die Gewölbe unter dem Gasthaus. Dort hat Malunia einen, sagen wir freundlich, interessanten Ort gefunden."

Auf dem Weg zum Eingang fragte der Inquisitor: „Was erwartet uns?" Der Schwarzmagier zeigte wieder ein wölfisches Grinsen, das fast wirkte, als grinste ein Totenschädel: „Was genau, weiß ich nicht. Aber die Kammer ist, wie soll ich es höflich formulieren, streng." Der Inquisitor runzelte die Stirn: „Eine Strenge Kammer, hier?" – „Malunia hat noch ganz andere interessante Sachen gefunden. Sie hat mich ausgiebig die letzten Stunden damit gequält. Ihr habt hier nahe der Stadt ein nettes Örtchen. Und mich nennt ihr Schwarzmagier und Nekromant." Jetzt runzelten nicht nur der Inquisitor und die Erzbischöfin die Stirn, sondern auch die anderen Begleiter. Sogar der Erzmagier zeigte eine steile Stirnfalte.

Wir standen vor dem Tor in den Gastraum. Talymon übernahm die Führung. Rasch, fast schon gierig, als freute er sich auf Nantha, trat er durch den Torbogen. Der Inquisitor und Ridefort gleich hintennach. Dann, mit vernehmbarem Seufzen, Hardtmuth. Ihm nach wir Magier. Auch ich tat einen tiefen Atemzug und wappnete mich auf alles, was da kommen mochte. Den Abschluss bildete die Erzbischöfin, als auch sie ins Dunkel der Stube trat.

Es dauerte einen Moment, bis wir uns nach dem Licht im Hof im Halbdunkel zurechtfanden. Wenig Licht durch staubige und verschmierte Fenster. Dunkle Einrichtung. Kerzenhalter an Decke und Wänden, deren Kerzen nicht brannten. In der Mitte des Raumes öffnete sich die Decke zum Obergeschoß, von dem mehr Licht kam. Offensichtlich gab es ein Glasdach über diesen Mittelbereich. Tische, Sessel und Bänke eng aneinander. Eine große Bühne an der einen Außenwand. Einen großen Kamin mit Feuerstellen zum Kochen auf der anderen Seite. Aber nirgends mehr als das Halblicht, dass von außen eindrang.

Diesen Moment, bis wir uns im Halbdunkel zurecht gefunden hatten, nutzten einige dunkel gekleideten Gestalten, um mit Bögen auf uns zu schießen. Instinktiv zogen wir Magier einen Schutzzauber hoch, aber er kostete Kraft. Viel Kraft. Ridefort hatte einen Pfeil in der Schulter stecken. Talymon war gespickt mit Pfeilen, schien sie aber nicht zu bemerken. Seine linke Hand schien in Feuer getaucht zu sein. Sein Gesicht war zornverzerrt: „Narren! Niemand steht im Weg zwischen mir und Malunia!"

Jetzt sah man sie, zwischen den Bänken, an den Wänden, oben im Obergeschoß über die Brüstung stehend. Mit Bögen, mit Armbrüsten. Nachladend. Der nächste Pfeilhagel. Talymon ignorierte die Pfeile immer noch, obwohl er inzwischen wie eine Mischung aus Igel und Mensch aussah. Seine Hand stieß vor und Flammenstöße trafen die Gegner. Wo immer seine Flamme traf, konnte man sehen, wie die schwarzen Umhänge und Gewänder verdampften, das Fleisch darunter in Eilgeschwindigkeit verbrannte und auch die Knochen danach sich in schwarze Asche verwandelten. Und das im Bruchteil eines Augenblicks. Was für eine Macht!

Der Angriff brach zusammen und die schwarzen Gestalten flüchteten tiefer in die Gastwirtschaft. Man hörte flinke Schritte sich aus allen Richtungen entfernen. Ein Wink Talymons, eine geballte Faust, die nach unten stieß, und eine der Gestalten drehte um und warf sich über die Brüstung im Obergeschoß, nur um kurz darauf unsanft und mit unangenehmem Geräusch auf einem Tisch darunter zu landen.

Die Gruppe trat auf die schwarz gekleidete Gestalt zu. Talymon zog sich ungerührt einen Pfeil nach dem Anderen aus dem Körper. Die Wunden schlossen sich augenblicklich, doch das Gewand darüber war zerschlissen. Der Inquisitor war als erster an der Gestalt und richtete diese auf. Klein und schmal. Eine Frau. Mit geübtem Griff fiel die Maske. Omunes beugte sich über die Frau vor sich und herrschte: „Wer bist Du, was sollte das?"

Talymon war ein paar Schritt hinter der Gruppe stehen geblieben. Ein besonders hartnäckiger Pfeil steckte in seinem Bein. Ungerührt brach der den Schaft entzwei und zog die beiden Teile heraus: „Spart Euch die Mühe, Inquisitor. Die Frau ist stumm." Der Inquisitor zog den Kopf hoch, was sich die Frau willig gefallen lies. Eine Narbe lief quer über die Kehle. Man hatte ihr den Stimmapparat zerstört. Genervt drückte der Ordensmann die Frau wie eine willenlose Puppe nach hinten und wandte sich an den Magier: „Und, was sollte das dann, Meister Talymon?"

Die Wunde am Bein verschwand. Talymon trat an Ridefort, der sich die Schulter hielt, und begutachtete die Spitze, die die Schulterpanzerung durchdrungen hatte. „Gift", meinte er. Dann wirkte er einen kurzen Zauber und die Spitze löste sich aus der Haut und dem Kettengewebe darüber. Ein weiterer Zauber und ein grünlicher Nebel drang aus der Wunde und verschwand. „Sollte jetzt nichts mehr tun." Talymon drehte sich zur erstaunten Gruppe, meinte dann weiter: „Kann wer den Großmeister verbinden, bitte?"

Die Erzbischöfin wandte sich an ihren Obersten und kramte in einer ihrer Taschen. Der Inquisitor trat einen Schritt vor: „Das beantwortet nicht die Frage", drohte er schwach. Der Schwarzmagier blickte in die Augen des Ordenspriesters: „Doch, das tut es. Was sollte es? Uns schwächen, was sonst. Das ist der Kult, oder zumindest ein Teil davon. Malunia hat Verbündete, wie ich es Euch schon gesagt habe. Wann und wo die uns überfallen, sehe ich auch nicht. Ich bekomme nur zu sehen, was Malunia mir zeigt. Sie hat diese Leute hier in Tunneln unter dem Gasthaus gefunden. Und unter ihre Gewalt gebracht. Wir werden noch ganz andere Dinge..."

In diesem Augenblick riss der Inquisitor die Augen auf und öffnete den Mund, als wollte er schreien. Statt des Schreies troff ihm Blut aus dem Mund auf den Boden und spritzte auf alle, die zu nahe an ihm standen, vor allem die Erzbischöfin Buchana, den Ordensobersten

Ridefort und Talymon. Mein Schutz verhinderte schlimmeres, das Selbe bei meinen Gildenfreunden. Warum Talymon keinen Schutz verwendete?

Der Inquisitor kippte nach vor, einen Schwall von Blut von sich gebend und einen Dolch von Hinten mitten ins Herz gestoßen. Die Frau saß aufrecht hinter ihm, die Augen flammend. Dann brach sie zusammen, zuckte kurz und zerfiel vor unseren Augen in Staub. „Malunia hat ihr erstes Opfer gefordert", bemerkte Talymon ungerührt. Dann: „Folgt mir, in den Keller. Sie wartet. Und um meinen letzten Satz fertig zu sagen: Wir werden noch ganz andere Dinge zu sehen bekommen." Die Ordensfrau, Buchana, machte noch schnell ein Segenszeichen, dann gingen wir los.

Am Ende des Gastsaals, bei der Schank, gab es eine Treppe, breit genug für große Weinfässer zu rollen und aus Stein, mit Holzrampen dazwischen. Etwas Flüssiges machte die Treppe schlüpfrig. Doch das Licht lies nicht zu, die Flüssigkeit zu identifizieren. Dem Geruch nach war es Blut. Der Schwarzmagier deutete nach unten und meinte: „Da unten gibt es sicher einen weiteren Hinterhalt. Ich gehe vor, wappnet Euch." Dann war er mit wenigen Sprüngen im Halbdunkel verschwunden.

Dieses Mal gingen Hardtmuth und Bradom vor, beide mit einer kleinen Kugel magischem Lichts, die vor ihnen den Weg erleuchtete. Dazu ein aktiver Schutzzauber. Dann folgten Ridefort und seine Erzbischöfin, den Abschluss bildete ich.

Am Fuß der Treppe erhellten die beiden magischen Lichter einen typischen Weinkeller. Ein relativ niedriges Gewölbe, an den Säulenansätzen weniger als die Höhe des Großmeisters, Erdboden. Der Geruch war eine Mischung von saurem Wein, verdorbenem Gemüse und Blut. Die Flüssigkeit, die die Treppe hinunter geronnen war, war dunkel gewesen. Hier bildete sie eine größere Lache und der Gestank war eindeutig. Noch war kein Assassine zu sehen. Talymon stand bereits mehrere Meter weit im Raum drinnen, zwischen den Weinfässern links und rechts, und lachte. Lachte ein manisches Lachen.

Vom Treppenaufgang hörte man etwas wie zwei schwere Holzflügel zufallen und einen schweren Rigel vorlegen. „Talymon, was soll das?", rief ich. „Ein Ruck in der Magie und die Tore fallen auf!"

„Mach es doch!", war seine Antwort, „Das soll Euch nur verunsichern. Wie auch die da!", dabei deutete er in die Schatten zwischen die Weinfässer. Und verwandelte einen dieser Schatten mit einem Zucken seiner jetzt beträchtlich spürbaren Macht in Asche. Eine weitere Bewegung, dieses Mal mit der Faust nach hinten. Ein starker Luftzug und ich hörte es von oben an der Treppe krachen. Offensichtlich hatte Talymon nicht nur Feuer gemacht, sondern auch für genug Frischluft gesorgt.

Ich riss gerade noch meinen Magieschild hoch, als die Pfeile auf mich einprasselten. Die Gegner schienen ihr Feuer auf uns Magier zu konzentrieren. Jedenfalls bis ich sah, dass die Erzbischöfin von insgesamt drei

Schäften durchbohrt zusammensank. „Da waren es nur mehr vier…" sang der Schwarzmagier vor uns und lief, Flammen links und rechts sendend, weiter den Gang hinunter. Hatte der Mann Augen im Hinterkopf?

Hardtmuth wechselte jetzt auch die Strategie. Was bei Talymon Flammenstöße waren, waren jetzt ganze Flammenwände. Links und rechts. Auch Meister Bradom hatte damit begonnen. Ich hielt lieber den Schild aufrecht und sparte meine Kräfte. Auch so konnte ich das Zerstörungswerk der Magier erkennen. Direkt vor mir lief Ridefort, offensichtlich dieses Mal ohne Treffer.

Am Ende des Kellers angekommen fand sich ein übermannshohes großes Weinfass. Doch die Vorderseite war offen, der Fassboden hing in einem schweren Beschlag unachtsam zur Seite. Ein dumpfer Geruch schlug aus dem Fass, wie muffiger Wein. Das Fass schien schon lange niemand mehr gesäubert zu haben. Am anderen Ende des Fasses, das überraschend kurz war, fand sich ein loser Fassboden, der einen Spalt weit offen stand. Von dahinter viel Licht. Talymon lief genau darauf zu. Dann hatte er den Spalt erreicht, seine Hände fuhren vor und mit seinen riesigen Handflächen packte er die lose Rückwand und drückte sie mit aller Kraft in den Gang dahinter. Die Wand fiel mit lautem Gepolter zu Boden. Aber Heimlichkeit war offensichtlich nicht nötig.

Ein Erdgang tat sich auf, mit Decke, Wänden und Boden aus verfestigter Erde und sauber mit Brettern und Balken abgestützt. Auch war der Gang nur kurz, vielleicht zehn Meter, dann endete er an einer schweren, eisenbeschlagenen Türe. Talymon rannte vor und lies einen magischen Schlag gegen die Türe prasseln. Es gab ein Geräusch wie von platzendem Metall, ohrenbetäubend, und die Türe flog aus ihren Angeln gerissen und in Splittern in den Raum dahinter. Nein, ich wollte diesem Magier nie in einem Kampf gegenüberstehen, wenn er in voller Kraft stand!

Dahinter fand sich eine riesige Halle. Wir waren oben, auf einer Art Balkon, angekommen. Die beiden magischen Lichtkugeln flogen hinein in das Dunkel und erleuchteten Tribünen, Säulen und ein viereckiges Loch im Boden. Dieses war nicht allzu tief, vielleicht zwei Männerlängen, eher Hardtmuth als Ridefort. Und der Boden war mit Sand bestreut. Wir hatten die Arena gefunden.

Über uns ein sauber ausgemauertes Gewölbe, auf den vier Säulen an den jeweiligen Ecken des Lochs aufgehängt. Kleinere Spitzgewölbe für die Seiten, ein großer, aber flacher Bogen zur Mitte. An den Seitenwänden der Tribünen mehrere Türen. Auch zwei große Bar-Bereiche, ein Speiseraum und ganz offensichtlich, da mit Eisengittern gesichert, der Buchmacherladen. Darüber eine Tafel aus grünem Schiefer, auf der Kreidereste verrieten, dass sie für das Anschreiben der Quoten genutzt wurde.

Von Nantha war nichts zu sehen. Aber das hatte ich nach den letzten Beschreibungen Talymons auch nicht mehr erwartet. Eher noch einen Angriff von diesen stummen Menschen, die offensichtlich Nantha dienten. Auch von diesen war nichts zu sehen. Dafür lag ein Haufen Leichen in der Mitte des Arenabodens. Männer mit aufgerissenen Hälsen. Hatte man vergessen, den Gladiatoren Bescheid zu geben? Die Männer trugen keine Waffen oder Rüstungen, auch waren sie weder besonders groß noch besonders kräftig wirkend. Wer immer sie waren oder was immer sie hier getan hatten. Ein weiterer Gruß des Blutgeists?

„Wohin jetzt?", fragte Hardtmuth, nachdem das Licht auch die letzten Winkel ausgeleuchtet hatte. Talymon ging auf eine der Türen zu und meinte: „Klopause."

Tatsächlich, dahinter war ein sauber ausgemauerter Bereich mit einem Trog, durch den frisches Wasser lief und einem Raum mit mehreren sogar einigermaßen sauberen Sanitärzellen. Fein getrennt für Männer und Frauen. Und bei den Damen sogar mit Parfum-Potpourris gegen üble Gerüche. Der Schwarzmagier verschwand in einer der Männerzellen, kurz darauf hörte man Wasser gehen. Auch die anderen Gruppenmitglieder schienen die willkommene Gelegenheit gerne wahrzunehmen. Also nutzte ich die Gelegenheit auch.

Ein paar Minuten später standen alle wieder vor den Wassertrog, in dem sich Ridefort als Letzter die Hände gewaschen hatte: „Fertig. Aber wohin jetzt?" Talymon winkte ihm und ging auf das Rohr in der Wand zu, aus dem das Wasser in den Trog floss. Er griff unter das Rohr und zog dort einen verdeckten Hebel. Die Wand zwischen dem Trog und der ersten Toilette öffnete sich mit einem leisen, schiebenden Geräusch. „Willkommen im geheimen Bereich der Arena", meinte der Schwarzmagier.

„Und das habt Ihr alles geträumt?", fragte Meister Bradom.

„Nun, im Prinzip ja. Malunia hat sichergestellt, dass wir den Weg zu ihr finden", war die Antwort. „Das ist jetzt jener Bereich, wo man sonst nur auf Empfehlung hinein kommt. Üblicherweise gibt es da am Abort einen Wächter, der die Leute gezielt einlässt, oder eben auch nicht einlässt. Wir betreten jetzt Nanthas Wunderland." Dabei stieß Talymon die Türe mit einem unsympathischen Grinsen auf und man sah in einen breiten, mit magischen Lichtern erleuchteten Gang, der mit gelblich-weißem Marmor an Wand und Boden ausgekleidet war. Ein roter, kurzhaariger Wollteppich bedeckte den Boden und schluckte die Geräusche unserer Bewegungen. Am Ende des Ganges, der nur etwa fünf Meter lang war, fand sich eine gangbreite und hell erleuchtete Treppe nach unten. Die Luft war angenehm und frisch. Die Decke war ein fein mit weißem Kalk verputztes Tonnengewölbe. Hier fanden sich auch die zwei Deckengloben, die das magische Licht abgaben. Offensichtlich feinste Zurymanische Magiearbeit, der Magieschmiede weit aus dem Süden. Teuer, teuer, teuer. Alleine diese Globen mochten am Markt je tausend Golddenare einbringen.

An den Wänden hingen mit geringem Abstand buchgroße Bilder in vergoldeten Rahmen, die nackte junge Mädchen und Jungen in aufreizenden Posen oder beim Spiel mit ihren Genitalien zeigten. Wenn das eines der schlechten Bordelle in der Hafengegend gewesen wäre, na gut. Aber hier war alles echt teuer. Die Bilder stammten dem Stil nach zu urteilen von einem bekannten Hofmaler, ich hatte aber nie gehört, dass er sowas malte. Was war hier los?

Die Treppe erwies sich als ein in Marmor gehaltenes Treppenhaus, das über vier Treppenabsätze nach unten führte. Am Ende standen wir etwa zehn Meter tiefer in einem etwa drei Meter hohen Gang, doppelt so breit wie hoch, mit ein paar bequem aussehenden Sofas und Sesseln sowie einer Schank am Ende, dahinter auf einem Regal viele Flaschen teurer Weine und schärferer alkoholischer Getränke. Es wirkte alles unwirklich schön, aufgeräumt und sauber. Als hätte Nantha hier extra für uns Ordnung geschaffen. Totenstille. Die Türen waren alle dick mit Pölstern und Leder darüber beschlagen. Wieder war alles in diesem Cremeweiß gehalten – Marmor, Stoffe, Leder, Alles, außer dem sauber gearbeiteten Tonnengewölbe in Reinweiß und dem roten Teppich. Auch hier beleuchteten viele Globen den Gang. Von dem insgesamt zehn Türen, jeweils fünf und fünf zu jeder Seite, weggingen. Eine elfte Türe war halb vom Regal verdeckt am Ende des Gangs hinter der Schank.
Auch hier waren Bilder verstörend-erotischen Inhalts an den Wänden. Aber nicht nur mit Mädchen und Jungen. Dieses Mal waren die Bilder düsterer,

verdorbener. Menschen in Masken, die sich Gewalt antaten. Bilder mit Verbindungen von Mensch und Tier. Ein Dämon, oder Teufel, der nackte Frauen quälte. Eine Domina, immer wieder im Zentrum eine Domina, mit Peitsche, nackt, Maske, die so nahe an den Beschreibungen dieser Malunia war wie nur irgendwas. Die Domina blendete einen Liebhaber im Akt, indem sie ihm die Augen herausdrückte. Die Domina trank verschiedene Körperflüssigkeiten direkt von der Quelle, während rund um sie Paare aller Geschlechter und Altersstufen bei allen möglichen Praktiken abgebildet waren. Die Domina trank das Blut direkt aus dem aufgerissenen Hals ihrer Opfer. Die Domina köpfte einen glücklich blickenden Sklaven mit einem Messer, während drei Mänaden dem Mann den Unterleib aufrissen und das Gedärm herauszogen. Alle Bilder waren höchst realistisch gemalt. Man sah es spritzen, fallen, schreien, bluten. Ein erotisches Pandämonium. Das war abartig! Es schüttelte mich und mein Magen musste sich bei diesen Bildern übergeben.

Talymon war natürlich immun. Aber was musste der Mann gelitten haben, wenn das seine Albträume waren. Ridefort war bleich, aber gefasst, Krieger eben. Bradom kämpfte und würgte. Hardtmuth hingegen wirkte nicht nur gefasst, er hatte ein erigiertes Glied, deutlich sichtbar in seiner Hose. Verdammt, der Kerl war ein Perverser!

Die dritte Türe zur Linken öffnete sich und eine bleiche und ausgemergelte Kindergestalt ohne Haare, erkennbares Alter oder Geschlecht schob sich in den Türspalt. Bekleidet war das Kind mit einem sackartigen Gewand, das bis zu den Knien ging. Es öffnete den Mund und eine helle Stimme ertönte: „Die Herrin erwartet Euch." Hinter der Türe, am Kind vorbei, fand sich wieder ein Gang, wieder mit Marmor ausgekleidet und magisch beleuchtet. Reichtum und tiefste Degeneration so eng zusammen. So eng. Umschlungen. Der Gang war länger als die letzten und führte leicht abwärts. Wieder einheitliche Farben und Materialien. In der Mitte links und rechts waren die Umrisse von typischen Diener- oder Servicetüren zu sehen, aber keine Schlüsselöffnungen oder Öffnungsmechanismen. Dieses Mal fanden sich keine Bilder an den Wänden. Eine wieder mit Lederposter gedämpfte Türe schloss den Gang ab. Dahinter musste es sein. Da musste Nantha auf uns warten. Wir waren so nahe, ich konnte es spüren.

Das Kind öffnete die Türe vor uns, indem es die Klinke hinunter drückte. Dann zog es die Türe in den Gang und mit einer fliesenden Bewegung eines Dieners wies es uns den Weg durch die Türe in einen abgedunkelten Raum. Kaum waren wir durch, schloss es die Türe von außen, ohne jedoch einen Riegel vorzuschieben oder einen Schlüssel umzudrehen.

Wieder mussten sich unsere Augen an das Dunkel gewöhnen. Der Raum war hoch, höher als man in der Düsternis sehen konnte. Es war warm. Wärmer als es unter der Erde sein sollte. Ein Becken mit glühenden

Kohlen stand in einer Ecke und war die einzige erkennbare Lichtquelle. Wieder war die Luft überraschend frisch und es war ein leichter, warmer Luftzug zu spüren. Vor uns standen in der Dunkelheit nur eher fühlbare als sichtbare größere Geräte. Irgendwo von der anderen Seite des Raums konnte man ein Grunzen und Schmatzen vernehmen, wie das eines liebestollen Mannes im Akt.

Talymon murmelte einen kurzen Zauber, „Lum-An", und ließ die Lichtkugel in die Mitte des Raumes gleiten. Sie glitt über eine Folterbank hinweg, auf der die Leiche eines kleinen, unterernährten, bleichen Jungen eingespannt war. Die Leiche war noch frisch, die Haut hatte noch keine Farbe verloren und das Blut glitzerte noch Nass aus vielen kleinen Wunden. Charakteristische Leckspuren im Blut am Leichnam. Nantha!

Eine Streckbank tauchte zur Linken im Schein des Lichtes auf, doch auf der befand sich nichts sonst. Zur Rechten kam ein Folterrahmen zum Vorschein. Immer noch nichts von Nantha. Das Licht flog auf die Geräusche zu. Da sah man das nackte Hinterteil eines Mannes, wie es gerade in einer typischen Wellen-bewegung in irgendwas oder irgendwen eindrang. Mehr erahnen als sehen konnte man die Beine dessen, womit der Mann sein Vergnügen suchte. Die Beine waren von dunklerer Hautfarbe, entsprachen nicht der Beschreibung Nanthas. Die trat jedoch in all ihrer schrecklich-schönen Nacktheit von Seitwärts der männlichen Kehrseite in das Licht der Magiekugel, eine dunkle Reitgerte in der Hand.

Sogar mir als Frau verschlug es die Sprache, angesichts der körperlichen Perfektion dieses weiblichen Torsos vor mir. Feingliedrige Füße und Fußgelenke, schlanke aber nicht zu dünne, elfenbeinfarbene Beine, perfekte Knie, gerade, muskulöse aber trotzdem voll und weich wirkende Oberschenkel, sich an den richtigen Stellen rund um ein dunkles Schamdreieck erweiternd zu äußerst weiblich-attraktiv wirkenden Hüften, von dort in einen glatten Bauch übergehend mit einem nur leicht hervorstehenden Nabel. Dort hinauf zum Brustkorb, wo die zwei Brüste fest standen, mit leicht vorgewölbten Nippeln. Schlanke Schultern und Arme, die in schmale Hände und feingliedrige Finger übergingen. Üppiges schwarzes Haar umrahmte wie eine wallende Mähne ein perfektes schmales und fein geschnittenes Gesicht. Wären nicht die rot glühenden Augen gewesen, die Frauengestalt vor uns hätte der Sammlung perfekter Frauengestalten aus der Kunstgalerie des Kaiserhofs entstammen können. Innerlich musste ich Talymon abbitte tun. Er hatte hier ein echtes Kunstwerk aus Fleisch geformt. Das war kein primitiver Untoter, kein lebender Leichnam oder Fleischgolem. Das hier war eine Skulptur. Perfektion in höchster Vollendung. Fast zu schade, es zu zerstören.

Mit einer eleganten Bewegung trat dieses Kunstwerk vor das blanke Hinterteil, hob mittels der wie aus Porzellan gefertigten Hand die Reitgerte und führte mit voller Wucht die Gerte auf das Hinterteil. Ein grobes Klatschen ertönte. Blut spritze, als die Haut platzte. Es störte den Besitzer des Hinterteils nicht im Geringsten bei seiner Tätigkeit. Nur ein lustvolles „Ah!" war zu hören. Wieder hob sich die Hand und Nantha sprach in unserem Geist: "Menschen sind so einfach kontrollierbar. So absolut primitiv", dabei schlug die Hand mit der Gerte wieder zu, „so leicht beeinflussbar", Schlag, „so hilflos", Schlag. Das Hinterteil blutete nunmehr stark. „So dumm." Dabei setzte Nantha ihren schlanken Fuß auf die Seite des Hinterteils, an dem sie stand und trat fest dagegen. Der grunzende Mann fiel zur Seite und man konnte sehen, dass Hände und Füße des Mannes mit Tüchern gefesselt waren. Dazu hatte der Mann eine schwarze Samtmaske über dem Kopf, mit nur Löchern für Augen, Nase und Mund. Ansonsten war er komplett nackt. Nun sah man auch, dass der Frauenkörper dahinter zwar in entsprechender Pose lag, aber einer Toten gehörte. Ein Dolch steckte im Herzen der Leiche, eine Blutspur war an der Seite zu erkennen. Zuckend vor Verzückung und Lust lag der Mann nun zu Füßen des Torsos am Boden. Sabber und Samen mischten sich im Dreck vor ihm.

„Steh auf!", herrschte Malunia den Mann vor sich an. Stöhnend richtete dieser sich auf. „Löse deine Fesseln!" Die Tücher fielen zur Seite. „Öffne deine Maske!" Und wieder tat die Mannsgestalt, wie ihm geheißen. Es war der Legat der Kaiserin, Alpian Ledimus, der Magierbeirat. Er blickte bloßgestellt zu Boden.

„So ein guter Mann", höhnte Malunia, „hat mir gute Dienste geleistet. Das ist meine Belohnung für brave Diener. Zeige das Zeichen." Alpian schob den linken Unterarm vor. Fast schon beim Ellbogen war ein blutrotes Mal zu sehen, pulsierend, ein sehr stilisierter Dolch.

„Und nun, Diener, opfere dich!" – „Ja Herrin." Ein krächzen von dem Mann. Rasch griff er nach dem Dolch und riss ihn aus der Toten. Kurz schien er zu zögern, dann hoben sich seine Hände wie von allein und als ob er sich nur rasieren wollte, zog die Klinge des Dolches einen sauberen Schnitt tief durch die Kehle. Dann setzte sich der Legat auf die weibliche Leiche, blickte glücklich in die Runde, und atmete tief das Blut aus seiner Kehle in die Lungen. Ein Husten schüttelte den Sterbenden. Dann spritzte das Blut aus der Kehle und offenen Halsschlagader in alle Richtungen. Malunia bekam einen Schwall ab. Sie hob ihren befleckten Arm zum Gesicht und leckte das Blut ab.

Talymon brach den Bann: „Malunia, wir sind gekommen, dich zu vernichten. Und das werden wir tun. Hör auf mit den Spielen."

„Geliebter!", das Blut troff aus dem schönen Mund der Frau. Ein widerlicher Anblick. Und mit erotischer Altstimme: „Wie freundlich, dass du gekommen bist."

Bradom warf einen Zauber gegen Nantha, den sie mit einer leichten Handbewegung harmlos in den Boden umlenkte. Der Geist wandte sich an den Meister um: „Und schön, dass du Gäste mitgebracht hast." Ein

Blick des Geistes. Hardtmuth und ich hoben unsere Arme, um Schutzzauber zu wirken. Zumindest ich wollte einen werfen. Hardtmuths Angriffsspruch hingegen durchbohrte Bradom von der Seite. Verwirrt blickte ich nach dem Erzmager. Mein Schutz brach zusammen. Talymon folgte meinem Blick mit fast müden Augen. Rideforts Augen hingegen waren entsetzensgeweitet. Bradoms Körper fiel fast langsam und anmutig zu Boden.

„Herrin", Hardtmuth trat einen Schritt vor. „Euer unwürdiger Diener bittet um Eure Gunst." Nantha wirkte amüsiert: „Sprecht, mein treuer Gast dieser Hallen."

Der Erzmagier entblößte seinen linken Unterarm, auf dem ebenfalls ein rotes dolchähnliches Mal pulsierte: „Ich habe Euch zwei Opfer gebracht, eine Meistermagierin niedrigen Ranges, aber den Großmeister des Ordens selbst. Macht sie zu Sklaven, tötet sie, aber gebt mir Macht. Die Macht, den Orden zu zerstören!"

„Hardtmuth", fast sanft. „leider hat mir Euer Konkurrent ein besseres Angebot zu machen." Damit wandte sich die Frauengestalt an Ridefort. „Sprecht!"

Ridefort verneigte sich: „Tötet alle Gildenmagier für uns. Wir werden auf Euren Seelenbund aufpassen und Talymon sicher verwahren, bis er hohen Alters stirbt und Ihr aus der Welt müsst. Drei Seelen erster Wahl, in Euren Namen geopfert, täglich."

Nantha neigte den Kopf: „Ich bin geneigt, Euer Angebot anzu…"

Ein Blitz. Ein Schrei. Hardtmuth hatte seine ganze Macht in den Schlag gegen Ridefort gelegt. Seine ganze Essenz. Vom Großmeister Ridefort war nichts mehr übrig, als rieselnder Staub und ein paar Kettenglieder des Kettenhemds, von der Stelle, wo der Pfeil die Wunde geschlagen hatte. Der Erzmagier wirkte erschöpft. Der böse Geist in Frauengestalt hingegen schien äußerst erfreut. Wieder wandte sie sich an den Gildenmeister: „Gut, so sei es. Ich erhöre Euren Wunsch und..."

Wieder ein Schrei, doch dieses Mal von Hardtmuth. Ein Dolch hatte ihn im Rücken getroffen. Magie, doch welche? Talymon lächelte eisern von neben mir. Ein telekinetischer Zauber. Einfachste Anfängermagie hatte den Erzmagier getötet. Der Schwarzmagier hatte mit Magie den Dolch aus dem Körper des Legaten gezogen und in den Körper des Gildenmeisters geworfen. „Nein, Malunia. Wir beenden es!"

Ich spürte den Brand der Kraft neben mir zu meiner Linken. Es brannte, stieß und riss. Mein Schutzzauber war zusammengebrochen. Nantha stieß einen unmenschlichen Schrei der Wut aus, der aber an der Kraft Talymons abprallte. Dieser trat vor: „komm, Geliebte. Umarmen wir uns."

Das hübsche Gesicht, das wie von einer edlen Porzellanpuppe wirkte, verzog sich zu einer hässlichen Fratze. „Tjorn, du wagst es?"

Tjorn, natürlich! Wie konnte ich so blöde sein. Das war doch der wahre Name. Natürlich konnte sich ein

Fleischformer verändern, das Aussehen anpassen. Klar war Tjorn damit nicht mehr erkennbar. Nur die Ausstrahlung war dieselbe. Talymon war Tjorn. Tjorn, der Schwächling. Tjorn der Talentlose. Tjorn, mein Opfer und mein Vergnügen in meinen wilden Jahren. Tjorn, wo mir die Meister der Akademie ausdrücklich erlaubt hatten, ihn so lange zu quälen, bis er Selbstmord begangen oder die Akademie freiwillig verlassen hätte. Tjorn, der nie Mager werden sollte! Tjorn, der wegen mir von der Akademie geflohen war.

So viele Fragen, die auf mich einstürzten. So viel schlechtes Gewissen. Aber es war keine Zeit dazu. Keine Zeit. Er brauchte mich, mein Talent. Es musste hier enden, oder es begann erst. Talymon der Besessene. Er musste das Band lösen. Nur so war es möglich.

Der Schwarzmagier trat vor, auf seine geliebte und gehasste Schöpfung zu. Nantha, hier Malunia, hob die Hand zur Abwehr. Doch die Hand des Magiers berührte ihre, fast zärtlich. Ein Schnitt in der Seite des Körpers, den der Geist besetzt hielt. Dieser heilte, aber der Körper war angreifbar. Offensichtlich konnte auch ein Angriff des Magiers auf seine Schöpfung Nantha schwächen. Welche Erkenntnis! Das früher wissen! Wie zwei Tänzer schoben sich die Beiden aneinander und umeinander herum. Tjorn wollte den Körper vor sich küssen, Malunia versuchte, den Mann abzuwehren. Doch körperlich war Tjorn überlegen, näherte sich Fingerbreit um Fingerbreit. Dann ein Blitz und Knall. Nantha hatte den Magier mit Magie von sich gestoßen. Tjorn war nach hinten gefallen, seine Kraft in sich zusammengebrochen. Sie hatte ihn angegriffen. Malunia tat einen Schritt zurück. Und war damit in meiner Reichweite. In Reichweite meiner rechten Hand. Die Zeichnung! Was erinnerte ich mich? „Hand raus. Malunia berühren!" Wie Eis brannte die Haut Nanthas auf meiner Hand. Ich hatte sie an der linken Schulter erwischt. Egal, rein mit der Auflösung einer Fleischformung!

Was immer ich Kraft hatte, jagte ich in dieser einen Sekunde aus meinen Fingern. Diese eine Sekunde, die der Frauenkörper vor mir physisch benötigte, um sich mir zuzuwenden. Dem Körper entlang schnitt meine Macht. Brandblasen bildeten sich, es stank erbärmlich nach verbranntem Fleisch. Rasender Schmerz. Egal. Halten.

Ein Ruck, ein Geräusch wie zerreißende Haut. Ein Schnalzlaut. Der Puppenkopf dieses lebenden Leichnams hing unnatürlich weg. Überraschung im Blick dieses Puppengesichts. In der Schulter klaffte ein tiefer Spalt. Nicht nachlassen!

Noch ein letztes Rinnsal meiner Kraft. Ich zwang meine Hand nach unten, vor Schmerzen brüllend. Die Magie folgte trennend. Kopf und linke Schulter fielen mit einem schmierigen Schmatzlaut vom restlichen Torso und mit dumpfem „Blomp" zu Boden. Auffällig wenig Blut ran nach. Dann sank auch der Torso zu Boden. Und ein Abbild der schönen Frau stand über dem

Körperrest und blickte mich zornerfüllt an. Meine Kräfte waren völlig erschöpft.

Da hörte ich hinter der Frau einen Befehlston: „Malunia!" heiße Wut umfing mich, konnte mir aber nichts mehr tun. Der Herr hatte den Geist gerufen. Beschworen. Ein letzter Blick, tief in meine Seele. Unheiliger Zorn, ein stummer Schrei. Wut. Grenzenlose Wut. Auf alles Lebende, auf alles Positive. Auf uns Menschen. Nur ein kürzester Augenblick. Dann wandte sich der Geist ab.

Meine Hand schmerzte entsetzlich und rauchte. Brandflecken und geplatzte Blasen. Verschmortes Fleisch. Die Seite, mit der ich nahe Tjorn gestanden hatte, schmerzte. Ich war der Ohnmacht nahe. Zwang mich, weiter zu beobachten.

Nantha wandte sich ihrem Schöpfer zu. Dieser stand da, festen Blicks: „Ich banne dich, Malunia. Wie ich dich gerufen habe. Du hast genug Opfer und Blut gehabt. Gehe, Malunia!"

Der Geist, jetzt durchscheinend, lächelte: „Warum soll ich dich nicht mitnehmen?"

„Tu es, wenn du kannst. Aber du hast keine Macht mehr über mich." Sprach es und hauchte den Geist an. Es bildete sich der Hauch als Nebel zwischen den beiden. Und etwas, eine Kraft, verließ Tjorn und verband sich mit Nantha. Diese wurde noch einmal fast stofflich, und zärtlich versuchte sie den Magier vor sich zu berühren. Ein fast liebevolles Lächeln: „Geliebter...", verklang ihre Stimme, als sich die Erscheinung auflöste, bevor sie den Mann berühren konnte. Tjorn hatte Tränen in den Augen.

(Bericht von Eszina, Erzmagierin der Mitte, aus dem Archiv der Magiergilde von Albenion, undatiert)

Epilog

„Lass mich bitte deine Hände sehen, Eszina", fast zärtlich waren die Hände Tjorns auf meinen, als seine Fleischformung ihre heilende Wirkung entfaltete. Der Schmerz verebbte, war verschwunden. Wie immer war kaum Macht zu spüren. Überhaupt war der Magier wieder auf die Kraft zurückgefallen, die er als Schüler schon nicht besessen hatte.

„Ich habe keine Macht mehr", meinte der Schwarzmagier. „Meine Kraft ist verbraucht."

„Macht nichts", antwortete ich. Und dann: „Meine auch. Lass uns so schnell als möglich diesen Ort verlassen! Sollen sich andere um die Verliese hier kümmern."

Ich wollte nur weg. Raus aus dieser Kammer, aus diesem Verlies.

Endlich Tageslicht! Tjorn hatte mich halb gestützt, halb getragen. Dabei war er selbst sichtlich angeschlagen und ohne Kraft. Dann, endlich, nach dem, was wie eine Ewigkeit durch einen Albtraum wirkte, erreichten wir den Hinterausgang aus dem Weinkeller. Dieser stand sperrangelweit offen. Offensichtlich hatten ein paar Leute aus dem Horrorkeller es sehr eilig gehabt zu entkommen, nachdem Nanthas Geist verbannt war. Und also da standen wir, oben, im Vorhof des Grauens, am Rand dieser Rampe, und blickten kurz innehaltend hinunter.

„Was wirst du jetzt machen, Talymon?"

„Talymon?",der Magier blickte leicht ungläubig. – „Ja, ich kannte den Jungen Tjorn. Ich kenne den Meister Talymon. Ich kann Talymon besser leiden, es tut mir leid. Auch, dass ich den Jungen Tjorn so mies behandelt habe. Auch das tut mir leid. Das hatte der Junge nicht verdient." Ich meinte es aufrichtig.

„Lass gut sein, Eszina. Ich bin meinen Weg gegangen, du deinen. Und um die Frage zu beantworten. Ich weiß es nicht. Erst muss ich mir einen neuen Namen zulegen. Ich werde wohl kaum mit Tjorn oder Talymon herumwandern können. Und dann, mal sehen. Heiler, vielleicht?"

„Heiler ist gut, Talymon. Es passt besser zu dir als der Schwarzmagier. Du hast heilende Hände." Dabei kicherte ich ein wenig. Meine Hände waren tatsächlich wieder in Ordnung. Das verbrannte Fleisch hatte sich regeneriert, die Wunden geschlossen.

Nur mein Gewand war, freundlich ausgedrückt, wenig hoffähig. Zum Glück hatte ich immer eine Ersatzrobe hinten am Sattel festgebunden, zusammen mit einer Schlafdecke. Vorsichtsmaßnahmen aus meiner Reisezeit nach der Ausbildung. Talymons Gewand war ebenfalls stark zerstört und hing in Fetzen an ihm. Hoffentlich hatte er wenigstens eine Decke irgendwo.

Wir wandten uns von der Rampe nach unten ab und gingen Richtung Koppel und zu unseren Tieren. Der

Weg war nicht weit. Die Rampe lag auf der richtigen, linken Seite des Gasthauses.

„Tu mir einen Gefallen, Eszina", sprach der junge Magier, „gib mir ein paar Tage Vorsprung, bevor du die Geschichte über mich erzählst. Ich will dich nicht zum Lügen anstiften. Aber lieber wäre mir, du erzähltest, ich wäre umgekommen. Verdampft? Mit Malunia?" – „Keine Angst, Talymon", dabei hielt ich an und berührte sanft mit der geheilten rechten Hand seine Wangen, „wie du vorhergesagt hast, heute in der Früh. Ich werde die große Heldin sein. Also kann ich auch einfach schweigen und dich nicht weiter erwähnen. Immerhin, du und Nantha sind offensichtlich weg." Seine Dankbarkeit schien ehrlich und sein Lächeln war warm und sympathisch.

Wir hatten kurz darauf die Koppel erreicht, uns umgezogen und satteln schweigend unsere Tiere. Dann fasste er nochmal meine Hände, drückte sie und bestieg sein Maultier. Es fiel ihm sichtlich schwer, mich anzusprechen, als er ein paar Meter weiter sein Tier nochmal anhielt und sich ein letztes Mal umdrehte: „Eszina!" – „Ja, Talymon?" – „Tu mir bitte noch einen Gefallen." – „Sprich!" – „In meinem Quartier im Turm ist ein Tagebuch versteckt, unter dem Kleiderkasten, ganz hinten. Falls wer meine Wahrheit kennen will. Bitte nimm es an dich." Dann winkte der Magier, drehte sich um und gab seinem Tier einen Tritt in die Seite. Es war knapp vor Sonnenuntergang. Die untergehende Sonne zeichnete einen orangen Schein auf ihn und sein Maultier, als die beiden durch das offene Tor ritten und sich dahinter dem Sonnenschein entgegen wandten.

Ein tiefes Seufzen. Nun, es gab genug zu tun. Und es wurde Zeit, für den Ort hier das Putzkommando zu holen. Auch ich bestieg mein Pferd, nahm die Zügel der anderen Reittiere fester und gab dem Tier das Zeichen zum Aufbruch.

(Privatarchiv von Eszina, Erzmagierin der Mitte, 645 nDF)

Anmerkung des Sammlers

Eszina hat Wort gehalten und bis zu ihrem Bericht viele Jahre später nichts über die Verbindung von Tjorn zu Talymon verraten. Auch nicht, dass Tjorn überlebt hatte.

Wie Tjorn vorhersagte, Eszina war die große Heldin, als sie zur Stadt zurückkehrte.

Der Hof tat natürlich alles, um den Geheimbereich im Keller geheim zu halten. Handverlesene Prätorianer räumten im Horrorverlies unter der unterirdischen Arena auf und befreiten die wenigen überlebenden Sklaven dort. Sie mauerten auch die Eingänge zu dem Untergrundbereich zu. Es gab Gerüchte. Irgendwer quatschte immer. Aber Eszina hielt dicht und stand fest auf dem Standpunkt, dass das alles nur Malunias Werk gewesen sein konnte. Und natürlich ihrer den Geist beeinflussenden Zauber, der vor allem Männer erlagen.

Damit war sie natürlich auf der Seite des Hofes gerne gesehen und anerkannt. Daher war ihre Ernennung zur Erzmagierin der Mitte zum sechzehnten Kronfest der Kaiserin im Sommer 626 nDF allgemein erwartet worden und mehr oder weniger ein Formalakt. Die Gildenleitung hatte sie interimsmäßig bereits vorher inne gehabt. Auch die Stellung als Legatin des Hofs in Magiefragen besaß sie zu dem Zeitpunkt bereits.

Alle Fragen, was mit „Talymon" geschehen war, blockte sie mit dem Worten: „Malunia ist in zwei Teile zerfallen. Talymon ist verschwunden. Mehr kann ich nicht dazu sagen."

Der Orden vermutete zwar immer wieder, dass es mehr zur Geschichte geben mochte. Aber die Rotkreiser konnten nie mehr herausfinden als diese Aussage und was in ihren eigenen Büchern stand, wie es sich mit Nanthas Verbannungen verhalten mochte. Zumal ihre obersten Weißmäntel, allen voran der Großmeister selbst, den Tag nicht überlebt hatten. Allgemein war der Orden ein paar Jahre geschwächt und nur die außergewöhnlich fähige Diplomatie des Johannis von Borgas, zunächst noch der Kommandant von Ulmenhain, später der neue Großmeister, verhinderte das Auseinanderbrechen.

Zur weiteren Geschichte von Tjorn ist nichts bekannt, außer Gerüchten. Es gibt jedoch aus der Zeit nach Nantha die Schule von Trodion, die eine leichte Form der Fleischformung verwendet. Die Schule bildet Talente und weniger begabte Talente als vorzügliche Heilerinnen und Heiler aus. Sie entstand unter Führung von Meister Iselius etwa zehn Jahre nach den Geschehnissen vor den Toren Albenions, in der Stadt gleichen Namens wie die Schule im Süden des Reiches. Iselius hatte zu der Zeit bereits einen vorzüglichen Ruf als Heiler, Chirurg und Gelehrter. Über seine Herkunft und seine Vergangenheit vor der Arbeit als Heiler ist nichts bekannt. Er dürfte aber ausgebildetes Krafttalent gewesen sein. Ein Zusammenhang mit Sonnenfels oder einer der anderen imperialen Akademien wird vermutet. Die Matrikel der Akademie von Kosmerin bezeichnen einen „Iselius, Heiler" als Assistent der großen Anatomie-Lehrerin Mubia im Jahr 626 und 627 nDF. Das ist die erste bekannte Nennung und da wird er bereits als anerkannter Heiler genannt.

Leider ist dieser große Wohltäter im Jahr 643 nDF ermordet worden. Seine Geschichte wird damit wohl ungehört bleiben.

Im Sommer des genannten Jahres haben Räuber die Privaträume überfallen und ausgeraubt. Dabei müssen die Einbrecher den Meister-Heiler in seinem Bett überrascht haben. Er wurde getötet und angezündet. Man hat, nachdem der Brand gelöscht war, nur mehr seine verkohlte Leiche gefunden. Unter dem Leichnam lag ein verbranntes Buch, man vermutet, ein Tagebuch.

Die Mörder haben, soweit feststellbar, nichts von Wert in den verwüsteten Gemächern erbeutet. Der Heiler besaß keine bekannten Wertsachen. Iselius steckte sein ganzes nicht unbeträchtliches Einkommen und wohl auch Vermögen in die Schule, um Heiler aus allen Schichten des Volkes ausbilden zu können. Außerdem finanzierte er ein Heilerhaus für die Armen des Volkes.

Die Gerüchte sind seitdem nie verstummt, dass es sich bei dem Überfall um einen Auftragsmord des Ordens handelte, dem die Schule ein Dorn im Auge war. Wegen der Gerüchte um die Rotkreiser wäre es in Folge des Raubmords fast zu einem Aufstand gegen den Orden in

Trodyon gekommen. Und es war nur der besonnen Reaktion der fortgeschrittenen Schüler des Iselius zu verdanken, dass es nicht dazu kam. Diese wollten nicht, dass das Andenken an ihren Meister mit Blut befleckt war, und wäre es das Blut der Weißmäntel gewesen.

Der Hass des Ordens auf die Heilerschule ist einfach erklärt. Vor den Leuten aus Trodion gab es keine einheitliche Ausbildung für die Heilberufe und die Weißmäntel entschieden im Zweifel, wer Hexenkunst betrieb und wer nicht. Durch die einheitliche Ausbildung und Nutzung heilender Magie ohne Hexerei begann das Monopol der Rotkreiser zu wackeln. Schon vor der Gründung der Schule versuchte der Orden, Iselius der Hexerei zu überführen und scheiterte. Die Gründung der Schule stellte unmittelbar eine Herausforderung dar. Nachdem mit Geld organisierte Proteste und die Bestechung hoher Würdenträger keinen Erfolg brachten, waren die Rotkreiser verzweifelt. Also war die Vermutung naheliegend, der Orden hätte den Überfall beauftragt. Den Weißmänteln konnte nie etwas bewiesen werden und die Täter hat man auch nie gefunden.

Genauso wenig wie den Heilern die Nutzung übler Zauberei bisher nachzuweisen gewesen ist. Die Leistungen der Schule sind inzwischen überall im Reich außer beim Orden, anerkannt worden. Selbst der Kaiserliche Hof in Albenion hat eine Heilerin *aufgenommen. Die Rotkreiser haben das trotz aller Intrigen nicht verhindern können.*

Dabei half den Weißmänteln auch nicht, dass es schon früh ein Gutachten der Erzmagierin der Mitte gegeben hatte, datiert 640 nDF, also noch zu Zeiten des Iselius, welches der Heilerschule bestätigte, völlig unbedenklich zu sein und keine Schwarze Magie zu nutzen. Dabei gilt Erzmagierin Eszina seit der Zeit der Bannung Nanthas als ausgewiesene Spezialistin und Speerspitze im Kampf gegen diese üblen Kräfte. Da sie auch als extrem unbestechlich gilt, ist anzunehmen, dass es sich bei diesem Gutachten nicht um Gefälligkeit gehandelt hat.

Das Gutachten wurde ausdrücklich und knapp vor Aufnahme der Heilerin am Hof in Folge einer Demonstration vor der Erzmagierin im Jahr 648 nDF bestätigt.

Aufrichtiger Dank an die Magiergilde von Albenion und Erzmargierin Eszina, ohne deren Hilfe dieses Werk nicht hätte zusammengestellt werden können. Dank auch an den Schwarzen Schatten von Albenion für das Organisieren der Abschriften aus dem Ordensarchiv und der Sammlung der privaten Schriften Rideforts.

Zeitlinie

Tag 1	Odil	10	618	nDF	Flucht aus Hochalbenwald
Tag 6	Odil	16	618	nDF	Tjorn trifft auf Reyminius
Tag 49					Erste Beschwörung Malunia / Nantha
Tag 2328	Birmin	29	625	nDF	Tag der Belebung Malunias
Tag 2373	Nerul	14	625	nDF	Malunia trennt sich von Tjorn
Tag 2411	Hamut	22	625	nDF	Tjorn erreicht Albenion
Tag 2428	Semut	9	625	nDF	Malunia erreicht Albenion